15 ans

Michelle Dalton

15 ans

Traduit de l'anglais (américain)
par Sarah Tardy

Albin Michel Jeunesse litt'

Titre original :
FIFTEENTH SUMMER
(Première publication : Simon Pulse, an imprint of Simon & Schuster
Children's Publishing Division, New York, 2013)

Pour Paul, Mira et Tali, en souvenir de toutes ces saisons.
Avec tous mes remerciements à Elizabeth Lenhard.

Juin

Quand on est coincé à l'arrière de la voiture de ses parents, à vingt-cinq heures de route de Los Angeles, en direction de Bluepointe dans le Michigan, la dernière chose à laquelle on pense, c'est bien l'amour.

C'était pourtant le sujet de conversation de mes deux sœurs, qui parlaient par-dessus ma tête comme si je faisais partie du décor.

En fait, dire qu'elles parlaient d'*amour* serait exagéré. Elles parlaient plutôt des garçons. Des garçons de Bluepointe. Deux, en particulier.

– Liam, a soupiré Hannah en posant les pieds sur le séparateur du milieu, se fichant clairement d'empiéter sur *mon* territoire. C'était le mien, tu te souviens ? On l'avait croisé quelques fois à la plage. À la fin, il n'arrêtait pas de me regarder. Et le tien, c'était qui déjà ?

– Tu sais bien, a répondu Abbie avec impatience (elle faisait la plupart des choses avec impatience). Le mec du marché. Celui qui était si doué pour ranger l'étalage.

J'ai pouffé, mais Hannah, elle, a continué :

– Mais tu lui as parlé ? Il avait l'air intéressé ? Il s'appelait comment ?

Hannah était du genre pragmatique.

– John, a répondu Abbie, sûre d'elle, sans détourner les yeux du paysage.

Puis elle a froncé les sourcils et s'est mise à taper sur sa dent de devant avec son ongle coupé court, sans vernis.

– À moins que ce soit James... C'était John ou James, j'en suis sûre... ou Jason ? Argh, j'arrive pas à me souvenir.

Depuis l'avant de la voiture, le régulateur de vitesse très exactement réglé sur cent cinq kilomètres à l'heure, mon père a lancé :

– Si tu avais été un garçon, on t'aurait appelé Horatio. Ça, c'est un prénom qui ne s'oublie pas.

Mon père pense qu'il est drôle. Et comme il passe ses journées à la maison, à calculer les taxes de ses clients, il a souvent l'occasion de tester ses bons mots sur nous, très souvent. Ma mère est la seule à ne pas lever les yeux au ciel à chacune de ses blagues. Même qu'elle rit, parfois. Papa dit toujours que c'est grâce à ça qu'ils sont encore mariés. Grâce à ça et au fait que ma mère soit hyper rigoureuse en matière de dépenses, chose très romantique pour un expert-comptable (mais qui, pour ma part, me condamnait à devoir gagner chaque sou de mon argent de poche en faisant du baby-sitting).

Je suis retournée à mon roman posé sur mes genoux, en soupirant. Ce bouquin, le dernier best-seller de sa catégorie, un roman d'anticipation, était une vraie torture. Je mourais d'envie de le continuer, mais chaque fois que je posais les yeux dessus, j'avais le mal des transports. J'étais encore barbouillée à cause des deux pages auxquelles je n'avais pas pu résister (une soudaine envie de m'évader, allez savoir pourquoi), vingt minutes plus tôt.

En revanche, je supportais mieux d'envoyer des textos à ma meilleure amie, Emma.

Pfff. C'est l'étape la plus courte du voyage aujourd'hui, mais carrément la plus pénible. J'ai l'impression que ça ne va JAMAIS S'ARRÊTER. Et pourquoi je tombe toujours sur la place du milieu ?

Parce que tu es la plus jeune. Encore heureux qu'elles ne t'aient pas foutue dans le coffre.

Facile à dire quand on est fille unique.

...

T'es en train d'envoyer des textos à Ethan ou quoi ?!

Comment tu sais ?

Parce que tu as les mains moites. Et que tu mets chaque fois une plombe à me répondre.

Ah ah. Tu sais très bien que les ballerines ne transpirent jamais.

Mmm.

Même quand elles envoient des mots doux à leur chéri ?

...

Ohé !

Je dois filer en cours. Bizzz ! Et Ethan te passe le bonjour. ;-)

« Ethan », c'est-à-dire le petit ami d'Emma depuis deux semaines. « En cours », c'est-à-dire les cours d'été intensifs du Los Angeles Ballet, un programme de tortionnaire pour passer première danseuse plus vite. Emma n'avait que ça à la bouche depuis des mois. Elle n'avait pas arrêté de râler contre ses fouettés trop mous et de répéter qu'elle avait peur d'être trop grande pour les garçons. De se demander si « mesdames les professeures » seraient belles et autoritaires, comme les profs dans *Fame*. Elle avait même pensé à se couper les cheveux super court pour se faire remarquer.

Et puis Ethan Mack l'a invitée à danser pendant le bal de promo et c'est là que tout a changé.

Moi, j'étais déjà sur la piste quand ça s'est passé (la piste, comprendre le sol de notre gymnase recouvert de PVC gondolé), avec Dave Sugarman.

Dave était plutôt sympa. Un garçon à la bouille toute ronde et lisse qui semblait toujours se planquer derrière des vêtements trop grands. Il fréquentait les cours réservés aux meilleurs élèves avec moi. Intelligent, donc. Enfin, j'imagine. Il ne disait jamais grand-chose en classe.

Je l'aurais bien vu joueur de tennis. Ou coureur, au choix.

Bref, le garçon parfait sur tous les plans.

À ceci près : Dave n'était pas un M. Darcy. Ni un Peeta Mellark. Ni même un Michael Moscovitz.

Et moi, c'était ça que je recherchais.

Pas un héros de la révolution ou un type en lavallière avec un accent anglais (d'accord, je n'aurais pas craché sur l'accent anglais). Pas l'homme idéal non plus. Tout le monde sait d'ailleurs que les Darcy ont très mauvais caractère. Non, ce que je voulais, c'était me sentir comme dans la peau de Lizzy, Katniss ou Mia. Et pas parce que j'aurais été au bras d'un type grand, baraqué, aux yeux bleus. Ce n'était pas comme ça que je me l'imaginais. Pas comme le beau mec type. Je voulais que le mien ait quelque chose de saugrenu dans sa démarche ou un épi dans les cheveux. Qu'il soit super timide. Qu'il rie trop fort.

Qu'il me donne des papillons dans le ventre pour des raisons qui n'appartiendraient qu'à moi. Des raisons que je n'avais pas encore découvertes, voilà tout.

Et Dave Sugarman ?

Aucun papillon à l'horizon. C'est tout juste si je suis arrivée à lui décocher un sourire gêné pendant qu'on tapait dans nos mains en dansant ou qu'on esquissait un début de chorégraphie. Chose rassurante, les autres couples que je regardais du coin de l'œil avaient l'air presque aussi bête et empoté que nous.

À une exception près. Emma et Ethan. Qui allaient aussi bien ensemble que leurs prénoms.

Ethan avait pile la bonne taille pour Emma. Il lui avait suffi de poser les mains sur ses hanches pour la faire tourner avec grâce. Elle avait même improvisé une triple pirouette, accrochée à la main de son cavalier, avant de se laisser tomber sur son torse avec légèreté. Puis elle s'était tournée contre lui et ils avaient continué à se trémousser, comme s'ils avaient répété.

Ai-je besoin de préciser que leur danse s'est terminée par une magnifique pose, où Emma s'est abandonnée dans les bras d'Ethan, la tête rejetée en arrière ?

À la fin de la chanson, Dave m'a quant à lui donné une petite tape sur le bras avant de s'éclipser auprès de ses amis qui se livraient à une bataille de M&M's.

Mais Ethan est sorti de la piste avec Emma.

Et ils sont allés droit dehors, où, au dire d'Emma, ils

se sont embrassés pendant vingt minutes contre le mur de l'école sans même reprendre leur souffle. Il ne lui en a pas fallu davantage pour tomber profondément, très profondément amoureuse.

Les ballerines sont comme ça. Un petit pas de danse, et c'est dans la poche.

C'est après ça qu'Emma a arrêté de parler non-stop de ses cours d'été pour me raconter ses amours à la place.

– Quand je l'embrasse, m'a-t-elle dit un soir après un long flirt dans le patio d'Ethan, c'est comme si je dansais. Ma tête disparaît, il ne reste plus que mon corps.

– Eh ben...

Telle a été ma réponse. Car j'étais totalement incapable de me mettre à sa place. La plupart du temps, j'éprouvais plutôt l'inverse : l'impression d'être juste une tête, sans corps.

– C'est vrai, quand il m'embrasse, il me fait juste *fondre*. Comme si nos corps *fusionnaient*.

– Eh ben !

– Mais non ! (Emma savait ce que je voulais sous-entendre par là.) Je veux simplement dire que lorsqu'on se retrouve bouche à bouche pendant quarante minutes...

– Tu as battu ton record, lui ai-je dit entre mes dents.

Emma m'a approuvée en gloussant. Sans relever la pointe de lassitude qu'il y avait dans ma voix.

– Eh bien, c'est comme si nos âmes se touchaient.

– Vos *âmes* ? Vraiment ?

– Oui, a-t-elle renchéri avec la plus grande assurance.

Moi, je n'y connaissais rien à ces baisers qui vous touchent l'âme. Les seuls baisers que j'avais reçus n'avaient pas duré longtemps. Et étaient assez embarrassants. Et gluants, à vrai dire. À l'évidence, ratés.

J'étais contente pour Emma. Même si ça me faisait bizarre de la voir entrer dans ce club privé dont je ne faisais clairement pas partie. Le club de ceux qui ont connu l'amour et ne voient désormais plus la vie comme avant – terne, mystérieuse, et surtout toute petite.

J'imaginais qu'une fois dedans, elle s'agrandissait grâce à toutes les choses qu'on découvrait tout à coup. Comme savoir ce que l'on éprouve quand le nom d'un garçon s'affiche sur votre téléphone portable, cette sensation de ne plus toucher terre. Partager les rêves d'un garçon, ses peurs, ses souvenirs. Savoir ce que c'est d'ouvrir votre porte et de sentir une montée d'allégresse parce que votre amoureux se trouve derrière.

Embrasser un garçon et avoir l'impression de toucher son âme.

J'ignorais si Abbie connaissait cette sensation. Elle collectionnait les relations de deux mois. Presque chaque fois, c'était elle qui avait rompu au moment où son petit ami commençait à trop s'attacher.

Mais j'étais sûre qu'Hannah l'avait déjà vécu. Elle était restée avec un type plus âgé, Elias, pendant une année entière. Tout ça, c'était avant qu'il soit pris à Berkeley et rompe pour « se concentrer sur ses études ». Hannah disait comprendre sa décision, car elle est aussi du genre studieux. C'est quand Elias s'est remis immédiatement avec une autre fille de sa fac qu'elle a eu le cœur brisé.

Cela dit, elle semblait totalement remise à présent.

– Elle commence quand la régate, cette année ? demandait-elle à Abbie.

Hannah a sorti de son sac son smartphone blanc tout brillant. Elle l'avait eu en mars pour ses dix-huit ans. Abbie et moi mourions de jalousie.

– La semaine prochaine, non ? a-t-elle ajouté dans sa barbe, en tapotant sur l'écran de son téléphone. Je suis sûre qu'on les verra là-bas...

– Hannah, chérie, a dit ma mère avec un brin trop d'enthousiasme, laisse un peu de place dans ton emploi du temps. Tu sais que nous aimerions profiter un peu de toi cette année. Je te connais : dès que les cours vont commencer, tu vas tellement travailler qu'on n'entendra plus jamais parler de toi !

– Je sais, maman, a dit Hannah en lâchant un petit soupir.

C'est là qu'Abbie a lancé :

– Je crois que le mien est un sportif. Je dis ça à cause de ses jambes. Qui sait, il fera peut-être son jogging sur la plage pendant que je nagerai mes trois kilomètres ? Une chose en entraînant une autre...

– Abbie. Tu crois vraiment que tu seras sous ton meilleur jour après avoir nagé trois kilomètres dans le lac Michigan ? Tu imagines de quoi tu vas avoir l'air ?

Avec des algues ou des plumes de mouette dans les cheveux ! Beurk.

– À quoi s'ajoute le problème du maillot, a remarqué Hannah.

Comme toutes les vraies nageuses, Abbie portait une combinaison intégrale noire pour ses entraînements. Une combinaison qui lui donnait un air de phoque luisant. Autrement dit, tout l'inverse d'un petit bikini.

Abbie a répondu par une moue prétentieuse.

– Pourtant, vous savez comme je suis sexy avec ma combinaison Speedo.

Hannah et moi avons échangé un regard qui en disait long. Abbie avait des bras délicats et des jambes fines, interminables. Et une peau cuivrée qui lui donnait presque l'air de scintiller. Sa taille avait été sculptée par des longueurs et des longueurs de crawl. Et tandis que le chlore des piscines rendait la plupart des cheveux rêches comme de la paille, ceux d'Abbie, longs et raides, étaient d'un châtain profond et soyeux.

Abbie ne tenait plus en place à l'idée de nager. Elle a fait valser ses jambes parfaites par-dessus les miennes pour flanquer ses pieds sur les genoux d'Hannah.

– Hé ! avons-nous crié en chœur.

– J'y peux rien, il faut que je m'étire. Je meurs ici !

Abbie a passé un bras vers l'avant pour taper mon père sur l'épaule.

– Dites donc, là-bas, vous pouvez me rappeler pour quelle raison on s'est débarrassés du mini-van ?

– Tu veux dire, outre le fait que cet engin était moche et avait l'air d'un œuf géant ?

Je rêvais d'avoir un jour une vieille voiture avec un gros aileron, une carrosserie pastel et des sièges en cuir blanc spacieux.

Ma mère s'est retournée tant bien que mal en nous jetant un regard plein de nostalgie, vite remplacé par l'un de ses sourires forcés.

– Abbie, Hannah, vous avez votre permis maintenant, et Chelsea l'aura l'année prochaine, a-t-elle dit d'une petite voix enjouée. Vous n'avez plus besoin qu'on vous accompagne partout. Il était temps d'acheter une voiture d'adultes.

Mon père a donné une tape sur le tableau de bord gris-beige.

– Et en plus, cette petite chose fait du quatre litres au cent.

– Petite, c'est le mot, j'ai marmonné. On tient à peine dedans, et je ne parle pas des choses essentielles qu'on n'a pas pu emporter...

– Tu fais toujours la tête à cause de ton carton de livres ? a soupiré Abbie.

Je lui ai rétorqué un *non* sec. Un *non* qui, bien entendu, voulait dire *oui*. Depuis que ma liseuse avait tragiquement rendu l'âme, j'avais dû me remettre aux livres papier. J'avais passé des semaines à m'en mettre une quantité suffisante de côté pour pouvoir tenir tout notre long été à Bluepointe, mais au dernier moment, ma mère avait tout gâché.

– On n'a pas de place, m'avait-elle dit pendant qu'on chargeait la voiture. Tu n'as qu'à en choisir quelques-uns et les mettre dans ton sac à dos.

– Quelques-uns ? On ne sera même pas arrivés dans le Colorado que j'aurai déjà tout terminé.

– Dans ce cas, peut-être que la prochaine fois, tu réfléchiras un peu plus avant d'emmener ta liseuse sous la douche.

Abbie s'était écrasé les pieds en lâchant sa valise tant cette remarque l'avait fait rire.

Hannah avait montré un peu plus de compassion. Sans doute parce qu'elle aussi devait apporter des livres. Elle entrait à l'université de Chicago en septembre et s'était constitué toute une pile de livres pour préparer la rentrée.

Même là, pendant qu'elle regardait par la vitre de la voiture, Hannah avait l'air sérieux.

– Papa, n'oublie pas, on doit prendre la sortie 48 si on veut aller au muséum des Indiens Ojibwés.

– Aaaahh, des têtes de flèches et des vieilles poteries, a soupiré Abbie. Génial.

– Oui, génial, si tu sais comment les regarder, lui a rétorqué Hannah.

À son tour, Abbie a échangé avec moi ce regard complice qui voulait dire : *Notre sœur est une vraie intello.* Hannah avait déjà programmé tout son avenir : diplôme de biologie et d'anthropologie suivi d'une thèse. Après quoi elle comptait demander au Centre pour le contrôle et la prévention des maladies de l'envoyer dans un pays du tiers-monde pour soigner la malaria. En toute simplicité, pas vrai ?

Ce n'était pas juste. En plus d'être scandaleusement intelligente, Hannah était aussi jolie qu'Abbie. Même corps élancé, même teint, même si Hannah était moins bronzée, des traits plus doux et ses cheveux brillants étaient coupés au carré.

Chaque fois qu'on me voyait avec elles, on pensait que j'étais une cousine éloignée parce que ma peau à moi était pleine de taches de rousseur et tout sauf dorée, et que mes cheveux étaient roux. *Vraiment* roux. Et aussi très épais et ultra-bouclés, comme ceux de ma grand-mère. Jusqu'à ma naissance, elle était d'ailleurs la seule de la famille à avoir une tignasse pareille...

Je pensais à ça, face au paysage plat et infini de l'Iowa qui défilait par la fenêtre, quand ma respiration s'est bloquée. Je venais de prendre conscience de quelque chose, pour la première fois.

Désormais, la seule de la famille à avoir une tignasse pareille, c'était moi.

Ma grand-mère avait été victime d'une crise cardiaque, un matin, très tôt, au mois de janvier. Je venais juste de me lever. J'allais dans la salle de bains quand mon père m'a arrêtée.

– Granly est dans le coma, m'a-t-il annoncé.

Il avait les yeux rougis et semblait moite, pâle et pas seulement parce qu'il était tôt.

– Granly avait rendez-vous avec son amie, Mme Berke,

pour le petit déjeuner. Comme elle n'arrivait pas, Mme Berke est allée voir chez elle. Tu sais que Granly ne ferme jamais à clé. Elle l'a trouvée dans son lit, et puis elle a appelé les secours.

Papa a lâché ça d'une traite, sans « Assieds-toi, s'il te plaît », sans grand discours sur la vie pour amortir le choc.

Je l'ai regardé, bouche bée.

Par la porte de leur chambre, j'apercevais ma mère qui s'affairait à remplir une valise. Ma sœur était déjà dans la salle de bains, en train de crier à ma mère qu'elle lui préparait sa brosse à dents et sa crème pour le corps.

Et Abbie, elle, était recroquevillée sur le lit de mes parents, serrant contre elle un oreiller.

– Mais elle va s'en sortir, hein? pleurait-elle. Elle va se réveiller?

C'était donc pour ça que mon père m'avait annoncé la nouvelle si brutalement. Parce qu'il l'avait déjà dit à Hannah et Abbie.

Mon inconscient a dû refuser de mémoriser tout ce qui s'était passé par la suite. La seule chose dont je me souvienne est d'avoir pensé sur le moment qu'il fallait d'urgence que j'aille faire pipi.

Et puis qu'il fallait que j'appelle Granly pour mettre un terme à cette rumeur ridicule.

Je la voyais me dire : « Je me porte *très bien*, Chelsea », en riant. Je la voyais me dire : « Tu connais Mme Berke. Toujours à s'alarmer pour un rien. C'était elle qui réveillait tout le temps son mari au beau milieu de la nuit pour vérifier qu'il n'était pas mort. Évidemment, elle avait toujours tort. Enfin, sauf la dernière fois... »

Je la voyais rire, alors je lui disais : « Granly ! » en prenant un air outré.

Bien sûr, ce coup de fil, je ne l'ai jamais passé.

Quand Mme Berke a appelé les secours, Granly a été transportée jusqu'à South Bend, dans l'Indiana, là où se trouvait l'hôpital le plus proche de Bluepointe. Ma mère a pris le premier avion et a passé un jour et une nuit entière à son chevet, à lui tenir la main. Puis le docteur a fini par lui dire qu'elle ne se réveillerait plus. Ma mère a donc suivi la volonté de Granly qui avait demandé dans son testament qu'on la laisse partir, ce qu'elle a fait, « paisiblement », deux jours plus tard.

Rien ne m'a semblé réel pendant tout ce temps. J'avais toujours le numéro de Granly dans mon téléphone portable. J'avais toujours ses e-mails dans ma boîte de réception. On la voyait au moins sur la moitié des photos de famille accrochées dans la salle à manger. Il y avait tout autour d'elle des personnes encore en vie. Et l'ironie dans tout ça, c'est que chaque fois, elle semblait bien plus vivante que la plupart d'entre nous sur toutes ces photos. On aurait dit qu'elle riait, alors que nous, on souriait à peine.

Selon les années, sa crinière était soit sauvagement lâchée, soit attachée, mais toujours du même rouge vif et brillant que le mien. Ça, c'est grâce à la mèche que Granly m'avait coupée quand j'étais petite et qu'elle emportait toujours chez le coiffeur.

– Avant ta naissance, *personne* n'arrivait à me trouver la bonne couleur, m'avait-elle dit un jour, en rentrant du salon, triomphante. Aujourd'hui, j'arrive à ravoir la même couleur que dans ma jeunesse. Tu devrais en faire autant et te couper une mèche, tu seras bien contente de l'avoir, plus tard, quand tes cheveux seront gris. Obtenir le bon roux, c'est très difficile, Chels.

– Ça, pour être difficile… lui avais-je répondu en soupirant.

Évidemment, je ne parlais pas de la même chose qu'elle. Je détestais ces cheveux qui clignotaient comme une guirlande de Noël. J'avais envie de rentrer sous terre quand les gens se hasardaient à me dire que j'avais un « tempérament de feu » ou que je devais être aussi tordante que Fifi Brindacier. Et je ne comprenais que trop bien la règle que ma grand-mère avait inventée à cause de l'héroïne du roman de L.M. Montgomery, Anne Shirley (« une rousse habillée en rose est un sacrilège, un tue-l'amour pur et simple »).

J'ai donc décidé de garder mes cheveux longs pour pouvoir les attacher en queue-de-cheval ou en chignon. Et quand je craquais pour une robe corail ou une jupe vert menthe, tant pis, je l'achetais – et au diable Anne Shirley.

Avant la mort de Granly, mes cheveux n'étaient rien d'autre qu'une tare pour moi, comme être petite ou devoir porter des lunettes. Mais désormais, je les voyais comme un héritage, un précieux héritage que je ne méritais pas.

En pensant à tout ça, à l'arrière de la voiture, j'ai eu la sensation d'avoir le souffle coupé. Non pas à cause de ce maudit voyage, mais d'une vague d'angoisse qui me submergeait.

Pour le dire aussi brutalement que mon père en ce matin de janvier, la mort de Granly m'a carrément déboussolée. Je savais qu'elle était partie. Je savais qu'elle ne m'appellerait plus jamais pour me raconter ces histoires à n'en plus finir, qui me faisaient rire et qui parlaient de tout et de rien. Je savais qu'on ne la verrait plus jamais avec son énorme valise vert pomme, nous attendant à la sortie de l'aéroport.

Je le savais, mais je n'arrivais pas à le croire. J'avais comme l'impression qu'il y avait là-dedans quelque chose d'impossible – que quelqu'un soit là et que tout à coup, comme ça, tout soit fini.

Si je n'ai pas voulu regarder Granly dans son cercueil avant son enterrement, c'est pour ça.

Nous n'étions jamais allés dans sa maison sans elle. Cette maison, *c'était* elle.

Quand j'étais petite, elle avait aussi un appartement à Chicago. C'est là que ma mère a grandi, mais elle passait ses week-ends et ses vacances dans la maison de Bluepointe.

Cet appartement était rempli d'objets typiquement masculins, des objets qui appartenaient à mon grand-père que je n'ai pas connu. Un gros fauteuil de bureau en cuir, des tapis persans qui faisaient très sérieux, une armoire à moitié vide qui sentait le bois et le citron, un peu comme de l'after-shave.

Mais la maison, elle, c'était Granly qui l'avait décorée. Et finalement, elle avait décidé de s'installer là-bas. Les murs étaient bleu pâle et jaunes comme du beurre, et le plancher blanc et vermoulu comme si on l'avait découpé dans du bois flotté. Chaque mur était une véritable galerie de musée. Elle y accrochait nos photos de famille, identiques à celles que nous avions dans notre salle à manger, et puis des peintures à l'huile, des esquisses de nus au crayon, des photos pleines de charme en noir et blanc et, dans la pièce où nous prenions nos petits déjeuners, nos « chefs-d'œuvre », des peintures qu'Hannah, Abbie et moi avions faites quand nous étions petites. Granly les avait mises dans ses plus beaux cadres. Je trouvais ça un peu ridicule quand elle était en vie. Mais après son départ, j'ai pleuré chaque fois que je l'imaginais encadrer toutes ces peintures d'enfant.

Pourtant, j'étais apparemment la seule à ressentir ça. Mes parents ont passé la majeure partie de notre traversée du Nebraska à se demander s'ils allaient vendre ou non la maison, comme si cette décision allait seulement dépendre du coût de la taxe foncière ou de la réfection du toit.

Alors que nous roulions, au beau milieu de l'Iowa, Hannah s'est tout à coup mise à rire en regardant les champs de maïs qui bordaient l'autoroute.

– Vous vous souvenez du jardin de Granly? a-t-elle demandé.

– Sa mini-ferme, tu veux dire? a répondu Abbie en riant à son tour. Oh là là, on aurait dit que Granly envoyait des invitations personnelles à tous les daims et les lapins dans un rayon de dix kilomètres. « Petits, petits, venez dévorer mes radis ! » Ça les rendait fous !

– Ah, c'était sa faute après tout, a dit mon père depuis l'avant de la voiture. C'était elle qui refusait d'installer une clôture ou d'utiliser des produits pour repousser les bêtes.

– Le pipi de coyote ! s'est écriée Abbie. Non, mais, vous imaginez Granly avec ses lunettes de soleil à la Audrey Hepburn, en train d'asperger son allée de pipi de coyote?

– Elle n'a jamais voulu le reconnaître, mais on savait tous qu'elle adorait regarder les daims passer sous sa fenêtre chaque matin, a répondu Hannah. C'est vrai qu'ils étaient beaux. Et puis, elle n'aimait même pas les radis. C'était juste histoire de s'amuser à les ramasser pour les mettre dans un joli panier.

Ma mère a secoué la tête en riant discrètement.

– C'était elle tout craché.

– Une minute, ai-je dit. Je n'ai jamais entendu que Granly n'aimait pas les radis. Qu'est-ce que tu en sais?

Hannah a vaguement haussé les épaules, avant de fermer les yeux et de s'adosser contre la banquette. Clairement, cette histoire n'éveillait pas en elle la moindre émotion. Moi, je me mordais la lèvre pour m'empêcher de pleurer.

Je savais pourtant que c'était ça, la conduite à tenir. Qu'on devait s'obliger à parler de Granly pour que « son souvenir continue à vivre ». C'est Mme Berke qui me l'avait dit après l'enterrement, juste avant de me donner une accolade maladroite qui puait la laque.

Bien sûr, je ne demandais pas à oublier Granly, mais en même temps, je n'avais pas vraiment envie de penser à elle. Chaque fois que ça m'arrivait, j'avais l'impression que le monde se refermait autour de moi, comme quand j'entre dans un ascenseur.

Ma phobie des ascenseurs, tout le monde connaît ça par cœur dans ma famille. J'ai les oreilles qui se bouchent. Mes poings se crispent, ma respiration s'accélère, et je fixe les portes jusqu'à ce qu'elles s'ouvrent. Je suis toujours la première à sortir. Puis j'ai besoin de prendre de grandes respirations pendant quelques secondes avant de pouvoir retourner à ma vie.

Je me suis demandé si cet été à Bluepointe allait se passer comme ça. Je me suis demandé si, maintenant que Granly n'était plus là, je serais capable de prendre cette grande respiration et de retourner à ma vie.

Nous n'avons quasiment pas dit un mot pendant toute notre traversée de l'Illinois tellement nous avions chaud. Et tellement nous étions de mauvaise humeur. On ne pouvait plus se voir en peinture. Hannah avait consenti à sacrifier son musée ojibwé pour que nous arrivions (et sortions de cette voiture) au plus vite.

C'est alors que, au moment précis où je commençais à envisager le pire pour me distraire – comme demander son canevas à ma mère –, nous nous sommes engagés dans le long virage qui bordait le lac Michigan. On ne pouvait pas voir le lac depuis l'autoroute, mais on le sentait qui nous attendait, là, derrière.

J'ai toujours préféré ce lac à la mer. J'aimais son eau d'un vert boueux, changeant. J'aimais l'idée que la lune prenne ce lac si grand pour l'océan, à cause de ses vagues. Elles n'avaient rien de comparable à celles du Pacifique, bruyantes, impressionnantes. Non, les vagues du lac Michigan n'étaient que des ondulations, tranquilles, apaisantes, inoffensives, sur lesquelles on pouvait se laisser flotter des heures durant sans qu'elles vous épuisent ni que le sel ne vous tire la peau.

Pendant que nous traversions Gary, dans l'Indiana, sous les volutes de fumée sulfureuse que recrachait l'usine de pâte à papier, je me suis mise à rêver que je sautais dans le lac. Et tout le malaise accumulé après ces trop nombreux repas au fast-food et ces pauses dans les toilettes des stations-service s'est envolé tout à coup.

J'ai sorti de mon sac un stylo et un petit carnet, tournant les pages d'une main nonchalante avant d'en trouver une vierge.

Au stylo-bille vert, j'ai écrit :

Gary, Indiana. Notre devise : « Une bonne odeur d'œuf pourri, ça vous endurcit ! »

Qu'est-ce que ça doit faire de vivre avec cette odeur qui s'imprègne dans vos pores, vos larmes, votre souffle ? Qu'est-ce que ça doit faire d'être noyé dans une odeur à tel point que vous ne la sentez même plus ? C'est là que vous partez en vacances. Que vous allez passer un week-end à Chicago. Que vous allez camper dans les bois. Que vous partez en colonie dans l'Iowa, là où l'air sent les champs de maïs. Vous rentrez. Et vous vous apercevez que vos cheveux, vos vêtements, vos draps, tout, même vous, tout est imprégné de l'odeur de Gary, ville de l'Indiana.

J'ai refermé mon carnet pour le ranger dans mon sac. Et puis j'ai respiré par la bouche jusqu'à notre arrivée.

Nous avons fini par émerger devant la maison à bardeaux, large et ramassée, de Granly. En sortant de la voiture, pendant que mes sœurs étaient occupées à gémir et à s'étirer, j'ai été surprise par la vague de bonheur qui m'a tout de suite submergée. Il y avait dans l'air cette odeur typique de Bluepointe – le parfum des fleurs, sucré et entêtant, mélangé à celui des aiguilles de pin et à une odeur de propreté, celle du lac, à deux pas de là.

J'ai traversé à toute vitesse l'allée de gravier jusqu'à la véranda. Rien n'avait changé. Toujours les mêmes balancelles bien profondes, le même canapé, les lanternes en verre et le gros vase rempli de coquillages du lac.

Ma mère, déjà en pleine action, m'a rejointe devant la porte en trimballant une grosse valise à roulettes. Puis elle m'a regardée avec un grand sourire avant de tourner la poignée.

Mais la poignée n'a pas bougé.

Elle était fermée à clé.

Évidemment. Mes parents avaient dû fermer à clé après l'enterrement. Évidemment.

Ma mère a secoué la tête. Elle m'a souri de nouveau. Mais ses lèvres étaient cette fois pincées et ses yeux légèrement embués. Elle a fouillé quelques secondes sur son trousseau avant de trouver la bonne clé.

D'une certaine façon, je n'avais pas envie d'entrer dans la maison, mais j'ai fini par prendre une grande inspiration avant de rejoindre ma mère devant l'entrée. J'ai discrètement collé mon bras contre le sien pendant qu'elle ouvrait.

C'est peut-être méchant à dire, mais le fait de me rendre compte que ma mère souffrait peut-être davantage que moi, qu'elle avait autant besoin de mon soutien que moi du sien, m'a en quelque sorte aidée.

La porte s'est ouverte. Nous sommes entrées.

À l'intérieur, l'air était lourd et sentait le renfermé. Ma mère s'est dépêchée d'aérer. J'ai fait rouler sa valise jusqu'à la petite chambre que mes parents prenaient toujours, puis je suis allée faire un tour dans le salon, promenant mon regard sur les aquarelles encadrées, des scènes de plage et des jolis bungalows. Je me suis attardée devant les nombreuses photos de famille posées sur la cheminée. Puis, après m'être débarrassée de mes tongs, j'ai traversé le vieux tapis rêche en jonc de mer, surprise de me trouver... aussi décontractée !

Dehors, Hannah était en train de se battre avec un énorme sac de chaussures pour le sortir de la voiture, pendant qu'Abbie arrivait en traînant derrière elle une autre valise.

– Ça ne te dérange pas de rester les bras croisés pendant qu'on décharge tout ? m'a-t-elle dit d'un air mauvais, en me voyant par la porte ouverte. Pas question que tu ouvres le moindre bouquin avant de nous avoir donné un coup de main.

– T'as pas à me dire ce que j'ai à faire, lui ai-je rétorqué en m'avançant d'un pas décidé vers la porte.

D'accord, cette réplique était digne d'une gamine de dix ans. Mais franchement, je ne pouvais pas ne *pas* le dire.

Évidemment, je ne pouvais pas non plus ne *pas* aider, alors j'ai renfilé mes tongs et je suis allée chercher nos affaires pour les porter jusqu'à la maison.

Finalement, je pense que toute cette agitation nous arrangeait bien. Ma mère était occupée à ranger de la nourriture dans les placards, mon père à aligner nos chaussures de plage sur la véranda, et Abbie, Hannah et moi à nous installer dans notre chambre. Abbie et moi dormions dans des lits superposés. Hannah, elle, avait les lits jumeaux près de la fenêtre, sous les rideaux à fleurs légèrement passés que Granly avait achetés chez un brocanteur de l'île.

– Ça fait du bien d'être là, a dit Hannah.

Elle avait l'air aussi surprise que moi.

– Tu m'étonnes ! Trente heures de bagnole plus deux

nuits dans des motels pourris, c'était pas humain, si vous voulez mon avis, a répondu Abbie.

– C'est pas ce qu'elle voulait dire, lui ai-je rétorqué sur un ton de réprimande.

Abbie s'est mise à regarder ses pieds, puis elle a soufflé tout bas :

– Je sais très bien ce qu'elle voulait dire.

Ça aussi, ça m'a rassurée. Je n'étais donc pas la seule à redouter de venir ici. Et pas non plus la seule à me sentir à la fois coupable et contente d'être là.

Je suis allée dans la cuisine pour voir si ma mère avait sorti le pain et le beurre de cacahuète. C'est en passant par la pièce où nous prenions notre petit déjeuner que mon regard s'est arrêté sur le buffet où Granly rangeait sa collection de coquetiers.

Il y a des gens qui collectionnent les cuillères en argent ou les boules à neige. Granly, elle, c'était les coquetiers. Des coquetiers qui allaient du plus petit au plus grand, peints comme des poupées russes. Des coquetiers en forme de lapin, de cochon d'Inde ou de mère kangourou (il fallait placer l'œuf dans sa poche), et d'autres encore en verre, couleur de jade, en céramique craquelée ou sculptés dans du bois.

Granly et moi avions un rituel au petit déjeuner. Pendant qu'elle faisait bouillir l'eau et mettait du pain à griller, je passais en revue tous ses coquetiers, une centaine, peut-être plus. C'était toujours une torture de choisir. J'hésitais entre le bleu vif à rayures ou le tout blanc, avec un dessin rigolo de moustaches. Ou bien entre celui avec les strass roses scintillants (qui avait toujours eu son petit succès, surtout quand j'étais plus jeune) et celui en métal frappé.

Le temps que je fasse mon choix, Granly avait sorti les œufs de l'eau et tartiné les mouillettes.

Et puis, en nous prenant pour les personnages d'un livre de Jane Austen, on tapotait doucement sur les coquilles avec nos petites cuillères avant de manger nos œufs par petites bouchées, en trempant de temps en temps notre pain beurré dans le jaune.

Voilà un secret que je n'ai jamais dit à personne : les œufs à la coque, je n'aimais pas ça. Je les trouvais liquides et gluants au point d'en être presque écœurée. Mais si j'en mangeais avec Granly (et avec beaucoup, beaucoup de pain), c'est parce que j'aimais ce rituel. J'aimais cette intimité. (Abbie et Hannah n'avaient quant à elles pas fait un secret de leur dégoût des œufs à la coque et ne s'invitaient donc jamais.)

Et puis, il y avait bien sûr les coquetiers que j'adorais autant que la compagnie de Granly.

En les revoyant, j'ai essayé de me souvenir quels étaient ceux que Granly avait rapportés de son voyage à Moscou et en Norvège ; si mon grand-père lui avait offert le coquetier avec les illustrations du livre *Laissez passer les canards* pour leur anniversaire de mariage ou son anniversaire à elle. Et lequel était son préféré.

À chaque question, toujours la même réponse : *Je ne sais pas.*

C'est à ce moment-là que j'ai compris, alors que des

larmes commençaient à rouler sur mes joues, que je ne le saurais jamais.

Je me suis brutalement détournée du buffet et je suis sortie en trombe par la porte de derrière, en essuyant mes larmes.

En passant, j'ai découvert le potager de Granly dans un terrible état – tellement envahi par les mauvaises herbes que l'on distinguait à peine la rangée de briques qui le délimitait. Les petites pancartes que Granly avait fabriquées – TOMATES, CONCOMBRES, COURGES – étaient toutes effacées ou renversées.

À nouveau, je suis partie brutalement. Je me suis retrouvée sur les petites marches de l'entrée qui débouchaient sur la route. En continuant par la gauche se trouvait le lac – par la droite, la ville. Et même si j'aurais adoré aller piquer une tête, sur le moment, il y avait autre chose dont j'avais encore plus besoin.

J'ai pris à droite.

– Chels ? m'a lancé mon père depuis la véranda. Tu vas quelque part ?

– À la bibliothèque, lui ai-je dit en espérant qu'il n'entende pas que j'avais la gorge serrée. Vous ne m'avez pas laissée apporter mes livres et... et il m'en faut.

Mon père a hoché la tête en me lançant un long regard. Il s'apprêtait à descendre les marches pour me rejoindre. En voyant mes yeux rougis, il aurait à coup sûr prononcé les mots que je redoutais tant – « Est-ce que tu veux en parler ? »

Mais il y a une chose à savoir sur mon père.

Il ne se rend peut-être pas compte que ses blagues sont toujours très, très pourries.

Il ne comprend peut-être pas que lorsqu'on se rend quelque part, il est beaucoup plus important d'être bien habillé que d'arriver pile à l'heure.

Mais cet homme-là vit entouré par quatre femmes et sait quand l'une d'elles a besoin de se retrouver seule.

Il m'a donc dit, avec un petit geste de la main :

– Pense à rentrer avant six heures. C'est moi qui suis aux fourneaux ce soir.

À nouveau, j'ai senti ma gorge se serrer, à cause du geste de mon père, et aussi à cause de Granly. Je venais d'imaginer sa chaise vide, ce soir au dîner.

Je ne savais pas comment j'allais supporter de m'asseoir à côté.

De toute façon, je m'en moquais, de ce dîner. Le seul fait d'avoir repensé aux œufs à la coque m'avait coupé l'appétit.

Après quelques minutes de marche, je suis arrivée devant la bibliothèque municipale. Je n'ai pas pu m'empêcher de soupirer.

Voilà des années que je venais, et chaque été, c'était la même déception.

Si ça n'avait tenu qu'à moi, toutes les bibliothèques auraient été des bâtiments en brique, couverts de lierre, avec des fenêtres voûtées et des planchers qui craquent. Et puis de grands escaliers silencieux, romantiques, et des banquettes où vous auriez pu lire toute la journée.

Sauf que la bibliothèque de Bluepointe n'avait rien à voir avec ça. C'était un grossier bâtiment de plain-pied en béton couleur sable qui vous égratigne la peau quand vous avez le malheur de vous y frotter. Et le sol était recouvert d'une moquette vert sapin.

Mais le pire avec cette bibliothèque, c'était ses horaires – si l'on peut parler d'horaires. Cet endroit n'était jamais ouvert plus de quatre heures d'affilée dans la matinée. Ce qui signifiait que, comme nous étions l'après-midi, elle était purement et simplement fermée.

J'ai alors fouillé dans mes poches, d'où j'ai ressorti de vieux bouts de papier que j'avais griffonnés dans la voiture, ainsi que quelques dollars froissés dont j'avais oublié l'existence. J'avais fourré cet argent là le matin même, en me disant que j'aurais peut-être envie d'un petit quelque chose à manger sur la route. Mais vu tous les vieux paquets de chips qu'il nous restait, il n'avait pas servi.

C'était donc raté pour le livre, mais je pouvais au moins me rattraper avec une boisson fraîche. J'avais pu profiter de l'ombre et d'une petite brise sur le chemin en caillebotis qui reliait la maison au centre-ville, mais j'étais à présent en train de cuire sous le soleil.

J'ai pris la direction de la rue principale.

Cette rue était la seule et unique partie correcte de Bluepointe, avec ses grandes vitrines et ses boutiques aux stores rayés, au-dessus desquelles se trouvaient des lofts d'artistes qui se servaient de gros pans de lin en guise de rideaux, tout en faisant bien attention de laisser leurs toiles en vue derrière leurs fenêtres.

Je suis passée en premier devant Ben Franklin, un petit bazar qui vendait des articles poussiéreux, prétendument épuisés partout ailleurs – accessoires de couture, charlottes de douche ou pâte à ballons multicolore qu'il fallait souffler avec de petites pailles rouges.

J'ai souri en voyant les bateaux gonflables, les seaux et les pelles dans la vitrine. Les mêmes objets chaque été. Simplement plus jaunis et fatigués.

Il y avait aussi Chez Estelle, une galerie d'art à quelques pas de là.

Tous les artistes de Bluepointe vendaient leurs œuvres là-bas – *sauf* ceux qu'Estelle black-listait. C'était son truc, ça, flanquer les gens à la porte de sa galerie, le poing levé, pour faire un scandale.

C'est alors que j'ai repéré, de l'autre côté du trottoir, le marchand de Mr.Freeze artisanaux, avec son chariot en métal étincelant et son parasol arc-en-ciel.

Contrairement aux bibliothécaires, ce type était toujours dans les parages. Toujours. Toute la ville le connaissait pour ses parfums bizarres, mais toujours délicieux.

Parfait. Je mourais de soif.

Pourtant, en me rapprochant de la carte en ardoise, mon enthousiasme est un peu retombé.

FRAISE-VINAIGRE
BALSAMIQUE
RAISIN-MENTHE
CITRON-ROMARIN

Des herbes aromatiques ? Et puis quoi, encore ? Je voyais d'ici mes parents en train de se pâmer devant des intitulés pareils, mais de mon point de vue, on aurait plutôt dit des noms de savon. Je me préparais à l'idée de repartir encore bredouille quand mon regard s'est arrêté au bas de la carte. Puis un grand sourire est apparu sur mes lèvres.

– Framboise-citron vert, ai-je soufflé, soulagée, en tendant mes billets au marchand. Une comme ça, s'il vous plaît.

– Je vois qu'on prend des risques, bravo, a-t-il marmonné dans sa barbe, en piochant dans son congélateur fumant.

Je savais que je ne devais pas me vexer ; ce marchand, toute la ville le connaissait aussi à cause de son caractère de chien, snob avec ça. Alors je me suis contentée de baisser la tête vers la sucette glacée que j'ai déballée, puis je suis partie.

Mais je n'avais pas fait dix mètres que j'ai entendu le marchand m'appeler, ignorant au passage deux amoureux qui s'apprêtaient à commander.

– Dis donc, je t'ai déjà vue, toi, non ? m'a-t-il lancé. Ces cheveux, là, je les ai reconnus. Ça fait un bail.

J'ai hoché la tête.

– Ça fait un an.

J'ai revu l'adolescente de quatorze ans dont se souvenait le marchand.

Celle que j'étais à l'époque n'aurait jamais relevé sa remarque. Ses sarcasmes, comme la plupart des choses que disaient les adultes, lui seraient passés au-dessus de la tête. Cette fille de quatorze ans portait aussi son premier soutien-gorge cette année-là ; dix fois trop de gloss sur les lèvres, aussi. Et elle n'avait qu'une idée en tête : aller dormir tous les samedis soir chez Emma.

Elle n'avait jamais pensé un seul instant qu'un jour sa grand-mère ne serait plus là, du moins pas avant qu'elle-même ne soit devenue vieille.

Aux yeux de la fille de quinze ans que j'étais désormais, celle de quatorze paraissait très, très jeune.

Mais je dois reconnaître qu'elle avait toujours bon goût en matière de Mr.Freeze maison. Ma glace sans herbe aromatique était délicieuse – presque autant qu'un plongeon dans le lac Michigan.

J'ai remonté la rue très lentement, en m'arrêtant pour jeter un coup d'œil à toutes les boutiques que je connaissais.

C'est à ce moment-là que j'ai remarqué quelque chose, à l'angle de la rue principale et d'Althorp Street, quelque chose qui a failli me faire tomber ma glace des mains. Sur le trottoir d'en face, juste à côté de Mel & Mel, le café où j'allais manger des tartes depuis ma plus tendre enfance, se trouvait une boutique *nouvelle*.

Il ne se passait jamais rien de nouveau à Bluepointe.

Sur la pancarte, au-dessus de la porte, était écrit dans une typographie rigolote DOG EAR. Et près de ce nom était dessiné un gros labrador aux oreilles rabattues, la tête posée sur ses pattes avant, les yeux rivés sur...

C'est à ce moment-là que mon Mr.Freeze m'est vraiment tombé des mains... pour atterrir droit sur mes doigts de pied.

Ce chien lisait un livre.

Ce qui signifiait qu'il y avait non seulement une nouvelle boutique à Bluepointe, mais qu'en plus, elle faisait partie de celles que je préférais.

J'ai franchi la rue au pas de course (après avoir secoué mon pied collant), tout en essayant de me raisonner.

Si ça se trouve, c'est une librairie de vieux hippies, me suis-je dit. *Qui vend des boules de cristal, des jeux de tarot et des livres de développement personnel. Ou pire, une animalerie avec un rayon dédié à la littérature canine à côté des manteaux pour caniches et des cupcakes au foie.*

J'ai débarqué d'une manière si théâtrale que la clochette de l'entrée a violemment tapé contre la porte. Une douzaine de têtes se sont tournées vers moi.

– Bienvenue chez Dog Ear ! m'a lancé la femme derrière le comptoir.

Elle avait de longs cheveux grisonnants, des cheveux qui semblaient doux au toucher et ne faisaient sur elle ni vieux ni négligé. Au milieu des livres empilés sur le comptoir en angle droit, elle avait l'air minuscule. Il y avait des fiches posées contre ces piles, avec une écriture rose, orange et vert citron.

– Choisis-toi un livre ! Et il y a aussi des petits gâteaux, m'a dit la femme en m'adressant un sourire chaleureux, faisant apparaître deux belles fossettes. C'est « biscuits à la vanille » aujourd'hui.

Elle m'a désigné un fauteuil au fond de la boutique. Deux personnes étaient déjà installées là-bas, enfoncées dans un canapé bleu passé, absorbées dans leurs lectures. Un énorme labrador noir était couché à leurs pieds. Celui de la pancarte, sans aucun doute. L'un des deux occupants du canapé, une fille vêtue d'un short coupé dans un jeans, comme le mien, s'était déchaussé pour poser ses pieds sur le dos du chien, comme sur un pouf. Je l'ai vue enfourner un biscuit dans sa bouche avant de lui en jeter un – englouti illico avec un grand bruit de mâchoire.

Sur le mur jaune citron de ce petit coin cosy, on avait affiché toute une série de posters étonnamment détaillés qui annonçaient des dédicaces et portaient chaque fois un petit mot de l'auteur.

La meilleure librairie de la ville ! Et je ne dis pas ça parce que c'est la seule...

Dites à E.B. qu'il me doit un sandwich ! Plein de bisous...

De l'autre côté de la boutique, derrière une rangée d'étagères turquoise, se trouvait un espace pour enfants, fermé par une petite clôture de piquets blancs. Il comprenait un tapis vert tout doux, de gros sacs mous en guise de fauteuils et une locomotive d'un rouge éclatant, parfaite pour leur petite taille.

Une myriade de guirlandes lumineuses pendait au plafond. Et au milieu, il y avait aussi une lune en carton, une lanterne chinoise et une boule à facettes.

En temps normal, je me serais ruée sur les étagères comme un ours sorti de son hibernation. Pourtant, je n'ai même pas réussi à bouger. C'est vrai, mettez donc les pieds dans la librairie de vos rêves, une librairie que vous n'auriez jamais cru voir exister dans la réalité, et vous verrez, ça fait un choc. C'était peut-être fou, mais j'avais quelque part l'impression que tout se serait volatilisé si j'avais fait un pas de plus ou touché quelque chose ; que je me serais réveillée.

Mais voyant que la dame derrière le comptoir commençait à se poser des questions, je me suis décidée à avancer, maladroitement.

Je suis allée prendre l'une des fiches posées contre les livres. À côté d'un titre, quelqu'un avait marqué : *A–. Comme vous le savez, j'attribue rarement de si bonnes notes. J'ai lu ce livre au moment où j'essayais de sortir la tête de l'eau après une rupture. Ne faites pas les innocents, je sais bien que vous l'attendiez tous, cette rupture. Pas la peine de jubiler. Bref, la prochaine fois que quelqu'un vous broiera le cœur, ouvrez donc ce livre. Vous allez détester l'héroïne parce qu'elle est plus jolie que vous, mais vous lui pardonnerez ensuite quand elle se plantera à son concours pour entrer dans une école d'art BCBG.*

– Tous nos employés rédigent de petites critiques, m'a précisé la dame, interrompant ma lecture. Celle-ci est d'Isobel. Elle n'est pas là, alors je peux te le dire... (Elle s'est alors mise à murmurer.) Elle a toujours tendance à en faire un peu trop.

J'ai éclaté de rire.

– C’est normal quand on est tombé sur un bon livre, lui ai-je répondu.

– Oh, ma belle, si seulement Isobel n’avait besoin que d’un bon livre pour nous déballer toute sa vie privée ! Il lui suffit de lire le bulletin météo pour se mettre à déblatérer.

On aurait dit que cette femme me parlait avec la franchise qu’on ne réserve habituellement qu’aux gens du même âge que soi. Je n’ai pas pu m’empêcher d’en être fière, mais en même temps... Tout cela était trop beau pour être vrai, non ?

– Mais vous êtes qui ? ai-je lâché tout à coup. Je voulais dire, euh... La boutique est ouverte depuis longtemps ? Je ne l’avais pas vue la dernière fois que je suis venue à Bluepointe.

– Elle te plaît ? m’a demandé la dame avec un sourire complice. Eh bien, tant mieux, parce que j’en suis la propriétaire ! Enfin, avec mon mari, mais c’est moi qui m’en occupe au jour le jour, car il enseigne à Chicago. Nous allons bientôt souffler notre première bougie.

– Elle me plaît, oui, lui ai-je dit en continuant de regarder tout autour de moi.

On avait mis un gros réfrigérateur devant la petite clôture blanche, peint en violet et portant l’insigne LE PÉAGE FANTÔME. Et, près du canapé, là où vous vous seriez attendu à trouver une petite table ou quelque chose comme ça, il y avait un panier rempli de yoyos. Pas des yoyos à vendre, emballés dans du plastique, non. Mais des vieux yoyos tous dépareillés, avec leur ficelle qui dépassait du panier. Les propriétaires de cette librairie devaient être convaincus qu'acheter des livres provoquait aussi des envies compulsives de yoyo.

– Elle me plaît beaucoup, ai-je soufflé.

– Alors, file te chercher des petits gâteaux avant qu'E.B. n'ait tout mangé, m'a dit la femme. Hier, c'était des biscuits à la figue, mais il ne les aimait pas, alors il se rattrape aujourd'hui... (D'un geste de la tête, elle a désigné le chien, toujours étalé au pied des deux lecteurs.) Pas vrai, mon gros ?

Depuis le canapé, la fille qui avait posé les pieds sur le chien s'est esclaffée.

– N'écoute pas ce que dit Stella, lui a-t-elle intimé tout en lui donnant un autre gâteau. Tu as simplement plus d'amour à revendre.

– Il ressemble davantage à Wilbur le cochon qu'à un chien, m'a dit la libraire en levant les yeux au ciel. C'est d'ailleurs de là qu'il tient son nom, « E.B. White », comme l'auteur du *Petit Monde de Charlotte*.

Puis Stella s'est adressée à la fille pendant que je riais.

– Darby, tu vas finir par me l'acheter, ce livre ? À moins que tu n'aies l'intention de venir ici tous les jours jusqu'à ce que tu l'aies fini ?

– Je pencherais pour l'option numéro 2, a répondu la fille avec un grand sourire.

Stella a haussé les épaules en riant à son tour, d'un air de dire : *C'est toi qui vois !*

La. Meilleure. Librairie. Du. Monde.

Finalement, j'ai trouvé l'énergie de me rendre

jusqu'au rayon des livres pour adolescents, situé en plein milieu du magasin et non pas dans un recoin sombre, tout au fond, comme c'était le cas d'habitude. J'ai fait le tour de la bibliothèque turquoise. Le simple fait d'imaginer toutes les jolies couvertures, exposées sur les étagères comme des bonbons, m'a presque donné l'eau à la bouche.

Mais quelqu'un occupait déjà le rayon. Je me suis arrêtée net.

Ce quelqu'un n'était pas n'importe qui. C'était un garçon. Un garçon si grand et élancé que son corps penché sur la bibliothèque ressemblait à un point d'interrogation. Un garçon à la peau claire, au nez parfait et aux cheveux châtains courts, coupés à la tondeuse.

Un garçon super mignon.

Les yeux plissés, il observait la couverture d'un livre de poche, mais lorsque je me suis approchée, il a relevé la tête pour me regarder. J'ai vu comme une lueur dans ses yeux – marron, exactement du même marron que le velours de mon fauteuil préféré, chez Granly. Avec de longs cils et des sourcils épais, de la même couleur de sable mouillé que ses cheveux en brosse.

Ces beaux yeux marron se sont à nouveau baissés vers la couverture du livre pendant un instant, avant de retourner à moi, mais écarquillés cette fois, donnant au garçon un air abasourdi.

Évidemment, tout ceci n'a eu d'autre résultat que de faire battre mon cœur à toute vitesse et de me faire pivoter vers l'étagère.

Il est resté scotché sur moi, j'ai pensé. *Il est vraiment resté scotché... sur moi ? Sur moi !*

J'ai ressenti une montée de panique mélangée à de l'excitation. Espérant ne pas être en train de rougir comme une pivoine, je me suis penchée vers l'étagère et j'ai fait semblant de chercher un titre. Mais je sentais son regard dans mon dos.

Sans que je sache trop comment, mes mains se sont retrouvées sur ma queue-de-cheval – qui avait pris la forme d'un champignon géant à cause de la chaleur. J'ai enroulé nerveusement une mèche autour de mon doigt.

Je sentais toujours son regard sur moi.

Pour la première fois de ma vie, j'ai regretté de ne pas ressembler au stéréotype de la rouquine, forte tête, impulsive. Si j'avais été comme ça, je me serais retournée, je lui aurais rendu son regard avec des étincelles de malice dans mes yeux bleu foncé, avec un sourire mystérieux, comme toutes ces rousses que j'avais vues dans des romans, mais jamais dans la vraie vie.

D'accord, peut-être que même ces rousses-là auraient hésité si elles étaient tout juste revenues d'un périple de trois jours et d'une crise de larmes, sans avoir eu le temps de se regarder dans la glace. Mon chemisier en vichy rouge (qui avait sans doute un jour été frais et champêtre, dans les années 70) était délavé, tout froissé, et taché au stylo-bille, près d'un bouton. Le vernis rouge que j'avais aux pieds s'était écaillé, et je soupçonnais aussi mon visage d'être barbouillé de glace à la framboise.

Je me suis passé un doigt sur le menton et la commissure des lèvres pour vérifier. Propres, apparemment. Je me suis alors risquée à jeter un coup d'œil en direction du garçon.

Toujours en train de me regarder.

Et voilà qu'à présent, il était en train de me *parler.*

– Tu n'as rien sur le visage, tu sais, m'a-t-il soufflé, d'une voix un peu râpeuse.

J'ai mis une seconde à comprendre ce qu'il avait dit – et ce qu'il entendait par là. Ma tentative de vérification avait visiblement été tout sauf discrète.

– Quoi ? ai-je lâché.

– On aurait dit que tu te demandais si tu avais quelque chose sur le visage. De la mayonnaise, par exemple. Comme celle qu'ils font au café d'à côté. Je préfère te rassurer : tu n'as rien.

– Oh. Hum, merci. Mais je n'étais pas au café.

– Ah, bon.

Puis nous nous sommes regardés sans un mot pendant quelques secondes, juste avant que je ne lâche :

– De toute façon, c'est pas trop mon truc, la mayo. Je suis plutôt du genre moutarde.

C'est pas vrai. *C'était quoi, ça ? Par pitié, dites-moi que je ne viens pas à l'instant de parler de condiments à ce garçon !*

Pourtant, il s'est contenté d'acquiescer, comme s'il était parfaitement naturel de sortir une chose pareille à une personne – super mignonne – du sexe opposé. C'était peut-être le cas, après tout. Peut-être que je pouvais carrément lui demander ce que *lui* préférait dans ses sandwichs.

Mais il m'a suffi d'imaginer ces mots sortir de ma bouche pour garder les lèvres bien serrées.

Le garçon est retourné à son livre. À moi de pouvoir le regarder, à présent. Il n'avait rien à voir avec les garçons que je connaissais, ceux qui passaient leur temps à balancer la tête pour dégager des mèches de leurs yeux. Je n'y avais jamais pensé jusque-là, mais j'ai tout à coup mesuré à quel point cette manie m'énervait. Les cheveux de ce garçon, eux, étaient brillants, nets, et permettaient aussi d'avoir en vue son très joli front.

Une minute, j'ai pensé. *Un « très joli front » ? Il n'y a pas de front « joli » ou « pas joli ». Un front c'est un front, un point c'est tout. Quel genre de taré va remarquer le front en premier chez un garçon ? Qu'est-ce que ça veut dire ?*

Mais je crois que je le savais déjà.

Ce que ça voulait dire, c'est que j'avais tout simplement flashé sur ce type – et qu'il était possible que ça soit réciproque (il y avait eu ce regard, après tout)... ou pas.

Je me suis dépêchée de réfléchir à ce que je pouvais lui sortir. Quelque chose d'inspiré et d'intelligent si possible, et sans rapport avec les sandwichs au jambon. Mais bien entendu, il y a eu à ce moment-là comme un énorme vide dans mon cerveau – dont une partie était quand même restée focalisée sur ses longs doigts, ses baskets super classe et, oui, son front.

Je l'ai donc simplement suivi du regard pendant qu'il se retournait vers le chariot posté derrière lui, rempli de livres de poche entassés proprement. Stella, la libraire, avait dû les laisser là en attendant de les ranger sur les étagères.

Le garçon a pris un stylo argenté sur le chariot.

La pointe est restée suspendue juste au-dessus de la couverture.

Mon corps s'est tendu. Il faisait quoi, là ? *Écrire* sur la jaquette d'un livre ?

Mais c'est au moment où j'ai entendu un bruit de déchirure que j'ai compris que la situation était bien pire que ça. Il découpait la couverture ! Et ce n'était pas un stylo qu'il avait à la main, mais un coupe-papier !

D'accord, peut-être que ça ne dérangeait pas Stella que ses clients lisent ses bouquins sans les acheter ou qu'elle se retrouve avec des miettes entre les pages. Mais elle n'aurait jamais pu accepter ça.

– Mais qu'est-ce que tu fais ? me suis-je exclamée en attrapant le garçon par le poignet.

Chacun son tour d'être choqué.

– Je travaille ! Et toi... Qu'est-ce que tu fais ?

Je me suis rendu compte que je tenais toujours son poignet. Sa peau était chaude, aussi douce que du satin. Je l'ai lâché comme si elle m'avait brûlée.

– Tu travailles ? En découpant la couverture des livres ? Qu'est-ce qu'il t'a fait d'abord, ce bouquin ?

Et c'est à ce moment-là qu'un truc bizarre s'est passé.

Bizarre, mais dans le bon sens du terme.

Le garçon a souri.

Il avait des dents blanches, toutes bien alignées, sauf une. Et une fossette sur chaque joue.

– Rien de personnel. Il fait simplement partie des invendus. Comme tous les autres, là, a-t-il dit en désignant le chariot rempli de livres de poche.

– Des invendus ? Comment ça ?

– On n'a pas réussi à les écouler, m'a-t-il expliqué. Alors on les retourne à l'éditeur, mais comme ça nous coûterait trop cher de tout réexpédier, on leur envoie seulement les couvertures, et puis le reste est recyclé.

– Oh.

Je me suis soudain sentie bête, et un peu triste aussi. J'ai détourné mon regard vers le chariot.

– Alors tu vas découper tous ces livres ? Ça ne te fait pas mal au cœur ?

– Ils ne se vendent pas, a répété le garçon en haussant les épaules. Si on ne se débarrasse pas de ces livres-là, ce sont ceux qui se vendent qui n'auront pas de place.

J'ai attrapé un livre rouge tomate sur le chariot. *Garçon ! Il y a une soupe dans ma mouche*, disait le titre.

– Des blagues de pêcheur à la mouche, m'a dit le garçon en secouant la tête d'un air désolé.

– Ça alors, c'est étonnant que ça ne se vende pas, lui ai-je répondu avec ironie.

J'ai alors choisi un autre livre.

– *La dame qui donnait à manger aux chats.*

– Tu vois ce que je te disais, m'a dit le garçon en me prenant le livre des mains, prêt à découper la couverture.

– Non ! ai-je protesté en le récupérant. Tu tiens vraiment à zigouiller tous ces pauvres chats ?

– Eh bien, on est plutôt chien ici, m'a-t-il répondu en jetant un coup d'œil en direction du coin où E.B. continuait de gober des biscuits avec des bruits mouillés.

Le garçon a levé les yeux au ciel en secouant la tête. Et puis il a souri, aussi, faisant à nouveau apparaître ses jolies fossettes.

J'ai senti des papillons dans mon ventre. J'ai croisé les doigts pour que rien ne se voie. Puis je me suis brusquement penchée sur le chariot pour mieux voir les livres – et l'empêcher de voir mon visage.

L'une des couvertures était orange, de la même couleur qu'un coucher de soleil. J'ai sorti le livre.

– *Rêves coco*, de Veronica Gardner, ai-je lu. Parfait pour la plage, non ? Je le prends.

Le garçon a éclaté de rire.

– Tu ne vas quand même pas acheter ça...

– Je vais le *sauver*, lui ai-je répondu en serrant le livre contre ma poitrine. Il ne mérite pas de mourir.

– Tu sais au moins de quoi ça parle ?

J'ai jeté un coup d'œil au dos du livre. Bradé à un dollar quatre-vingt-dix-neuf, indiquait un petit autocollant rouge.

– Ooh, c'est un livre pour ados ! C'est un bon début... Voyons...

Puis je me suis mise à lire à voix haute la quatrième de couverture :

– « Nicole n'arrive toujours pas à croire que ses parents l'aient envoyée en colonie de vacances pour l'été. Le camp a beau se trouver sur une île exotique »...

Impossible de m'empêcher de glousser.

– Ça a l'air profond, m'a dit le garçon pour m'encourager à continuer.

– ... « Nicole est très, très furieuse. Que va-t-il advenir de ses sorties entre amis au centre commercial ? Et de son job d'été chez le marchand de yaourts glacés ? Nicole va manquer toutes les fêtes, et tout le monde s'amusera sans elle – et c'était précisément ce que cherchaient ses parents ! Les premiers jours au camp sont une torture : lever à l'aube, pêche avant le petit déjeuner, mousson »...

– Mousson !? avons-nous répété en chœur.

– Sur ce coup-là, il y a quand même eu un gros effort d'imagination, ai-je dit en riant, avant de poursuivre : « Mais c'est alors que tout va changer. Nicole fait la rencontre de Kai, un garçon de l'île. Un amour d'été fleurit, telle la fleur du cocotier, mais Nicole sait que cet amour, telle la marée, ne sera pas fait pour durer. »

Voilà le moment où j'aurais dû faire une blague sarcastique sur cette dernière phrase comportant deux mauvaises comparaisons. Mais à la place, ma gorge s'est serrée. Et je me suis soudain aperçue que... que j'étais en train de lire le résumé d'une romance d'été au garçon sur lequel je venais de flasher. Question subtilité, il y avait encore des efforts à faire.

Très bien, me suis-je dit. J'ai essayé de prendre une grande respiration, l'air de rien. *Il n'a peut-être pas fait le rapprochement. Après tout, c'est un garçon, et la plupart des garçons ne se rendent pas compte de ces choses-là. À moins qu'il ne s'en rende bel et bien compte, mais que ça ne lui fasse ni chaud ni froid car qu'il ne m'associe absolument pas à une romance d'été.*

Était-ce l'un ou l'autre ? J'aurais aimé le savoir. Tout comme j'aurais aimé savoir son nom, son âge, et s'il était plutôt du genre Peeta Mellark ou Gale Hawthorne (l'un ou l'autre m'allait très bien, mille fois mieux qu'Edward Cullen ou Jacob Black).

Dans une librairie, ce genre de question était légitime, non ? Alors, pourquoi était-il devenu muet comme une carpe ?

La situation commençait à devenir gênante quand tout à coup, la voix de Stella a rompu le silence.

– Josh, chéri ? Tu es là ?

Le garçon a levé les yeux vers le plafond en soupirant, avant de répondre :

– Oui ?

À nouveau, ces papillons dans mon ventre.

Il s'appelle donc Josh.

Josh qui a poursuivi :

– Qu'est-ce qu'il y a, maman ?

Cette fois, mon cœur a fait un bond.

Il s'appelle donc Josh, et ses parents ne sont autres que les propriétaires de la librairie de mes rêves.

Tout était tellement parfait que je n'ai pas pu me retenir de sourire. Et ce sourire était naturel, sans calcul, heureux, tout simplement. Sourire comme ça, ça ne m'arrivait pas souvent. Et j'avais l'impression qu'il était arrivé la même chose à Josh, quelques instants auparavant.

Par chance, il était occupé avec sa mère et ne m'a pas vue sourire béatement. Je n'ai d'ailleurs entendu que d'une oreille ce que lui demandait Stella – une histoire de bordereau et de date d'expédition.

Je n'avais peut-être pas compris de quoi ils parlaient, mais toujours est-il que Josh a tout à coup semblé retrouver son sérieux, arborant le même air qu'avant notre conversation.

– C'est dans l'armoire à dossiers, troisième tiroir du bas, a-t-il lancé avant d'ajouter, tout bas, au même endroit que la dernière fois.

Son regard est resté fixé sur son coupe-papier pendant un moment. Mais je n'étais pas sûre qu'il le voyait vraiment ; ce regard était vague, lointain et, je le sentais, un peu triste également.

Puis il m'a soudain regardée, comme s'il venait de se rappeler que j'étais là.

– Alors, tu le prends ou pas ? m'a-t-il demandé d'un ton brusque, en désignant le livre que j'avais dans les mains.

Comme s'il était impatient de se débarrasser de moi, de retourner à son massacre.

Mon opération sauvetage de *Rêves coco* a du même coup perdu tout son côté mignon, malin, impressionnant pour un garçon. Elle n'était plus qu'une idée sotte, qui faisait perdre à Josh son temps – précieux, apparemment.

Je me suis demandé si j'avais mal interprété son regard ; si j'avais mal interprété cette conversation à propos de son chariot de livres condamnés, cette conversation que j'avais trouvée drôle, que nous avions nouée avec une étonnante facilité. J'avais peut-être tout imaginé, en fait ; je n'étais peut-être rien d'autre que l'une des clientes barbantes que Josh croisait pendant son job d'été tout aussi barbant.

Je ne savais pas quoi faire. Reposer le livre et filer discrètement ? Cette solution m'aurait obligée à me faufiler dans l'allée étroite et à passer près de Josh. Deux fois. Mieux valait aller au plus rapide.

Alors j'ai hoché la tête en le regardant.

– Oui, je le prends, lui ai-je dit calmement.

– Très bien, m'a-t-il répondu d'un ton glacial. Je vais t'encaisser.

– Ça va aller. Ta mère peut s'en occuper.

Sur quoi Josh a haussé les épaules – non sans avoir l'air légèrement contrarié – avant de retourner à son chariot.

J'ai traversé l'allée jusqu'à la caisse. Juste avant d'émerger de tous ces livres empilés, un grand bruit m'a surprise – *craaatch* –, celui d'une autre couverture que Josh venait de découper.

Je n'ai pas réussi à regarder Stella dans les yeux en lui tendant mon exemplaire de *Rêves coco*.

– Tiens donc ! m'a-t-elle lancé gaiement.

J'ai acquiescé d'un air compréhensif. Qu'aurait-elle pu dire d'autre en voyant un achat aussi minable ?

J'aurais pu inventer une excuse, dire que ce livre était une blague entre son fils et moi, sauf que cette blague était complètement retombée et que ce livre était simplement redevenu un roman à l'eau de rose bradé par la librairie, et que j'avais décidé d'acheter pour pouvoir me carapater. Mais voilà qui aurait été un peu long à expliquer ; alors je me suis tue.

Pourquoi, ai-je enragé pour la centième fois, *pourquoi est-ce que j'ai eu la mauvaise idée d'emmener ma liseuse sous la douche ?*

– Ça fera donc un dollar quatre-vingt-dix-neuf, m'a annoncé Stella.

Je lui ai tendu deux de mes précieux billets, et m'apprêtais à chercher des pièces dans ma poche quand Stella m'a dit :

– Pas de TVA sur celui-ci, ma belle. Ce livre allait au pilon. Tu l'as sauvé, après tout !

– C'est exactement ce que je me suis dit !

Stella m'a souri ; j'ai esquissé un demi-sourire en retour, me sentant tout à coup légèrement moins stressée.

– Parfait, eh bien...

J'ai jeté un coup d'œil en direction des étagères, au milieu desquelles Josh était toujours caché. Des larmes me montaient aux yeux.

Comment en étions-nous arrivés là ? Moi qui avais envie de m'attarder un peu à la librairie. Moi qui avais envie de parcourir lentement les étagères, puis d'aller m'installer dans le coin cosy avec une grosse pile de livres. Moi qui avais envie de m'enfoncer dans le gros fauteuil en cuir craquelé et de feuilleter les premiers chapitres de six romans différents tout en grignotant des petits gâteaux à la vanille. Et puis d'acheter un livre, un bon, que j'aurais directement emporté à la plage.

Non, au lieu de tout ça, j'avais croisé le chemin de Josh et, en l'espace de cinq minutes, notre flirt s'était transformé en altercation. Et tout ça m'avait tellement embarrassée que je ne pouvais plus rester. Que je me retrouvais à déguerpir de la librairie avec un roman à la guimauve, par-dessus le marché.

Ce n'était pas juste.

J'ai levé les yeux vers Stella pour la remercier, mais elle regardait en direction du canapé d'un air inquiet.

– E.B., a-t-elle dit d'un ton menaçant.

Le chien a levé un sourcil en poussant un petit gémissement.

– Oh, non ! E.B., ne bouge pas, mon grand !

Stella s'est précipitée sous le comptoir pour attraper une laisse.

– Noooon, E.B. ! s'est-elle écriée alors que le chien lâchait un nouveau gémissement, sonore, irrégulier.

Accourant vers lui, Stella l'a attrapé par son collier pour accrocher sa laisse et le tirer vers la sortie.

– Tu sais que tu ne dois pas manger autant de gâteaux !

Il m'a fallu mettre une main devant ma bouche pour ne pas éclater de rire en voyant Stella traîner ce gros labrador jusqu'à la porte.

Mais mon envie de rire s'est vite envolée. Il y avait une présence derrière moi.

C'était lui. Je le savais.

J'ai attendu quelques instants avant de me retourner. Le temps de prendre une grande inspiration.

Vous avez déjà eu la sensation de ne plus voir quelqu'un de la même manière une fois que vous le connaissez ? Il y a des gens qu'on trouve tout à coup plus beaux quand on découvre comme ils sont drôles et intelligents. Et il y a des gens beaux qu'on trouve laids quand on découvre qui ils sont réellement.

Eh bien, malgré l'aperçu que Josh venait de me donner de son mauvais caractère... je ne me suis en fait rien dit. En fait, je le trouvais même encore plus craquant (ce qui est effectivement gênant quand vous avez affaire à un garçon qui vient de vous faire passer pour une imbécile – même si, un instant plus tôt, vous vous sentiez exceptionnelle grâce à lui).

– E.B. a les intestins fragiles, a expliqué Josh.

– C'est censé être drôle ? lui ai-je rétorqué.

– Non. Je ne dis pas ça pour plaisanter. En fait, c'est même dégoûtant quand on y pense.

Évidemment, cette remarque m'a donné envie d'éclater de rire. Non seulement Josh me faisait passer pour une imbécile, mais une imbécile *immature*, en plus.

– J'espère qu'il se rétablira vite, lui ai-je répondu. Allez, à plus.

Malgré ce que j'avais dit, je n'avais bien entendu *aucune* intention de revoir Josh. J'étais d'ailleurs déjà en train de me demander comment connaître ses horaires de travail (pour mieux l'éviter).

– Hé, jette un œil à ça, m'a-t-il lancé en me tendant brusquement un livre, comme s'il me donnait un ordre.

– Pardon ?

J'ai levé un sourcil – chose que j'avais appris à faire récemment. J'avais eu tout le temps de m'entraîner pendant nos trois jours de trajet.

Bingo. Josh n'a pas eu l'air d'en mener large.

– Je voulais dire... Je pense que ce livre pourrait te plaire, m'a-t-il répondu plus calmement.

Voyant que je ne le prenais pas, Josh l'a posé près de moi, sur le comptoir. La couverture était neuve. Avec une illustration bleue, un dessin de mer ou quelque chose comme ça.

– Écoute, ne va pas croire que les livres à la *Rêves coco*, c'est mon truc. Si c'est un bouquin comme ça, très peu pour moi.

– Pas du tout, je t'assure, m'a dit Josh. Et regarde, il n'est même pas bradé.

J'ai ramassé le livre en lui jetant un regard profondément sceptique (c'était du moins ce que j'espérais).

La couverture était magnifique. On y voyait un fond marin ondulant, avec une eau turquoise dans laquelle étincelaient des écailles de poissons, ainsi qu'un bras fin, indistinct, et une grande chevelure rousse.

Au plus profond, disait le titre, et, oh ! Je n'avais déjà plus qu'une envie : découvrir si les mots que renfermait ce livre étaient aussi troubles et jolis que sa couverture.

Mais ça, je ne pouvais pas le dire à Josh, qui avait déjà fait assez de dégâts comme ça. À quoi s'ajoutait le fait qu'il me restait cinq dollars en poche et que je ne pouvais même pas me l'offrir, de toute façon. Mieux valait décamper pendant que j'en avais l'occasion.

– Ça ne me dit rien, lui ai-je dit d'un air faussement enjoué, avant de reposer le livre sur le comptoir. Mais merci quand même.

– Oh, très bien, a répondu Josh.

Puis il a enfoncé ses mains dans ses poches en regardant ailleurs, exactement comme moi quand quelque chose me déçoit.

Non, à tous les coups, ce n'est pas ça, me suis-je dit. *Il doit juste être en train de chercher son coupe-papier de secours, planqué là.*

On aurait dit que Josh avait repéré quelque chose de l'autre côté du comptoir. J'ai suivi son regard. Le rouleau de papier de la caisse – Josh avait vu la bande rose vif imprimée dessus.

– Oh, c'est pas vrai, a-t-il dit entre ses dents. Elle oublie chaque fois de changer le rouleau.

Sur quoi Josh est passé sous le comptoir pour sortir tant bien que mal le rouleau de la caisse, en pestant.

– C'est bizarre, ai-je remarqué.

Alors il s'est arrêté pour me regarder.

– Qu'est-ce qui est bizarre ?

– Je pensais que cette librairie était l'endroit rêvé pour travailler, mais tu n'as pas du tout l'air de partager cet avis.

– Mais si, je... a-t-il commencé, sur la défensive.

Puis il s'est tu, les sourcils froncés.

– C'est pas que ça me plaît pas. Mais simplement que, quand les gens ouvrent une librairie, ils croient que... qu'il n'y aura que des livres dont il faudra s'occuper.

– Et ce n'est pas le cas ?

– Si, enfin... Il y a aussi le rouleau de la caisse à changer. Et puis les bordereaux à remplir, les commandes à gérer, et les factures qu'il faut penser à payer.

– Mais toi, ce n'est pas le genre de choses dont tu dois te préoccuper, ai-je répondu d'un ton moqueur. Je veux dire, tu n'as que...

– Que quinze ans ? Oui, justement. Pas besoin d'avoir ton permis de conduire pour te souvenir qu'il y a les factures à payer. La seule compétence requise, c'est d'avoir un seuil de tolérance assez élevé pour supporter toutes ces corvées.

Sur le moment, j'ai trouvé qu'il faisait bien plus vieux que les garçons de mon âge.

Et pourtant, ai-je pensé malgré moi, Josh avait bel et bien quinze ans. Ce n'était pas un étudiant ; même pas un garçon de l'âge de mes sœurs.

Je ne sais pas pourquoi cette histoire me préoccupait. D'abord, qu'est-ce que j'en avais à faire de son âge ? Bon, d'accord, il était vraiment, vraiment beau. Et mûr. Et il m'avait sans doute trouvée intrigante moi aussi – l'espace de trois minutes, du moins.

Mais je ne savais pas quoi penser. Qu'est-ce que je pouvais avoir en commun avec quelqu'un qui réduisait une librairie – cette librairie – à un souci de caisse enregistreuse ?

Et comment, me suis-je dit en passant la porte de Dog Ear, comment était-il possible que je me sente encore plus mal qu'avant d'y être entrée ?

Ce soir-là, mon père a préparé du maïs grillé et du saumon, et ma mère une salade de roquette au citron et aux noisettes. Abbie et moi avions uni nos talents de cuisinières pour réaliser des biscuits complètement irréguliers. Les miens ressemblaient à des bouses de vache, et les siens, bien que parfaitement ronds, étaient plats comme des crêpes. Hannah, quant à elle, avait fait une salade de fruits ainsi qu'une purée de framboises qu'elle avait passée au congélateur pour rafraîchir de la limonade.

Mais au lieu de mettre la table, comme à notre habitude, nous avons tout mis dans des boîtes et des paniers que nous avons emportés à quelques pas de là, jusqu'au lac.

Sparrow Road était une route étroite, pleine de virages. Malgré ses pavés, autrefois noirs, il fallait toujours contourner de nombreuses fissures et nids-de-poule quand vous l'empruntiez. Vous vous retrouviez ainsi en plein milieu de la route sans même vous en apercevoir – heureusement, elle n'était pas très fréquentée. Personne n'avait de raison d'emprunter Sparrow Road à moins d'habiter l'une des vingt et quelques maisons qui la bordaient.

J'avais toujours aimé cette première marche sous l'ombre, jusqu'au lac. Les branches tombantes des arbres formaient un feuillage si dense que, lorsque le mois d'août arrivait, on se serait cru dans un tunnel. Bien sûr, à cette saison, on passait aussi le trajet à chasser les moustiques et les taons. Mais même ça – après tout je l'avais fait toute ma vie –, était comme un rituel à mes yeux.

Tout le monde a poussé un soupir de soulagement quand nous avons franchi le dernier tournant qui débouchait sur notre « destination », une petite plateforme en bois sur laquelle étaient installés des supports à vélos (même si personne ne prenait la peine de les attacher) et un robinet tout rouillé pour se rincer les pieds. Au bout de la plateforme, une petite barrière menait au chemin de planches étroit et irrégulier qui débouchait sur la plage.

Nous avons enlevé nos chaussures sans un mot, puis nous avons avancé en file indienne.

Ce silence était lourd ce soir-là, lourd de sens et de tristesse. Cela dit, nous n'étions jamais très bavards durant cette première excursion au lac. Comparé à l'océan Pacifique, cet endroit semblait si tranquille qu'il nous apaisait, nous aussi. Petite fille, j'imaginais que l'eau renfermait les secrets des gens. Que tout ce que vous lui disiez restait en sécurité. Le lac ne vous trahirait jamais.

Alors que nous passions des planches de bois à la plage, les uns derrière les autres, une pensée m'a frappée : même si j'avais grandi, je croyais toujours à cette idée.

Une fois installés à même le sable (nous avions manqué de bras pour emporter une nappe), ma mère a déclaré :

– Un pique-nique à la plage pour notre premier soir à Bluepointe. C'est une nouvelle tradition.

Et même si sa voix a fini par dérailler et que ses yeux semblaient humides à la lumière du soleil couchant, ma mère a souri.

Je lui ai souri en retour, les yeux humides aussi. C'était une drôle de sensation, se retrouver tous ensemble, à la fois tristes de ne pas avoir Granly à nos côtés et heureux d'être là. Le maïs encore fumant, brûlé, dégoulinait de beurre et le sable était encore chaud de soleil. La plage avait pris une couleur rose orangé d'une beauté à vous serrer le cœur. Les vagues douces nous donnaient à entendre cette petite musique que j'aimais tant.

Après avoir terminé mon saumon et léché mes doigts pleins de sauce au citron, je me suis levée. J'ai marché en m'enfonçant dans le sable, puis traversé avec précaution les cailloux et les coquillages qui précédaient le lac avant d'y tremper enfin les pieds. L'eau était froide, très froide.

J'ai jeté un coup d'œil en arrière, vers ma famille. Abbie était assise, les jambes déployées, et rongeait son épi de maïs. Hannah était allongée sur le ventre, les yeux rivés sur le coucher de soleil. Mes parents étaient installés côte à côte, les jambes étendues, chevilles entrecroisées, tandis que ma mère avait sa tête posée sur l'épaule de mon père.

Il ne manquait qu'une personne.

J'ai revu Granly. Comme si elle était là, assise dans sa chaise pliante ; un verre de vin à la main, scrutant le ciel pour repérer les premières étoiles ; ou en train de débarrasser notre pique-nique énergiquement, tout en cancanant avec ma mère sur ses vieux amis de Chicago.

C'est alors que quelque chose d'étonnant s'est produit. Aussi vite qu'il s'était braqué sur mes souvenirs de Granly, mon esprit s'est focalisé sur... sur le garçon de la librairie.

Je me suis demandé ce que ça ferait d'être ici avec lui. Il n'avait pas l'air d'être du genre à jouer à s'éclabousser en courant dans l'eau. En revanche, je l'imaginais parfaitement faire de longues promenades au bord du lac, tout en le contemplant. Ou même construire un château de sable avec moi, ses tours bien alignées par ordre de taille.

Je me suis demandé s'il connaissait les étoiles et me les montrerait une fois le ciel assombri. À moins qu'il ne soit pas du genre à parler. Plutôt à écouter.

J'ai essayé d'imaginer ce que ça ferait de poser ma tête sur son épaule, de me blottir entre ses longs bras. Je me suis souvenue de la manière dont son visage s'était éclairé lorsqu'il m'avait vue pour la première fois.

Mais dès que sa mère l'avait rappelé sur terre, son visage s'était refermé. Et sa bouche ne formait plus qu'une ligne droite, sérieuse, alors qu'il bataillait avec le rouleau de la caisse enregistreuse et se remémorait peut-être toute sa liste de corvées.

Cette bouche-là, je n'aurais pas eu envie de l'embrasser.

Et ces larges épaules ? Elles portaient déjà assez de poids comme ça, semblait-il. Pas de place pour ma tête ici.

Même si ça avait été le cas, est-ce que Josh pensait seulement à moi de la même manière ?

Est-ce qu'il pensait à moi tout court ? Il ne connaissait même pas mon nom !

Alors que moi, je me répétais le sien en boucle dans ma tête. Josh. J'adorais la simplicité de cette syllabe unique. J'adorais le son qui la terminait, ce *shhhh* que l'on pouvait faire traîner, pareil au bruit des vagues du lac Michigan.

Mais je me suis retenue de murmurer ce nom tout haut. Car j'avais la certitude qu'alors, je ne pourrais jamais me l'enlever de la tête – *lui*, mais aussi la question de savoir si je lui plaisais.

Alors je suis retournée vers ma famille, moins distincte maintenant que le soleil s'était couché.

Et j'ai lancé :

– Ce ne serait pas l'heure de la crème glacée ?

C'était drôle d'avoir tous ces rituels à Bluepointe alors qu'à Los Angeles, nous n'en avions presque aucun.

Là-bas, quand on sortait prendre un brunch, on choisissait toujours le premier endroit où il y avait le moins de queue. Ici, on était capables d'attendre une heure et demie pour avoir nos crêpes allemandes (*allemandes*, et pas autre chose) de chez Francie.

Et chez nous, ma mère marquait notre taille sur le mur de la buanderie seulement quand elle s'en rappelait, et pas à chacun de nos anniversaires ou pour le Nouvel An – rien de systématique.

À Bluepointe, en revanche, on prenait toujours la même photo, exactement la même, le même jour, juste avant notre départ. Avec Hannah, à genoux sur le sable, Abbie assise près d'elle et moi, à plat ventre, le menton entre les mains, à côté. Cette photo, on l'avait même prise sous la pluie une fois ; il était hors de question de quitter Bluepointe sans avoir notre cliché à trois, le « paquet de sœurs » comme on l'appelait.

Aller manger une crème glacée était une autre de nos traditions, réservée au soir de notre arrivée, celle-là. Toujours au même endroit, chez Blue Moon.

– Je me demande quelle couleur ils auront choisie cette année, a remarqué Hannah sur la route, dans la voiture.

Blue Moon repeignait chaque année sa devanture dans une nouvelle couleur ; nous avions déjà eu droit à du rose chewing-gum, du jaune fluo ou du vert citron – tout était bon du moment que c'était voyant. J'imagine que les travaux ne devaient pas être compliqués à réaliser étant donné que le stand du marchand n'était pas plus grand qu'une remise à outils. À l'intérieur, il y avait à peine la place pour deux (petits) employés, et même ainsi, leur travail ne semblait pas aisé. Ils étaient constamment en train de se donner des coups de coude lorsqu'ils prenaient les commandes, rendaient la monnaie ou tendaient leur cône aux clients par le petit guichet.

Résultat : il y avait toujours une queue interminable et qui avançait au ralenti – mais c'était ça, Blue Moon.

Sans surprise, lorsque nous nous sommes garés devant le stand (violet !), situé à la sortie de la ville, la foule grouillait déjà. Pourtant, comme toujours, personne n'avait l'air ennuyé d'attendre. Sous l'air frais du soir, légèrement venteux, constellé de lucioles, le terrain couvert de gravier et de mauvaises herbes sur lequel il était installé prenait des airs de contes de fées. Personne ne se pressait, et vous n'aviez même pas à vous donner la peine de réfléchir au parfum que vous prendriez ; Blue Moon n'en avait que deux : chocolat et vanille.

De toute façon, on commandait toujours la même chose. Des sundaes, sauce au chocolat chaud pour mon père et Hannah, le premier avec des éclats de noix, le second avec des vermicelles en sucre. Pour moi, c'était crème glacée au chocolat dans un cône en gaufrette. Vanille pour ma mère dans un pot avec des morceaux de cerise à l'eau-de-vie, vanille aussi pour Abbie, mais dans un cône enrobé de caramel.

On avait beau savoir que cette crème glacée était à peu près aussi light qu'un donut surmonté de bacon (c'est-à-dire l'inverse exact des yaourts glacés à la grenade de chez nous), nous prenions toujours ce qu'il y avait de plus gros. Tout l'intérêt était là. Ce rituel du premier soir, c'était notre manière à nous de dire au revoir à la Californie le temps de l'été, et bonjour à Bluepointe, là où la vie – jusqu'à présent – avait toujours été aussi simple et douce qu'une bonne crème glacée.

J'ai croqué dans mon cône à pleines dents dès que le jeune vendeur me l'a tendu.

– Oh ! me suis-je exclamée, la bouche remplie de glace au chocolat. Ché trooop bon ! Je ne sais pas comment je fais pour oublier chaque fois à quel point c'est parfait !

– Si tu t'en souvenais, a remarqué mon père en s'essuyant le menton avec sa serviette, tu n'en aurais pas autant envie. Ça serait quand même moins drôle, non ?

Alors j'ai pris une nouvelle bouchée en souriant. Mais le froid m'est aussitôt monté à la tête, et j'ai grogné :

– Aaahhhhh, j'ai le cerveau gelé !

Je me suis tournée, fermant très fort les yeux pour me donner une tape sur le front. Et c'est alors qu'en les rouvrant, une fois cette sensation atroce dissipée, je me suis retrouvée pile en face de... Josh ! Il venait d'acheter une glace, un simple cône à la vanille. Sa mère le suivait en piochant dans un sundae – qui devait être surmonté d'au moins six garnitures différentes.

Comme moi, Josh est resté bouche bée. Après un moment qui m'a semblé une éternité, pendant lequel nous nous sommes regardés fixement, il m'a fait un signe de la main.

Je lui ai répondu par un petit sourire.

Et c'est à ce moment-là que Stella m'a repérée. Tout en me faisant coucou avec sa cuillère pleine de sundae, elle m'a lancé :

– Tu étais à la librairie, toi, aujourd'hui ? Alors, ce livre, il te plaît ?

– Oh, lui ai-je dit en essayant d'avoir l'air décontractée (ce qui n'était absolument pas le cas), je n'ai pas encore pu le commencer.

– Ah, alors tu me raconteras, d'accord ?

Tandis que j'acquiesçais, j'ai aperçu du coin de l'œil Josh qui regardait maintenant ses pieds en finissant sa glace à la hâte, en quelques bouchées, jusqu'à ce que sa mère finisse par trouver quelqu'un d'autre avec qui bavarder. Il s'est approché de moi.

– Tu devrais, m'a-t-il dit d'un air sérieux.

– Je devrais... Je devrais quoi ?

Comment allait se poursuivre cette conversation ? Quelle facette de sa personnalité allait-il me montrer – Josh le dragueur ou Josh l'odieux ?

– Tu devrais revenir à la librairie, m'a-t-il dit.

J'ai levé les sourcils. Non, cette remarque n'avait définitivement rien d'odieux.

– J'ai terminé avec les invendus, a-t-il continué. Les livres n'auront plus rien à craindre jusqu'au mois prochain, je te le promets. Et...

Il avait maintenant l'air gêné.

– ... Je te promets aussi que les employés seront plus polis.

– Oh. Ça ressemble à des excuses, lui ai-je dit.

– Ça y ressemble, oui, m'a-t-il répondu – ce qui, dit sur un autre ton, aurait pu sembler gentil.

Mais Josh avait lâché cette phrase d'un air tellement sombre, presque sec, que je ne savais pas comment le prendre. Je me demandais s'il essayait de se rattraper pour se donner bonne conscience ou s'il souhaitait que je retourne à la librairie pour... pour le voir.

Je n'ai pas su quoi lui dire. En plus de ça, ma montagne de crème glacée était en train de fondre et penchait dangereusement au sommet de mon cône. Et ma famille se trouvait juste derrière moi. Je voyais d'ici le moment où ils reviendraient de leur extase et s'apercevraient que j'étais en train de parler à un garçon (ce qui aurait été synonyme de présentation embarrassante assortie d'un interrogatoire de mes sœurs).

Qu'est-ce que vous auriez voulu que je leur dise ? *Je vous présente Josh. Le courant est d'abord hyper bien passé entre nous cet après-midi. Et puis tout a basculé. Et malgré tout, je le trouve toujours beau à mourir.*

Personne n'aurait compris. D'ailleurs, moi non plus je n'y comprenais rien.

Alors, je lui ai simplement dit :

– Dans ce cas, on se verra plus tard.

Et j'ai rejoint ma famille tout en me faisant la remarque que cette phrase-là était presque la même que celle que je lui avais sortie en le quittant tout à l'heure. Bien sûr, je n'en pensais pas un mot à ce moment-là.

Et maintenant ? Maintenant, j'espérais qu'elle soit vraie.

J'ai à peine savouré la fin de ma glace. J'en ai en fait jeté la moitié. Une première pour moi.

Mais tout était différent cet été, évidemment.

C'est d'ailleurs un point sur lequel mes parents n'ont pas arrêté d'insister pendant que nous marchions jusqu'à la voiture, en essuyant nos mains collantes sur de fines serviettes en papier.

– Votre père et moi avons décidé de prendre la chambre de Granly, a annoncé ma mère. Hannah, tu peux prendre notre ancienne chambre pour être au calme quand tu auras besoin de travailler. Abbie, Chelsea, vous n'aurez qu'à séparer les lits jumeaux si vous voulez.

– Mais... a protesté Abbie.

Je la voyais déjà nous dire qu'il était injuste qu'Hannah ait une chambre pour elle toute seule. Mais Abbie a pincé les lèvres ; elle avait dû se raviser.

Mes parents avaient donc décidé d'emménager dans la chambre de Granly – la chambre *vide* de Granly.

Logique. Après tout, la maison n'était pas grande. Il aurait été idiot de laisser une chambre inoccupée pendant tout l'été.

Mais, en même temps, cette nouvelle était carrément déprimante.

Nous nous sommes tous engouffrés calmement dans la voiture. J'ai posé mes poings sur mes lèvres.

À quoi rimait cette soirée ? *Tous* nos rituels de Bluepointe étaient brisés maintenant que Granly était partie.

Mais en même temps, une partie de moi se réjouissait (non sans culpabilité) de notre sortie qui m'avait permis de croiser Josh une nouvelle fois.

De retour à la maison, je me suis affalée sur la chaise à bascule de la véranda. Je n'avais pas envie de rester à l'intérieur pour voir mes parents déménager leurs affaires dans la chambre de Granly. Je préférais me balancer doucement, au son des criquets qui résonnait à travers les moustiquaires. Quelques minutes se sont écoulées. J'ai ramassé mon sac que j'avais jeté par terre pour y piocher mon carnet froissé et mon stylo.

Et si ? Et si Granly était toujours parmi nous ? Et si je ne m'étais pas sauvée en ville aujourd'hui ? Et si la bibliothèque avait été ouverte ? « Le papillon qui, d'un battement d'ailes, provoque un tsunami »... Cette expression m'a toujours mise hors de moi. Comme s'il ne pouvait rien y avoir entre les deux – ta grand-mère vit, ta grand-mère meurt. Vacances à Los Angeles, ville gigantesque, ou dans un petit patelin du Michigan.

Pourquoi ne pourrions-nous pas avoir un peu des deux ? Si ma grand-mère avait été là, je n'aurais peut-être pas rencontré ce garçon aujourd'hui. Mais voilà, je l'ai rencontré, sauf que ma grand-mère n'est pas là pour que je le lui raconte. Vous voyez ce que je veux dire ? Pas de juste milieu. J'imagine que c'est simplement la vie qui fonctionne comme ça.

J'ai continué à coucher sur le papier ces pensées pesantes, jusqu'à ce que mon stylo me tombe des mains. Puis je me suis traînée jusqu'à ma chambre et je me suis écroulée sur mon lit sans même enlever mon chemisier vichy. Je n'avais pas encore déballé mes affaires, et je n'avais pas réussi à mettre la main sur mon pyjama.

Au beau milieu de la nuit, j'ai été réveillée par le bruit étouffé (mais non moins insoutenable) des pleurs de ma mère, de l'autre côté du mur, dans la chambre de Granly.

Ça n'a pas réveillé Abbie. *Rien* n'est capable de la réveiller.

Mais simplement pour voir, j'ai attrapé la petite lampe torche que nous gardions toujours dans le tiroir de la table de chevet. J'ai braqué le faisceau sur le visage de ma sœur – son visage parfaitement serein, endormi. J'ai fait aller et venir la lumière sur ses yeux, mais rien. Abbie a seulement poussé un petit gémissement avant de se tourner vers le mur.

Elle dormait déjà comme une souche, mais faisait en plus de beaux rêves. Décidément, la vie n'était pas juste.

J'entendais à présent la voix grave de mon père dans la chambre à côté. Il avait dû avoir les bons mots, exactement les bons, car j'ai entendu ma mère rire et renifler, puis plus rien. Soulagée, j'ai enfoncé la tête dans mon oreiller et je me suis promis de rire à la prochaine blague de mon père, si mauvaise qu'elle soit.

J'ai dirigé la lampe vers le mur. Il n'était pas peint, mais recouvert de papier, ce que Granly trouvait plus chaleureux, plus cosy. Celui-là était rose pâle, parsemé de petits papillons peints à la manière des impressionnistes, un trait d'encre simplement, et quelques taches d'aquarelle. Ils étaient bleus ces papillons, vert pâle, roses, et du même beige que des coquilles d'œuf.

Ce papier peint était l'un de mes plus vieux souvenirs. J'ignore quel âge j'avais alors – j'étais en tout cas suffisamment petite pour que l'on me mette au lit quand le soleil se couchait. Et suffisamment petite aussi pour ne pas être encore capable de lire avant de m'endormir. J'essayais à la place de suivre des yeux les motifs du papier. Je commençais par le papillon gris-bleu qui semblait danser avec un autre, couleur corail, puis je cherchais l'endroit où le motif se répétait. Je cherchais tous les couples de papillons gris-bleu et corail, partout dans la pièce, jusqu'à ce que mes paupières se mettent à battre comme leurs ailes et se ferment.

Et voilà qu'à présent, à trois heures du matin, je les cherchais à nouveau avec ma lampe torche, mes papillons préférés, mais cette activité avait plutôt des airs de chasse que de moment de relaxation pour m'endormir. Alors, sur la table de chevet, j'ai pris à tâtons le premier objet qui me venait sous la main.

J'ai déchiffré le titre, les yeux mi-clos. Oh. *Rêves coco.*

Stella voulait savoir ce que j'en pensais. Josh aussi. Ou du moins, il en avait l'air.

Du coup, même si je savais déjà ce que j'allais penser de ce roman, je l'ai ouvert avec un sourire et je me suis mise à lire.

Je peux au moins dire une chose positive dessus : l'histoire de Nicole sur « l'île des Comparaisons à la Guimauve » m'a assommée en moins de trois pages. La dernière chose dont je me suis souvenue, tandis que la lampe torche me glissait des mains, était : *C'est encore mieux qu'un somnifère ce truc-là. Je me demande si je vais arriver à faire en sorte que* Rêves coco *me dure deux mois et demi.*

Avec tous les « Et si » qu'il me restait encore à examiner (sans parler des « Et maintenant »), je risquais d'en avoir besoin.

Peut-être était-ce à cause de mon père qui s'était pris du temps libre. Ou de ma mère, maîtresse d'école de son état, qui estimait que chaque instant de chaque jour doit nous servir.

Quelle que soit la raison, les premières semaines que nous avons passées à Bluepointe se sont avérées placées sous le signe de la famille.

En temps normal, mes sœurs et moi aurions protesté. D'habitude, Bluepointe était pour nous synonyme de farniente, à tel point que le simple fait de nous déplacer du canapé jusqu'à la cuisine nous demandait de sérieuses minutes de réflexion. À tel point que nous étions capables de passer deux heures dans le lac à flotter en comptant les nuages. À tel point que nous pouvions nous contenter de manger seulement des chips et du guacamole pour le déjeuner *et* le dîner si cette solution nous épargnait d'avoir à penser à ce que nous allions cuisiner.

Mais cet été, bien sûr, tout cela avait changé. Personne parmi nous n'avait envie de traîner à la maison, surtout moi. Rester là-bas, c'était trop dur. Je pensais sans cesse à Granly, et à Josh, aussi. J'avais réussi à me convaincre que je lui avais plu et, dans un élan de confiance (un petit élan, mais quand même), j'aurais même été prête à enfiler ma plus belle robe vintage, direction Dog Ear.

Et puis, quelques secondes plus tard, c'était tout l'inverse. J'avais peur de mal avoir interprété ce qu'il m'avait dit. Je m'imaginais, débarquant à la librairie, agrippée comme une imbécile à ma liste de lecture, pour trouver Josh totalement décontracté, indifférent.

À moins qu'il ne soit même pas là, me disais-je encore. Ce qui m'obligerait à *revenir*. À faire plusieurs entrées là-bas pour réussir à tomber sur lui. Et c'est là que je serais passée pour une dingue.

En fait, le scénario le moins probable à mes yeux était que tout se passe bien. Pourtant, je savais que c'était le genre de truc qui arrivait tout le temps. Pour Emma et Ethan, ça avait été un jeu d'enfant. Mais rien de tout ça ne m'était jamais arrivé à moi, et impossible de me dire que ce serait le cas un jour.

En me tenant à distance de la librairie, je retardais cette inévitable déception.

C'est comme ça que je me suis retrouvée à multiplier les sorties avec la famille. À partir aux champignons, dans les bois du Michigan. Mes parents avaient lu un article sur le sujet dans un magazine de cuisine – et, non, la présence de champignons potentiellement mortels ne les avait pas dissuadés. (Cela dit, nous avons survécu. Et finalement les champignons n'étaient pas si mauvais que ça, à condition de faire abstraction de leur goût de terre persistant.)

Nous avons aussi passé un après-midi à baratter du beurre dans le musée d'histoire vivant d'un patelin voisin.

Nous avons descendu la partie sud de Galien River dans des bouées géantes.

Nous nous sommes préparé des petits déjeuners gargantuesques et des dîners sophistiqués en utilisant chaque fois des recettes nouvelles et difficiles que mes parents avaient mises de côté pendant l'année.

Ah, et nous avons fait les brocantes, aussi. J'ai quand même fini par réaliser que j'arrivais à saturation quand j'ai sérieusement commencé à me demander si je préférais les duvets à motifs « rosace » ou « petits carreaux ».

Mais vers la fin du mois de juin, tout a brutalement changé. Un matin, Abbie s'est échappée pour aller « piquer une petite tête » dans le lac. Au bout d'un moment, ne la voyant pas revenir, mes parents m'ont demandé d'aller la chercher.

Elle était encore dans l'eau quand je suis arrivée. Et même si elle était seulement en train de se laisser flotter, en bikini, et non pas de s'entraîner dans sa combi de compétition, j'ai préféré ne pas la déranger. Je me suis donc posée sur le sable, où j'ai commencé à échanger des textos avec Emma. Par chance, j'avais fourré mon téléphone dans mon sac juste avant de partir, avec un gros tube de crème solaire, un vieil exemplaire de *Raison et sentiments* qui avait appartenu à Granly, mon maillot de bain et un paréo.

Juste au cas où, vous savez.

Un par un, les autres membres de ma famille sont arrivés. D'abord mon père, avec notre glacière pleine de rafraîchissements. Puis Hannah, avec une serviette de plage et un filet de clémentines. Et enfin ma mère, avec son sac à main... et une drôle d'expression sur le visage.

– Je croyais qu'on avait prévu d'aller visiter l'atelier de sculpture sur verre, s'est-elle plainte.

Elle avait revêtu l'attirail du parfait touriste : pantacourt, bob et sandales. La totale.

– Ça m'a l'air passionnant, a répondu Hannah en se protégeant les yeux du soleil, le nez levé vers ma mère, mais tu sais ce qui serait encore plus intéressant comme activité pour aujourd'hui ?

– Quoi ?

– Rester sur la plage et ne rien faire du tout.

Sans quitter mon téléphone des yeux (Emma venait juste de terminer de me raconter qu'elle s'était fait pincer en train d'embrasser Ethan sur le parking de son école de danse), j'ai levé un poing en signe de solidarité.

– Mais ils ne feront pas de nouvelle démonstration avant le mois d'août, a-t-elle renchéri mollement.

Cependant, j'avais bien remarqué qu'elle avait enlevé ses sandales tout en le disant.

– Ma chérie, Hannah n'a peut-être pas tort, a dit mon père. Ces dernières semaines ont été difficiles. Cette année tout entière a été difficile. Il est peut-être temps de souffler un peu. Nous pourrons aller voir tes souffleurs de verre une prochaine fois.

– *Sculpteurs* sur verre... l'a-t-elle corrigé.

Mais sa voix de maîtresse d'école s'est éteinte tandis que son regard se perdait dans le lac bleu-vert, étincelant de soleil.

Puis elle s'est assise d'un coup sur la serviette.

– Une limonade bien fraîche ? a proposé Hannah en piochant dans la glacière la boisson préférée de ma mère.

Ma mère a ouvert sa canette en haussant les épaules. Elle a bu une gorgée, une longue gorgée. Puis elle a enfoncé ses doigts de pied dans le sable, s'est allongée sur le dos et a dit, les yeux rivés sur le ciel :

– Dieu que c'est bon...

– Alors, tu vois ? lui a répondu ma sœur.

Hannah et moi nous sommes tapées dans la main en signe de victoire, puis je suis retournée à mon téléphone.

C'est à ce moment-là qu'Abbie est sortie du lac, en secouant ses cheveux comme un petit chien mouillé.

– Oh oh, a-t-elle dit en voyant ma mère. C'était trop beau pour durer ! Bon, c'est quoi le programme aujourd'hui ? Fabriquer du savon ? Marcher sur les pas de Johnny Pépin-de-Pomme à travers le Michigan ?

– Tiens, lui a répondu ma mère. Prends un Coca. On ne va nulle part aujourd'hui.

– Nan. J'y crois pas, a fait Abbie en la regardant bouche bée.

– Maman a basculé du côté obscur de la force, lui a confié Hannah d'un air amusé.

Puis elle s'est allongée, les yeux fermés, parée pour la sieste.

Nous avons fini par avoir un petit creux. Tout le monde a donc enfilé ses tongs, puis nous nous sommes dirigés vers la ville.

Sans doute parce qu'il s'agissait de la première enseigne de la rue principale, nous nous sommes arrêtés au café This & That, une petite échoppe aux murs jaune moutarde qui ne proposait que deux choses – et deux seulement : des hot-dogs et des frites. La nourriture, tout comme les gaillards aux cous de taureau qui la servaient, était typique du sud de Chicago. Les vendeurs faisaient claquer leurs pinces de cuisine comme des castagnettes et les pointaient droit sur vous quand ils vous demandaient ce que vous vouliez sur votre hot-dog.

– Des pickles, comme ci ? demandaient-ils avec leur accent typique de la région. Et un peu de poivrons, comme ça ?

Puis ils saupoudraient votre hot-dog de sel au céleri tout en annonçant :

– Un petit peu de ci...

Venait alors s'ajouter la moutarde.

– ... Et un petit peu de ça.

Je n'ai pas pu m'empêcher de ressentir une pointe de fierté quand Hannah s'est approchée du comptoir pour aboyer :

– Cinq hot-dogs avec tout dessus !

Pas de « s'il vous plaît », et pas un mot sur le ketchup non plus. Hannah savait qu'en matière de hot-dog, les gens de Chicago avaient un problème avec le ketchup. Les vendeurs vous regardaient comme si vous aviez insulté leur mère si vous en demandiez.

– C'est ça que j'aime entendre ! s'est exclamé le type derrière le comptoir, tout en jetant des petits pains sur un plateau en plastique orange.

Hannah n'aurait pas eu l'air aussi contente si elle avait décroché un A+. Mon père s'est mis à rire en lui pressant l'épaule.

– Vous pensez qu'elle fera le poids quand elle sera étudiante à Chicago ? a demandé mon père au vendeur.

– Je m'fais pas de souci pour elle, a-t-il répondu en pointant sa pince sur lui. Elle est faite pour l'université de Chicago. C'est une tête, cette fille.

– C'est un génie ! a approuvé mon père.

– Papaaaaa, l'a rabroué Hannah, dont le sourire s'est alors évanoui.

Nous les avons dévorés à l'une des petites tables installées sur le trottoir. En plus du sel au céleri, des poivrons, des pickles et de la moutarde, il y avait aussi sur chaque hot-dog des oignons, des tomates, et une autre sorte de légume au vinaigre d'un vert émeraude pas du tout naturel. Je m'étais assise dos à la vitrine pour que les vendeurs ne me voient pas retirer les oignons.

– Miammm, a lancé Abbie en engloutissant son sandwich. Je veux *absolument* un Mr.Freeze pour le dessert.

Mais en cherchant du regard le parasol arc-en-ciel du marchand dans la rue (qui, bien évidemment, était là), Abbie a tout à coup agrippé le bras d'Hannah.

– Hé, a protesté cette dernière en faisant tomber une frite. Tu me fais mal.

– C'est lui ! a répondu Abbie entre ses dents, avant de lâcher le bras d'Hannah pour désigner d'un grand geste l'autre côté du trottoir.

– Mais c'est pas vrai, s'est exclamée Hannah en se cachant le visage à deux mains. T'es tellement pas discrète. Il va te voir !

– Il n'est pas à toi, d'abord, a presque crié Abbie. C'est le mien ! Tu sais... James. Ou John... Non, attends ! Jim, c'est Jim ! J'en suis presque sûre, c'est Jim.

Puis elle a enfourné le reste de son hot-dog en se levant.

– Tu fais quoi, là ? lui a demandé Hannah.

– Je vais le rejoindre ! Hé ho ! T'as oublié ce qu'on s'était dit ou quoi ?

– Il n'y avait pas une histoire de bikini super sexy là-dedans ? ai-je demandé en jetant une frite dans ma bouche.

– Quoi ?

Abbie a baissé les yeux vers son short tout froissé et le T-shirt large qu'elle avait enfilé par-dessus son maillot.

Puis elle a haussé les épaules. Elle a retiré son T-shirt, révélant sa peau bronzée, son ventre musclé et son haut de bikini minuscule.

– *Ça, non*, ont dit mes parents en même temps.

– Vous êtes tellement vieux jeu, a soupiré Abbie en remettant son T-shirt. C'est juste... un corps. Où est le problème ?

– Pas la peine de répondre, a dit ma mère à mon père avec un sourire amusé. Question piège.

Hannah et moi nous sommes regardées en levant les yeux au ciel. Unir leurs forces pour se moquer de nous, c'était un truc que mes parents adoraient. Un truc qui, si vous voulez mon avis, n'était quand même pas très sympa. On était des ados, on ne pouvait rien y faire. Tout comme ils ne pouvaient rien faire au fait de devenir vieux et fripés.

Alors Abbie a noué son T-shirt au niveau du nombril et s'est fait deux jolies tresses qui lui ont tout de suite donné l'air à croquer.

– Grouillez-vous ! nous a-t-elle lancé, à Hannah et à moi, les bras croisés sur la poitrine.

– Comment ça ? ai-je rouspété. Je ne viens pas, moi !

Du coin de l'œil, je me suis regardée dans la vitrine du café. Ma tenue passait encore – un paréo vintage en coton léger qui se portait, heureusement pour moi, le plus froissé possible. Mais plus vous remontiez, et... plus cela empirait. Même dans le vague reflet de la vitrine, j'arrivais à apercevoir que de nouvelles taches de rousseur avaient fait irruption sur mon visage à cause de mon bain de soleil du matin. Et mes cheveux étaient tellement emmêlés que je ne pouvais même pas envisager de les tresser comme Abbie. Même ma traditionnelle queue-de-cheval avait du mal à les contenir. Des frisottis fusaient de partout, dans tous les sens.

– Alors, d'une, si si, vous venez. Et toutes les deux, nous a dit Abbie. Et de deux, ce n'est pas *votre* look qui importe pour le moment.

Hannah m'a regardée en se mordant la lèvre.

– Enfin bon, peut-être un petit peu quand même, a-t-elle dit en s'approchant de moi pour me dénouer les cheveux.

J'ai senti des boucles folles me retomber sur les épaules.

– Arrête ! ai-je protesté.

Mais ma mère est intervenue en souriant :

– Ça faisait une heure que j'avais envie de le faire !

Puis, après s'être tournée sur son siège, elle m'a passé une main dans les cheveux.

– Je les adore. On dirait ceux de Granly.

Ses yeux sont tout à coup devenus humides.

Vraiment, j'avais tout sauf envie d'entendre parler de ça – pas après la matinée parfaite que nous venions de passer. Alors j'ai ramassé mon sac de plage et je me suis empressée de suivre Abbie, qui avait déjà parcouru la moitié de la rue. Quelques secondes plus tard, Hannah m'a rattrapée.

Les sœurs Silver entraient en action.

Jim (John, ou James) marchait d'un pas nonchalant,

à quelques mètres devant nous. Totalement le type d'Abbie : super bronzé, super musclé, visiblement conscient et content de l'un comme de l'autre. Et s'il marchait à cette allure de tortue, c'était pour se regarder dans chacune des vitrines devant lesquelles il passait. Le tout en secouant la tête tous les trois pas pour dégager ses mèches blondes de ses yeux.

À nouveau, Hannah et moi nous sommes regardées en levant les yeux au ciel.

– Parfait pour une amourette d'été, m'a-t-elle chuchoté.

– Beurk, ça dépend pour qui, lui ai-je répondu.

Abbie était tellement concentrée sur sa traque qu'elle ne nous a même pas entendues. Son visage rayonnait lorsqu'elle s'est retournée pour nous lancer tout bas :

– Je crois qu'il se dirige vers le marchand de Mr. Freeze. Gagné ! Je vais avoir droit au garçon *et* au dessert !

– Si je ne l'avais pas vue en bikini il y a trente secondes, je jurerais que ma sœur est un mec, ai-je dit à Hannah.

– C'est juste... un corps, a-t-elle répliqué en l'imitant, avant de poser les mains sur ses hanches. Où est le problème ?

J'ai ri tellement fort qu'Abbie a fini par se retourner en me faisant les gros yeux. J'ai eu le plus grand mal à me calmer. Non pas que ça ait changé quelque chose. Jim (ou John, ou je ne sais qui) ne nous avait même pas repérées.

Mais tout compte fait, il n'avait pas l'air d'avoir envie d'une glace. Juste avant d'arriver devant le parasol arc-en-ciel, nous l'avons vu traverser brusquement, prêt à tourner au coin de la rue.

Au coin de la rue, où se trouvait...

– Oh, non, ai-je soufflé en m'arrêtant net.

– Quoi ? Qu'est-ce qu'il y a ? m'a demandé Abbie en se précipitant à son tour pour traverser, suivie d'Hannah.

Comme je ne lui répondais pas, Abbie m'a tirée par la main, bouillant d'impatience. Elle m'a traînée à travers la rue, manquant au passage de nous faire écraser par une camionnette.

Et avant même que je m'en rende compte, nous entendions tinter la clochette de la porte d'entrée de chez Dog Ear. Et la bouffée d'euphorie que j'ai d'abord ressentie s'est très vite transformée en énorme panique.

Josh ne pouvait pas me voir comme ça ! Et ma robe bain de soleil jaune, alors ? Celle avec le bas en forme de cloche. Et j'étais censée porter du mascara, du gloss ! Et je n'étais pas censée avoir le nez écarlate à cause du soleil, et mes cheveux... Oh, mes cheveux étaient un cas désespéré de toute façon. J'aurais pu au moins porter un chapeau.

Je ne voulais plus avancer. Abbie, qui me tirait toujours par la main, a essayé de m'emmener dans le coin canapé, là où le garçon se dirigeait (certainement pour profiter des gâteaux gratuits sans même se donner la peine de faire semblant de lire). Mais impossible de me faire bouger. Je parcourais la librairie des yeux. Derrière la demi-douzaine de piles de livres posées sur le comptoir se trouvait une fille avec des mèches rouge cerise dans les cheveux. Elle était assise sur un tabouret, en train de lire et de se gratter simultanément la tête avec un stylo rose. Un homme aux cheveux gris déballait un carton de livres dans la section pour enfants ; une petite dizaine de clients déambulait dans les allées. Mais pas de Josh à l'horizon.

J'ai réussi à respirer un peu mieux, même si ça n'était pas encore ça. Je me suis donné trois minutes pour m'estimer hors de danger.

En attendant, j'ai tâché de ne pas me faire remarquer. J'ai fait semblant d'examiner les best-sellers exposés sur la table à côté de l'entrée.

– OK, c'est bon, m'a soufflé Abbie. Je savais bien que je ne pourrais pas compter sur toi dans une librairie. Allez, viens, Hannah.

Hannah l'a suivie jusqu'au fond de la boutique. J'ai observé Abbie, en train de prendre un livre au hasard sur l'étagère avant de se laisser tomber sur le canapé à côté du garçon. Puis elle a enlevé ses tongs et posé ses pieds sur la table basse, histoire d'offrir le meilleur point de vue possible sur ses jambes à Monsieur J.

Ça a dû prendre, allez, trente secondes pour qu'il la reconnaisse et engage la conversation. Hannah, perchée quant à elle sur un coin du canapé, plaisantait avec eux. Comment faisaient mes sœurs pour toujours être aussi à l'aise ?

J'ai sorti mon petit carnet de mon sac. Et j'y ai écrit

tout ce qui me serait passé par la tête si j'avais été Abbie :

Bon, d'accord, il se souvient de moi. J'ai essayé de m'imaginer le ton de ma sœur. *Mais ça ne veut pas non plus dire que je lui plais. Et si ce n'était pas le cas ?*

Et si ça l'était ?

Et si ça l'était, mais qu'il avait déjà une copine ?

Et si c'était moi qui devenais sa copine, mais que je découvrais qu'il embrasse comme un poisson ?

J'ai levé les yeux pour scruter son visage, aussi plaisant et ensoleillé que le gros bouquet de pâquerettes posé dans un bocal sur la table basse. À l'évidence, rien de tout ça ne lui passait par la tête. J'aurais parié que la seule chose à laquelle Abbie pensait était : *Je suis un canon ! Et ce beau gosse sera parfait pour aller avec moi. Jusqu'à ce que je le plaque avant de rentrer à la maison.*

J'ai soupiré tout en rangeant mon carnet dans mon sac. Abbie avait dû rafler tous les gènes du culot à sa naissance ; à moi, il ne m'en était resté aucun.

Mais d'un autre côté, je me suis rendu compte que les trois minutes s'étaient maintenant écoulées et que Josh n'avait toujours pas fait son apparition. Il n'était clairement pas là. Ce qui voulait donc dire que j'avais tout le loisir d'écumer les étagères de Dog Ear sans avoir à me préoccuper de mon apparence atroce.

J'ai jeté un coup d'œil en direction de mes sœurs. Enfoncée dans le fauteuil en cuir, Hannah s'était trouvé un livre ; Abbie était occupée à rire avec Monsieur J. Je l'ai vue rejeter ses tresses derrière ses épaules avant de prendre la pose, le menton sur le poing. Elle ne faisait pas les choses à moitié ! J'avais donc tout le temps.

Je me suis demandé si le roman que Josh m'avait montré, *Au plus profond*, était toujours en vente. J'ai pris la direction du rayon « ados ».

C'est à ce moment-là, en dépassant une pile de livres posée à l'angle du comptoir, que je me suis rendu compte de ma très grosse erreur de calcul.

Derrière le comptoir, je n'avais vu qu'une seule personne, la fille aux mèches rouges. Mais derrière le rempart de livres, il y avait tout l'espace pour quelqu'un d'autre. Surtout si cette personne était assise sur une chaise basse et penchée sur un bureau plus bas que le comptoir.

J'ai étouffé un cri de surprise en le voyant. Josh était à nouveau tout voûté, le nez tellement collé à la table que l'on pouvait presque apercevoir sa colonne vertébrale à travers son T-shirt blanc.

Et au cas où vous vous poseriez la question, oui, à ma grande honte, j'ai tout de suite pensé que sa colonne vertébrale était aussi sexy que son front.

Pétrifiée, j'ai essayé d'envisager la meilleure des solutions : retourner sur la pointe des pieds jusqu'à l'entrée du magasin, où Josh ne pouvait pas me voir, ou bien courir me réfugier entre les piles de livres. Mais avant que j'aie eu le temps de décider, mon attention a été détournée. Détournée par ce que Josh avait en face de lui sur son bureau.

Un immense poster. Un poster où figurait le dessin d'une couverture de livre dans un coin. Je n'ai pas réussi à déchiffrer le titre, mais l'illustration représentait un ciel bleu constellé de beaux nuages bien ronds.

Josh était en train de repasser un croquis à l'encre au-dessus de ce dessin, le portrait d'une jolie jeune fille qui regardait le livre. Elle avait un air vague, évanescent – comme si elle ne faisait qu'un avec le ciel.

Ce travail était admirable, vraiment admirable.

Sur une autre partie du poster, Josh avait dessiné des lettres d'imprimerie rigolotes, toutes étirées. Les mêmes que sur la pancarte de la librairie.

J'ai regardé les autres posters accrochés autour de moi, annonçant la venue d'auteurs ou la fête de lancement d'un bouquin. L'écriture de Josh y figurait partout.

Mais en dehors de cela, ces posters restaient tous différents. L'un, dédié à une histoire sur un punk de Londres, montrait E.B. le chien affublé d'une crête, les yeux cerclés de noir, des épingles à nourrice accrochées aux oreilles ; un autre, pour une histoire kitsch de zombies, le portrait humoristique d'un mort-vivant rongeant un bras humain comme un épi de maïs. Et un autre encore, pour un livre pour enfants cette fois, la tête d'un pigeon enragé pris sous différents angles comme pour imiter des clichés de police.

Josh les avait tous faits, c'était certain.

Je me suis retournée vers lui, bouche bée. Et c'est alors que je me suis aperçue... que ses yeux étaient rivés sur moi !

Je me suis forcée si fort à fermer la bouche quand nos

regards se sont croisés que j'ai senti mes dents s'entrechoquer.

Josh a fait exactement la même chose.

Je ne savais pas si je devais éclater de rire ou baisser la tête et partir en courant. Étant donné que je ne portais absolument aucun maquillage, j'aurais plutôt voté pour la seconde option.

Mais en voyant la frimousse de Josh ?

Je suis restée.

– Tu as fini par venir, m'a-t-il dit.

Il avait sur les lèvres un petit sourire à la fois doux et nerveux. Et ses cheveux en brosse étaient un peu aplatis à l'endroit où, me suis-je imaginé, il s'était appuyé avec sa main en dessinant. Et ses épaules carrées étaient mignonnes comme tout sous son T-shirt fin.

– Hum, oui, ai-je répondu. J'aurais voulu venir plus tôt, mais j'ai été assez prise par des trucs de famille. Je suis avec mes sœurs, là, en fait...

Ma voix s'est perdue alors que je lui indiquais le coin où elles étaient installées.

Ce que je ne lui disais pas, c'était « ... et si elles ne m'avaient pas traînée ici, j'aurais eu trop peur d'entrer ».

– Oh, a simplement fait Josh (apparemment, il n'avait pas très envie d'en parler).

– C'est toi qui as dessiné tout ça ?

J'ai montré du doigt les posters sous cadre alignés sur le mur.

– Eh bien...

Josh a jeté un coup d'œil en direction du dessin

inachevé sur son bureau. J'aurais pu lire dans ses pensées : il n'avait qu'une envie, plonger de tout son long sur son poster pour le cacher et m'empêcher de percer à jour son secret.

– Donc... il n'y a pas que des histoires de caisse enregistreuse ici ?

Ma question l'a mis encore plus mal à l'aise. Mais en même temps, un sourire confus est apparu sur ses lèvres. Et Josh avait beau essayer de le réprimer, il éclairait son visage.

– Et ce livre, alors, ça avance ? m'a-t-il demandé pour changer de sujet. Celui qui parle de mousson.

– La mousson n'a pas encore commencé, lui ai-je répondu en riant. En revanche, j'ai bel et bien eu droit à une comparaison entre le soleil qui se lève sous les tropiques et une jacinthe d'Orient.

– Aahhh, celle-là, il fallait la faire, m'a-t-il dit d'un air compatissant.

– Oui, ça me fiche la chair de poule ! Mais ce n'est pas forcément une mauvaise chose. Tu vois les films de série B qui passent en semaine à la télé ? Eh bien, mes sœurs et moi, on adore ça.

– C'est parce qu'ils vous font rigoler...

– Seulement parce qu'on les prend au dixième degré, ai-je protesté.

– D'accord. Mais si ça fonctionne, c'est parce que vous les regardez ensemble. Avec un livre, ça ne marcherait pas.

C'est alors que ses yeux se sont éclairés.

– Attends un peu, m’a-t-il dit.

Josh a disparu derrière le comptoir. J’ai entendu des bruits de papier, puis de livres jetés par terre. J’ai lancé un coup d’œil nerveux du côté d’Hannah et Abbie. La première était complètement absorbée dans son livre – qui traitait sans doute d’un sujet très sérieux. La seconde draguait Monsieur J. en lui donnant un petit coup de poing sur le bras. Elle était à deux doigts de se mettre à papillonner des cils.

Tout à coup, Josh a refait irruption. Ses cheveux aplatis avaient repris leur forme initiale. Et il tenait entre ses mains un livre de poche, sans couverture.

– Est-ce que c’est... ai-je commencé en le désignant.

– *Rêves coco*, oui. Nous en avions deux exemplaires. Celui-ci était déjà à la poubelle. Mes parents sont censés apporter les livres à recycler chez le vendeur de fournitures de bureau pour les faire déchiqueter, mais bien sûr, ça n’a pas encore été fait.

Cette fois, néanmoins, Josh n’avait pas l’air mécontent d’avoir des parents qui négligeaient leurs corvées.

– Et... alors ? Tu as l’intention de lire ça ? lui ai-je demandé.

– On pourrait le lire tous les deux, m’a-t-il dit. En même temps, tu vois.

– Comme dans un club de lecture ?

Cette idée me semblait – comment dire – chouette... pour des mémères de cinquante ans.

– Mais nan, a fait Josh. Ça serait plutôt un anticlub

de lecture. On lit un livre en même temps, mais pour s'en moquer.

– Donc, j'avais raison : tu hais les livres, ai-je plaisanté.

– Pas du tout, non ! Il y en a plein, enfin, *certains*, que je trouve géniaux.

Josh a posé *Rêves coco* sur son bureau et s'est emparé d'un autre roman. La couverture était la même que celle dessinée sur son poster. *En négatif*, disait le titre.

– Celui-ci est génial, par exemple, m'a-t-il dit en me le montrant. Il n'est pas encore sorti, mais dès qu'il le sera, il faudra que tu l'achètes.

– Et l'auteur va venir vous rendre visite ?

– Oui, m'a répondu Josh en serrant le livre plus fort. Oui, il va venir.

Josh a eu l'air tout à coup si vulnérable que je n'ai pas pu m'empêcher de sourire. Impossible de lutter. Comme si je n'avais plus aucun contrôle sur mes émotions.

Lui aussi a souri – timidement, comme s'il ne s'assumait pas. Puis il a baissé les yeux vers son bureau, apparemment sur le point de dire quelque chose, quand j'ai senti une tape sur mon épaule. J'ai sursauté.

– Hé, ai-je fait à Abbie, en la fusillant du regard.

Derrière elle, Hannah avait un air amusé.

– J'ai une bonne et une mauvaise nouvelle, m'a-t-elle soufflé en jubilant.

Abbie m'a attirée près d'une vitrine, hors de la vue de Monsieur J. Pratique, car Josh ne pouvait pas nous entendre.

– La mauvaise nouvelle… c'est que je ne connais toujours pas son nom.

J'ai jeté un coup d'œil en direction de Josh. Son sourire n'était plus le même que quelques instants auparavant, mais il n'avait pas totalement disparu. Il est retourné à son bureau.

Abbie était quant à elle tellement enthousiaste à l'idée d'annoncer sa bonne nouvelle qu'elle n'a même pas semblé s'apercevoir du regard que je venais de lancer à Josh.

Ça ne lui effleure sans doute même pas l'esprit que moi aussi, je puisse avoir un « Monsieur J. », ai-je pensé, amère.

– Et la bonne nouvelle… c'est qu'il nous a invitées à une soirée dimanche. Il appelle ça une « fête des lanternes ». Ils organisent ça tous les ans, le dernier jour du mois de juin, apparemment.

– C'est curieux, ai-je répondu. Pourquoi ce jour en particulier ?

– Oh, j'en sais rien, m'a dit Abbie avec un geste de la main. Il me l'a expliqué, mais je n'ai pas tout retenu. C'est un truc entre les gens d'ici.

– Hum hum. Donc, il nous a toutes invitées ? ai-je demandé en lançant un regard dubitatif à Hannah.

– On dirait bien, oui, m'a-t-elle répondu. Je parie que Liam sera de la partie.

– Oh, eh bien, parfait. Comme ça vous pourrez toutes les deux aller avec vos chéris et me laisser seule avec des inconnus.

– Pas des inconnus, des *mecs potentiels*, m'a corrigée

Abbie. On est là pour tout l'été. Tu ne veux pas essayer de te faire des amis ? Ne me dis pas que tu préfères rester à la maison avec papa et maman tous les soirs.

J'ai jeté un coup d'œil par-dessus mon épaule. Josh s'était rassis à son bureau, absorbé par son dessin.

Je me suis retournée vers mes sœurs, les bras croisés.

– Alors c'est quoi, une fête des lanternes ?

– Ça se passe sur la jetée de la marina, m'a précisé Abbie en haussant les épaules. J'imagine qu'ils vont allumer des lanternes. Allez, tu vas adorer.

– Ça se pourrait, ai-je dit lentement, la tête penchée sur le côté.

– OK, elle vient ! s'est écriée Abbie.

Hannah et elle se sont tapées dans la main. Puis Abbie s'est dirigée vers la sortie. Parfait. Voilà qui me donnait l'occasion de clore ma conversation avec Josh.

– Oh, non ! s'est soudain exclamée Abbie en pointant du doigt le marchand de Mr.Freeze de l'autre côté de la rue.

Il était en train de replier son parasol géant – ce qui voulait dire qu'il s'apprêtait à fermer.

– Il faut le rattraper !

Tout en se précipitant vers la porte, Abbie s'est retournée en nous faisant signe de la suivre.

– Mais *venez*, nous a-t-elle dit. Il fait trop chaud dehors, je vais tomber dans les pommes si je ne mange pas un truc glacé.

– Ça va, ça va, a répondu Hannah en riant.

Puis elle l'a rejointe avant de se tourner vers moi d'un air impatient.

– Je vais... ai-je commencé.

– Quoi ? Tu ne viens pas ?

J'ai jeté un nouveau coup d'œil en direction de Josh. Il avait toujours le nez sur son poster et les sourcils froncés tant il était concentré. Complètement plongé dans son travail, apparemment. Alors j'ai haussé les épaules d'un air résigné, et je me suis à mon tour dirigée vers la sortie. Mais juste avant que la porte ne se referme, je me suis risquée à jeter un coup d'œil en arrière – et j'ai vu Josh, penché sur la pile de livres... pour me regarder ! Mon ventre s'est soulevé. J'ai tout juste réussi à lui adresser un petit signe de la main avant d'entendre tinter la clochette de la porte derrière moi.

L'idée d'y retourner pour lui dire au revoir correctement m'a traversé l'esprit – mais tout compte fait, cette solution aurait été encore plus embarrassante.

D'autant plus qu'il ne m'avait pas rendu mon signe de la main.

Tu es partie si vite, il n'a pas eu le temps, me suis-je dit en courant après mes sœurs. *Pas vrai ? C'est pour ça, et pas parce qu'il s'est aperçu que tu étais une grosse gaffeuse flanquée de sœurs encore pires que toi. Pas vrai ? Pas vrai ?*

Impossible de m'enlever ces pensées de la tête pendant que mes sœurs suppliaient le marchand de rouvrir. Puis nous nous sommes mises en route pour rentrer à la maison. Hannah m'a tendu une serviette et un bâtonnet glacé d'un blanc crémeux.

– C'est quel parfum ?

Je l'ai brandi devant moi pour l'examiner. On aurait dit qu'il y avait des raisins secs à l'intérieur.

– Riz au lait, m'a répondu Hannah.

– Dégoûtant !

– Hé, au moins, il n'y a pas de sauge ou d'estragon, m'a dit Abbie. On sait que tu détestes ça.

– Et vous, vous avez pris quoi ? leur ai-je demandé en léchant ma glace avec hésitation.

Elle s'est en fait révélée délicieuse, avec un petit goût de cannelle – passé la texture granuleuse du riz au lait.

– Coco-piment, m'a répondu Abbie en tirant la langue. Hou, ça pique !

– Et cerise-vanille, a dit Hannah. Miammm.

– Ooh, allez, on partage.

– Pas question ! a protesté Hannah. Abbie a dit que je pouvais prendre le meilleur. Privilège de l'aînée.

J'ai suçoté ma glace en ronchonnant, tâchant d'éviter les grains de riz.

Ce n'est qu'au moment où nous avons quitté la rue principale et que mes sœurs se sont mises à discuter des tenues qu'elles porteraient à la fête des lanternes que j'ai recommencé à penser à la librairie. Tout à coup, une phrase de Josh m'est revenue.

« On pourrait le lire tous les deux. »

Mes yeux se sont écarquillés. Je me suis pétrifiée, la langue encore dehors.

Il m'a demandé de former un anticlub de lecture avec lui.

Ça veut forcément dire plus qu'un simple « Tu devrais repasser un de ces quatre », pas vrai ?

Ma respiration commençait à s'emballer. Je me suis dépêchée de rattraper mes sœurs, tout en continuant à penser :

Bon, attends. Ce n'est pas non plus comme s'il t'avait donné un rencard. Il a juste envie de se moquer d'un mauvais bouquin. C'est pas grand-chose. Si ?

« On lit un livre en même temps, mais pour s'en moquer. » C'est ce qu'il a dit. Mais concrètement, comment on fait pour s'en moquer ? On en discute autour d'un café ? À la plage ? Ou sur une nappe de pique-nique posée sur le sable, sur laquelle il aurait étalé tous tes plats préférés – sans herbes aromatiques ?

Un filet de glace fondue qui coulait sur mon bras m'a sortie de ma rêverie – qui commençait à tourner au ridicule, de toute façon. Je me suis essuyé le poignet en secouant la tête.

Ce qu'il voulait dire par là, c'était qu'on pourrait se marrer la prochaine fois que je passerai à la librairie. Point barre. En fait, je te parie qu'il ne va même pas le lire, ce bouquin.

Mais une fois au lit, le soir venu, tandis que je jouais avec ma lampe torche, les yeux rivés sur les deux livres à mes côtés – *Rêves coco* et *Raison et sentiments* –, je n'ai pas pu m'empêcher de prendre le premier.

Et quand je l'ai lu, j'ai eu l'impression de voir une note de bas de page à chaque paragraphe surchargé, avec tous les commentaires méchants que je pourrais partager avec Josh.

Rêves coco était soudain devenu un livre que je n'avais plus du tout envie de poser.

Nous étions à Bluepointe depuis presque trois semaines quand le jour de la fête des lanternes est arrivé. Nous nous étions habituées à ne rien avoir à faire – pas de petits boulots, de cours de sport où il fallait arriver à l'heure, pas d'examen à réviser ni d'amis à retrouver. Le temps passait au ralenti. Et le peu de choses que nous avions à faire nous prenait toujours des *heures*.

C'est la raison pour laquelle, tous les midis, après la plage et un déjeuner pris sur le pouce, sur la véranda, mes sœurs et moi passions presque nos après-midi entiers à nous préparer pour le soir.

Ce n'était pourtant pas notre truc, d'habitude. Abbie était du genre à tout de suite savoir quoi porter, et Hannah était une experte en matière de coiffure express. Quant à moi, mon rituel de beauté consistait surtout à étaler une copieuse quantité de produits dans mes cheveux pour avoir des boucles bien dessinées plutôt qu'une touffe de frisottis.

Mais cet après-midi-là, nous nous serions crues sur un plateau de cinéma ; maquillage, parfum, essayages, tout y était.

C'était ça, d'avoir des sœurs. On se disputait, on se moquait les unes des autres, on se piquait nos vêtements, mais on se gardait aussi nos secrets. Abbie et moi, par exemple, n'avions jamais reparlé à Hannah de la fois où elle avait vomi en plein milieu du centre commercial, devant une centaine de personnes. Et quand Abbie perdait une compétition de natation, Hannah et moi savions qu'elle nous voulait près d'elle, mais qu'il ne fallait pas parler. Alors on s'asseyait toutes sur le canapé, on mettait une émission débile à la télé, et puis je lui tendais un gros saladier de chips. Et une fois le saladier terminé, Abbie était prête à parler de sa compétition et nous, nous étions là pour l'écouter.

C'est pour ça que, cet après-midi-là, quand nous nous sommes transformées en filles ultra-girly (bien loin de nous dans la « vraie » vie), nous savions que rien ne sortirait de cette pièce. Que nous pouvions être aussi bébêtes, aussi ridicules qu'on le voulait.

– J'arrive pas à choisir ! se plaignait Abbie.

Elle était plantée devant trois tenues différentes, étalées sur le grand lit de la chambre d'Hannah.

– Je peux pas mettre la robe, si ? Ça fait trop.

– Dans ce cas, prends le pantacourt blanc avec le débardeur, lui ai-je dit depuis le sol où j'étais assise, en train de me peindre en jaune les ongles de pied. Ça te ressemble davantage, en plus.

– Oui, mais si je mets du blanc, je vais devoir faire attention à ne pas me salir, a-t-elle répliqué.

– Pourquoi ? Tu comptes te rouler dans la terre avec Monsieur-Je-Sais-Plus-Quoi ?

– Argh, a grogné Abbie en se donnant une tape sur le front. C'est quoi son nom, bon sang ! C'est trop tard pour demander, maintenant !

– Quelqu'un va forcément le dire pendant la fête, a répondu Hannah. Tu n'auras qu'à tendre l'oreille.

– Ou tu n'auras qu'à l'appeler directement « chéri », ai-je suggéré. À mon avis, ça ne le dérangera pas du tout !

– Jamais de la vie ! a fait Abbie. En même temps, « Mon petit cœur en sucre », ça pourrait le faire…

– Complètement ! a répondu Hannah. Ou mieux : « Mon gros doudou ».

– « Mon chou d'amour » ! ai-je crié.

– Viens par ici, mon chou d'amour, a repris Abbie en attrapant un oreiller avant de lui donner un baiser passionné.

– Mmm, à méditer, a dit Hannah.

Puis elle a arraché l'oreiller à Abbie et l'a jeté sur le lit. Son regard s'est alors dirigé vers mes pieds.

– Oh, *non* ! s'est-elle exclamée en attrapant le flacon de dissolvant sur l'étagère. Grosse erreur.

– Pourquoi ? J'adore cette couleur.

– Moi aussi, m'a dit Hannah. Mais pas sur tes pieds. Ta peau est trop pâle. Il faut plus de contraste.

Sur quoi elle m'a tendu deux nouveaux vernis – l'un rose vif à paillettes, l'autre d'un bleu turquoise éclatant.

– Bon, d'accord, ai-je ronchonné en pointant le second flacon. Mais tu me le poses, alors. Je déteste me faire les ongles.

Pendant qu'Hannah s'exécutait, Abbie s'est occupée de mes cheveux.

– Tu ne peux pas les attacher tout le temps comme

ça, m'a-t-elle dit en me les ébouriffant. Tu vas finir par avoir une calvitie !

– Hein !? me suis-je écriée, en me touchant aussitôt le crâne. Je suis sûre que c'est même pas possible quand on a autant de cheveux !

Mais Abbie ne m'a pas répondu, tout occupée à fouiller dans sa trousse d'accessoires. Elle est revenue avec un gros bandeau avec un joli motif à fleurs bleu et vert. Après me l'avoir passé autour de la tête, elle a arrangé mes boucles derrière, laissant retomber deux petites mèches au niveau de mes tempes.

– Tu crois ? Ça fait vraiment beaucoup... lui ai-je dit, sceptique.

– Mets un débardeur avec ça, m'a-t-elle ordonné. Tes cheveux seront davantage mis en valeur si tu n'as pas de manches.

Hannah a terminé mon vernis. Je me suis installée devant le ventilateur pour le faire sécher, avec un exemplaire de son *National Geographic.*

– Comment ça se fait que ce soit moi qu'on passe le plus de temps à relooker ? Vous voulez transformer le crapaud en princesse, c'est ça ? ai-je demandé.

Abbie et Hannah se sont regardées.

– Ben quoi ? ai-je fait.

– On cherche juste à t'aider, Chels, m'a dit Hannah.

– Et pourquoi ? Qu'est-ce qui ne va pas chez moi ?

– Rien ! C'est simplement que tu as l'air un peu... rigide, a-t-elle dit en choisissant ses mots. Un peu mal dans ta peau. Il faut que tu prennes confiance en toi, que tu t'assumes davantage.

– Que je m'assume davantage? ai-je répété d'un air moqueur. Tu te prends pour qui? Pour une psy?

– OK, touché-coulé, m'a dit Abbie. Mais regarde plutôt les choses comme ça : tu fais entrave à tout ton potentiel beauté à force de te la jouer « rat de bibliothèque timide qui déteste sa tignasse ». Lâche-toi les cheveux, et arrête de courber le dos juste parce que tu as des seins.

Incrédulité totale. Je suis carrément restée sans voix. On avait pourtant l'habitude de se dire les choses en face, mais là, c'était une première.

– D'abord, je ne suis pas timide, ai-je répliqué, une fois le choc passé. Ce n'est pas parce que je ne cherche pas à être le centre de l'attention – « comme certaines », ai-je ajouté en regardant Abbie – que je suis un cas social introverti.

– Attends, m'a dit Hannah. Tu es quand même chanceuse. Tu as deux sœurs qui sont déjà passées par là. On veut seulement t'aider.

J'ai regardé mes orteils turquoise en fronçant les sourcils. Je détestais devoir le reconnaître – et je ne l'aurais d'ailleurs jamais reconnu devant elles –, mais au fond, je savais que mes sœurs avaient raison. Mais pas pour cette histoire de potentiel beauté. Même si j'étais d'accord à propos de mes seins, je n'arrivais toujours pas à me faire une idée de la beauté qui incluait des cheveux roux pétant et des taches de rousseur.

Cela dit, je devais aussi admettre que je ne respirais pas vraiment l'assurance. Et j'étais parfaitement consciente qu'il n'était pas nécessaire d'être un top model ou la superstar du lycée pour en avoir. Il n'y avait qu'à regarder Emma. D'accord, elle avait peut-être le corps gracieux d'une ballerine, mais elle avait aussi la peau grasse et une bosse sur le nez. Mais elle s'en fichait, Emma, parce qu'elle savait qu'elle avait du talent, un talent bien à elle, et elle se comportait en conséquence. Et pour preuve, Ethan était tellement amoureux d'elle qu'il aurait pu s'étouffer à force de l'embrasser.

Mais comment faisait-on pour montrer tout d'un coup sa personnalité ? Emma avait commencé à quatre ans, quand elle avait suivi son premier cours de danse classique. Hannah, elle, s'était démarquée au fil des ans par son intelligence, et Abbie était née avec un caractère hors du commun.

Et moi ? Rien. Lire des histoires sur des personnages extraordinaires ne me rendait pas extraordinaire pour autant.

Bien sûr, si je choisissais de croire mes sœurs (et c'était un grand « *si* »), cela signifiait que je pouvais être autre chose qu'un paria.

« Assume-toi », m'avait dit Hannah.

Sur le papier, c'était bien, mais... en vrai ? Comment m'y prendre ? Je n'en avais pas la moindre idée. Et je me demandais si « être bien dans ma peau » allait encore devenir un domaine où mes sœurs me dépasseraient.

Au moment où nous sommes arrivées à la marina, ce soir-là, nous avons tout de suite su que nos heures de préparation n'avaient servi à rien.

Ce n'est pas qu'on n'était pas belles, avec nos mains et nos pieds fraîchement vernis, aux couleurs parfaitement accordées, nos maquillages estivaux et nos épaules nues et pailletées (autant d'astuces qu'Hannah avait trouvées dans un magazine – autre que *National Geographic*, comme vous vous en doutez).

Comme me l'avait conseillé Abbie, j'avais choisi une robe bain de soleil blanche avec de fines bretelles, qui me moulait en haut et s'arrêtait au-dessus du genou. La vendeuse du magasin vintage où je l'avais achetée m'avait dit qu'elle datait des années 60.

Pour aller avec mon bandeau, Hannah m'avait prêté ses sandales plates, couleur bleu roi. Entre ça et mes ongles turquoise, mes pieds n'avaient jamais été aussi colorés. J'espérais qu'ils détournent un peu l'attention de mes cheveux.

Mais en réalité, nous avons découvert qu'être bien habillé n'était pas le but d'une fête des lanternes. Mais alors absolument pas. La plupart des filles et des garçons attroupés sur la jetée – une grosse plateforme carrée en caillebotis, entourée de bateaux à moteur amarrés – étaient tout décoiffés, et simplement vêtus de shorts et de T-shirts. Ils avaient de la peinture sur les bras et des petits bouts de papier brillant dans les cheveux. Chacun avait entre les mains une lanterne artisanale sophistiquée. Et même si ces lanternes n'étaient pas encore allumées, sûrement parce que la nuit n'était pas tout à fait tombée, on voyait déjà toute l'imagination qui avait été déployée. Il y en avait une en forme de temple japonais, et une en forme de champignon de conte de fées, avec un chapeau rouge et des points blancs. Et puis une autre avec des formes géométriques compliquées, que même Hannah n'a pas réussi à s'expliquer. Et une autre encore avec deux lanternes collées qui représentaient Fred et Wilma Pierrafeu.

Hannah s'est approchée d'une fille qui bougeait la tête au son de la musique. Au bout d'une longue canne en bois, sa lanterne se balançait. Elle était en forme de cylindre, dans un papier à fleurs, avec une petite fenêtre en papier paraffiné sur laquelle était collée la silhouette rigolote d'un chien.

– J'adore ta lanterne ! lui a lancé Hannah tandis qu'Abbie et moi nous postions derrière elle. C'est toi qui l'as faite ?

– Merci ! a répondu la fille en plissant le nez de joie. C'était pas évident. Ça m'a pris tout le temps que nous avions réservé avant la fête. Mais vous n'étiez pas là, si ?

– Avant la fête ? a demandé Abbie en se rapprochant de la fille.

– Oui, on a commencé vers midi, a-t-elle expliqué. On fait ça chaque année – on se réunit pour fabriquer nos lanternes. Et puis on commande du poulet frit et on se met au travail avec les mains toutes grasses. C'est un peu bébête, mais ça fait des années qu'on fait ça, depuis l'école primaire, alors... c'est un peu devenu une tradition, maintenant. À la fin de la soirée, on lance le concours de la plus belle lanterne.

– Dis donc, c'est génial, a répondu Abbie d'un ton flatteur.

S'il y avait bien une chose qu'elle détestait en dehors de ne pas être au courant de quelque chose, c'était de perdre un concours.

– Et ils se sont déroulés où, tous ces préparatifs ?

– Chez Jason, a répondu la fille en désignant avec enthousiasme le fond de la jetée.

Monsieur J. se trouvait là-bas, en compagnie de deux filles qui riaient. Il tenait sa lanterne comme un trophée – une sculpture en papier mâché toute cabossée censée représenter la tête de Dark Vador. Ses yeux devaient sans doute briller quand elle était allumée.

Le visage d'Abbie s'est assombri, mais elle n'a rien laissé paraître dans sa voix.

– Ah, c'était chez *Jason*, a-t-elle dit. Cool. Allez, bonne chance pour le concours.

– Merci ! a piaillé la fille tandis qu'Abbie s'en allait.

Hannah et moi avons échangé un regard.

– Je propose qu'on regarde s'il y a un saladier de chips sur le buffet, lui ai-je soufflé.

– Je crois qu'elle y a déjà pensé, a répondu Hannah en pointant du doigt Abbie qui fonçait vers la table remplie de cochonneries.

Heureusement, elle était située à l'opposé de Jason. Je suis arrivée à la hauteur de ma sœur juste au moment où elle piochait une grosse poignée de chips, prête à les enfourner dans sa bouche.

– Bon, lui ai-je lancé gaiement. (On aurait dit ma mère, qui parle toujours plus aigu quand quelque chose ne va pas.) La bonne nouvelle... c'est qu'on connaît son nom ! Monsieur J. n'est autre que Jason.

– Et la mauvaise, m'a répondu Abbie d'un air rageur, c'est qu'il m'a laissée tomber pour une autre – non, *deux* autres – filles avant même que j'aie eu le temps d'arriver.

– Attends un peu, a fait Hannah en se versant du soda dans un gobelet en plastique. Tu n'en sais rien. Tu as entendu ce que l'autre avait dit : ils se connaissent tous depuis qu'ils sont petits. À mon avis, ces deux filles sont seulement des amies.

– Ah, et comment tu expliques qu'il ne m'ait pas invitée à leurs préparatifs ? a répliqué Abbie en pointant brusquement du doigt une lanterne qui passait, haute de près de deux mètres, représentant un arbre avec un nid et un écureuil grimpant sur le tronc.

– Puisque tu es si sûre de toi, lui ai-je lancé, incapable de résister à l'envie de lui envoyer une pique, va donc le voir pour lui demander !

Je l'ai poussée gentiment en direction de Jason. Abbie m'a fusillée du regard en retour, mais elle a ensuite englouti ses dernières chips avant de filer vers lui d'un pas décidé.

Hannah et moi nous sommes regardées avec un grand sourire.

– Parfait, et d'un, a dit Hannah. Il ne reste plus qu'à...

Mais sa voix s'est perdue. Elle avait repéré quelque chose – ou plutôt quelqu'un – de l'autre côté du buffet.

J'ai suivi son regard, découvrant un garçon en train de se servir un grand verre d'eau gazeuse. Il portait un polo et un treillis qui lui donnaient un look sage, mais décontracté.

Ses cheveux étaient blonds, bien coiffés, et son visage brûlé par le soleil typiquement américain, avec des yeux d'un bleu perçant.

Autrement dit, il était exactement le genre d'Hannah.

– Est-ce que c'est... ai-je balbutié. C'est...

Mais Hannah ne m'a pas répondu. Elle s'est contentée de me refiler son gobelet puis elle est partie vers le garçon.

– Liam ? lui a-t-elle demandé.

Son ton était parfait – juste une pointe de surprise, mêlée à la joie sincère de le retrouver. Personne n'aurait pu dire qu'elle avait attendu ce moment depuis trois semaines.

Je les ai regardés, tendue, voyant le garçon lever les yeux vers ma sœur, impassible d'abord, puis semblant la reconnaître et enfin... s'illuminer.

S'illuminer, oui !

– Hannah, c'est ça ? lui a-t-il demandé en lui donnant une rapide accolade avant de s'écarter pour l'admirer. Tu es revenue !

Hannah a haussé les épaules. Je ne voyais pas son visage, mais je n'en avais pas besoin. Je connaissais la lueur qu'il y avait dans ses yeux : le soulagement après la victoire, un espoir brûlant, et juste une pointe d'angoisse.

Hannah était restée célibataire pendant un an après sa rupture avec Elias. Elle avait prétexté être trop prise par ses cours préparatoires et ses dossiers de fac à monter, mais Abbie et moi savions que ce n'était là qu'une excuse. En vérité, notre sœur avait eu le cœur brisé ; elle avait peur d'être à nouveau blessée.

Mais tout était différent dans ce joyeux bazar qu'était Bluepointe. Hannah était loin de Los Angeles – ancien théâtre de son histoire avec Elias –, et sa rentrée à l'université de Chicago, où elle passerait les quatre prochaines années, entourée des mêmes personnes, était encore loin.

Le moment était parfaitement choisi pour une aventure légère, capable de tout vous faire oublier.

Je savais que si j'en étais arrivée à cette conclusion, Hannah avait dû suivre le même raisonnement. Elle aurait pu en faire une présentation PowerPoint, ça ne m'aurait pas étonnée. Ma sœur était quelqu'un de fondamentalement analytique, même lorsqu'il était question d'amour. *Surtout* lorsqu'il était question d'amour.

En voyant le visage doux, ouvert de Liam, j'ai moi aussi senti cet espoir. Ce garçon semblait être la personne parfaite pour un amour d'été – mignon, pas compliqué. En plus de quoi, après l'avoir serrée dans ses bras, Liam avait laissé sa main sur le bras de ma sœur. C'était sûr, il était intéressé.

Je me demande ce que ça fait, me suis-je dit, le cœur un peu serré. *Je me demande ce que ça fait d'être avec un garçon qui s'approche et vous prend dans ses bras, plutôt qu'avec un type tout timide qui vous propose des trucs aussi bizarres qu'un « anticlub »...*

J'ai jeté dans ma bouche l'une des chips d'Abbie et j'ai pris une gorgée dans le verre d'Hannah, puis je me suis tournée face à la fête. Personne n'avait l'air de me remarquer. Clairement, arriver sans lanterne à ce genre de soirée vous reléguait immédiatement au dernier échelon de l'ordre social.

Tout en enfournant mon reste de chips, je me suis demandé combien de minutes il me faudrait tenir avant de pouvoir extirper mes sœurs de là.

J'ai jeté un coup d'œil de côté à Hannah. La main de Liam n'était plus posée sur son bras, mais il se tenait près d'elle – tout près d'elle – tandis qu'ils parlaient. Je l'ai vu lui servir un verre d'eau. Et laisser ses doigts sur les siens pendant qu'il le lui donnait.

J'ai pris une nouvelle poignée de chips en grimaçant. La nuit promettait d'être longue, oui.

Si j'avais été une sœur gentille et loyale, je n'aurais pas été transportée de joie en voyant Abbie revenir vers moi quelques minutes plus tard. Elle semblait tellement furieuse qu'on aurait presque pu voir de la fumée lui sortir de la tête, comme dans les BD.

Apparemment, Jason s'était révélé aussi stupide qu'il en avait l'air.

Et j'avais mal pour elle, vraiment. Mais pas autant que lorsque moi, quelques minutes avant cela, je m'étais retrouvée toute seule, sur le côté, alors que la fête battait son plein, spectatrice de tous ces jeunes qui trimbalaient leurs lanternes ridicules et qui, à mon grand désarroi, étaient amis depuis toujours.

Cela me mettait aussi hors de moi de voir Hannah et Liam s'entendre aussi bien. Hannah ne faisait pas une seule erreur – elle bavardait avec aisance, riait, pleine de charme, et rougissait toujours au bon moment. Et il était clair qu'elle fondait littéralement dès que Liam posait la main sur son bras. Ou sur sa taille. Ou sur sa main à elle. (Tactile, hein, le Liam.)

L'ensemble était vraiment très, très déprimant.

C'est pourquoi, quand Abbie s'est affalée dans la chaise pliante à côté de celle que j'avais misérablement squattée pendant les quinze dernières minutes, ma réaction n'a peut-être pas été tout à fait appropriée.

– Qu'est-ce qui s'est passé ? lui ai-je demandé, avide. C'était si catastrophique que ça ?

Abbie m'a lancé un regard noir.

– Bien sûr que c'était la cata ! J'ai l'air de quelqu'un pour qui tout s'est super bien passé ? Et d'abord, pourquoi tu as l'air contente comme ça ?

– Mais pas du tout, ai-je protesté, puis je me suis efforcée (très dur) d'effacer le grand sourire que j'avais sur le visage. Alors, qu'est-ce qui s'est passé ?

– J'en sais rien ! m'a répondu Abbie, la mâchoire serrée. Il avait pourtant l'air intéressé à la librairie, et là, on aurait dit qu'il ne se souvenait même pas de moi. La honte, franchement.

Ça se passait encore mieux que ce que j'avais imaginé ! Non seulement Abbie ne risquait pas de me laisser tomber à nouveau ; mais en plus, elle allait sûrement vouloir partir.

– Aïe, j'ai dit. Raconte-moi tout.

– Attends. Il reste des chips ?

Abbie est partie d'un pas lourd en direction du buffet. Mais avant même d'avoir pu faire sa provision et revenir s'asseoir à mes côtés, l'une des filles de la fête a tiré une chaise au milieu de la jetée. Puis elle est montée dessus en brandissant sa lanterne – une boule d'inspiration chinoise, avec des libellules en papier.

– Votre attention s'il vous plaît ! a-t-elle hurlé. C'est l'heure de les allumer !

Des cris et des sifflements ont fusé. Tout le monde s'est mis à chercher son briquet ou ses allumettes en riant. Les déboires de ma sœur m'avaient presque fait oublier les lanternes – et aussi que le ciel était à présent d'un noir d'encre et que les éclairages suspendus au-dessus de la jetée étaient maintenant allumés.

– Alex ? a crié la fille en mettant ses mains comme un porte-voix.

Toutes les têtes se sont tournées vers un grand garçon au sourire malicieux. Il manipulait ce qui avait tout l'air d'être des feux d'artifice, plantés sur des piquets au début de la jetée.

Toutes les lumières se sont éteintes.

– Whooouuuu ! ont crié en chœur les filles et les garçons – à part, bien sûr, Abbie et moi.

Ma sœur a disparu dans l'obscurité. Je n'y voyais plus rien, et ma tête s'est un peu mise à tourner ; je me suis agrippée à ma chaise.

– Un ! a hurlé la fille.

Le bruit des briquets que tout le monde actionnait a résonné sur le ponton. Des gens riaient et d'autres criaient de plus belle, agitant leur flamme au-dessus de leur tête comme dans un concert.

– Deux !

Cette fois, tout le monde s'est joint au décompte. Je me suis agrippée un peu plus fort à ma chaise, le sourire aux lèvres. Ce moment était tellement palpitant que je n'ai pu m'empêcher de participer quand le dernier chiffre a été crié, même si je n'avais aucune lanterne à allumer, même si je n'avais personne avec qui partager ma joie. La bonne humeur de tous ces gens était contagieuse.

Alors nous avons tous hurlé :

– TROIS !

Et toutes les lanternes se sont illuminées !

Nous avons entendu tout le monde prendre une légère inspiration, ébahi par tant de beauté.

Sur sa chaise, la fille tenait à présent une lanterne orange vif qui se balançait par-dessus les gens. Fred et Wilma Pierrafeu avaient l'air de danser. L'arbre géant était renversant, avec ses feuilles de lumière. Et même l'affreux Dark Vador de Jason était impressionnant, avec ses yeux jaunes inquiétants rivés sur la foule.

Et tout d'un coup, des cris de joie ont éclaté.

Je me suis moi aussi mise à crier. Je me suis sentie un peu bête à sautiller et à applaudir comme tout le monde, mais j'ai fini par me dire qu'après tout, tant pis. Personne ne me connaissait. J'étais invisible ici. Et à ce moment précis, cette sensation était pour moi davantage un cadeau qu'un fardeau, car je pouvais profiter à cent pour cent de cet instant d'été parfait, sans être embarrassée.

Les mains jointes, j'ai regardé les lanternes flotter au-dessus de ma tête. Je n'ai pas pu m'empêcher de pousser un petit cri en en voyant une qui représentait un phénix orange aux ailes déployées, et de sourire devant celle qui imitait un gros bocal rempli de « lucioles » qui dansaient.

Cet instant était tout simplement... charmant. Une bouffée de bonheur m'envahissait, même si la douleur était là, aussi. Cela m'arrivait souvent depuis que Granly était partie. Chaque moment de joie était douloureux. Mais lorsque j'ai aperçu les filles qui commençaient à se déhancher – l'une regardant un garçon dans les yeux, une autre murmurant à l'oreille de son cavalier, une troisième posant la tête sur son épaule –, je me suis rendu compte que cette douleur était peut-être causée par autre chose cette fois-là.

Et c'est alors que mon regard s'est tourné vers l'entrée de la jetée.

J'ignore ce qui m'a poussée, hormis le fait de savoir, quelque part au fond de moi, qu'il était là.

Josh.

Josh, au milieu de la petite passerelle qui menait du parking jusque sur le ponton, se tenant d'une main à la rambarde. Josh qui portait une chemise à manches courtes rétro, à motif en damier. Il avait les cheveux nets et brillants, et une peau sans défauts. À la lumière des lanternes, Josh était tout simplement... beau.

Ou peut-être était-ce à cause de ce sourire doux et timide sur ses lèvres. Ce sourire dirigé droit sur moi.

J'ai résisté à l'envie impérieuse de me retourner pour vérifier qu'une autre fille ne se trouvait pas derrière moi – avec des cheveux moins touffus et une jolie lanterne.

J'ai fait un pas hésitant.

Josh aussi.

Et quelques pas plus tard (et quelques interminables secondes aussi), nous nous étions rejoints.

– Salut, m'a-t-il dit.

– Salut.

Je lui ai répondu d'une voix qui semblait fine et fragile. J'avais l'impression de perdre l'équilibre, comme si les flammes vacillantes de toutes les lanternes perturbaient ma vision. Je me suis éclairci la gorge et j'ai désigné les mains de Josh, vides.

– Pas de lanterne ?

– Ah, non... Je me suis décidé à la dernière minute. Pour venir, je veux dire.

– Oh.

Il m'aurait sûrement trouvée trop curieuse si j'avais demandé pourquoi, alors j'ai simplement dit :

– Elles sont belles, hein ?

Josh a tout à coup eu l'air gêné. Ses yeux se sont écarquillés.

– Les lanternes. Tu ne les trouves pas magnifiques ? ai-je répété en levant une main vers la fête.

– Ah, les lanternes ! m'a dit Josh. Si, si.

Puis son regard s'est tourné de l'autre côté comme s'il venait de découvrir ce spectacle. Étrange... C'était pourtant difficile à manquer !

Puis ses yeux se sont posés sur moi.

– Oui, m'a-t-il dit. Elles sont magnifiques.

J'ai souri.

Josh a souri aussi.

Et j'ai commencé à me demander, même si cela me semblait fou, si... ce n'était pas pour moi qu'il était venu ici.

Mais une petite voix m'a aussitôt dit : *C'est impossible. Il n'a pas pu entendre Abbie à la librairie, il ne pouvait pas savoir que tu serais là. En fait, il devait même être sûr que tu ne serais* pas *là, puisqu'il n'y a que des gens du coin ici.*

Pourtant, j'avais le sentiment que si j'avais présenté à Josh un petit questionnaire sur la soirée – *Y a-t-il un personnage de* Star Wars *dans la foule ? Une très grande lanterne se trouve parmi nous. S'agit-il d'un arbre ou d'un gratte-ciel ?* –, il aurait lamentablement échoué.

C'est à ce moment-là que mon sourire s'est agrandi. Un sourire plus confiant, oui.

Je me suis dit que je n'avais qu'à lui demander. Marre des mystères. Il me suffisait de la jouer comme Abbie :

Je te plais, non ? Seulement, tu ne sais pas plus que moi comment t'y prendre pour me le dire.

J'ai ouvert la bouche.

– *Josh* ?

Une fille toute petite, au corps de sportive, a émergé de la foule. Elle avait une coupe courte, élégante, et un mini-short blanc qui faisait ressortir ses belles jambes hâlées et musclées. Une lanterne semblable à un gros sac rose pendait à son bras.

– Non, j'y crois pas, un dingue de travail comme toi qui sort de sa caverne ? lui a-t-elle lancé d'une petite voix.

Puis elle a posé sa main libre sur le bras de Josh et l'a gentiment pincé.

– Salut, Tori, a-t-il dit.

Son air penaud était de retour, et une vague de rouge, semblait-il, lui montait jusqu'au cou.

Attends, il est en train de rougir ? Ça veut dire quoi, ça ?

Tori s'est tournée vers moi et m'a dit à voix basse, comme pour me faire une confidence :

– Celui-là, toujours à te sortir des (elle a continué d'une voix grave, censée imiter celle de Josh) « Je vais pas pouvoir. Je dois travailler. Encore ! ». Ah, comme c'est lassant !

– Oui, bon, ben... a répondu Josh en haussant bêtement les épaules.

Tori m'a lancé un long regard de côté en lâchant un nouveau rire qui se voulait complice. Sauf qu'il n'y avait aucune complicité entre cette fille et moi.

– Vous vous connaissez d'où ? m'a-t-elle soudain demandé.

– De la librairie, a répondu Josh en même temps que moi, le faisant rougir de plus belle.

– Ah, oui, bien sûr, a répondu Tori. Moi, je suis barreuse dans son équipage.

– Barreuse ? lui ai-je demandé, complètement perdue.

– Oui, la barreuse de son équipage, quoi, a-t-elle répété en levant les sourcils.

J'ai acquiescé lentement.

– Mmm, d'accord... son équipe...

– C'est de l'aviron, a expliqué Josh.

– Ah ! ai-je dit avec un rire nerveux. Mais oui, bien sûr. On est dans la région des lacs, évidemment.

Non, mais. Est-ce que j'aurais pu passer davantage pour une idiote ?

– On pratique en rivière, en fait, a précisé Josh. Et le barreur est la personne assise à l'avant du bateau, qui donne la cadence.

– Et qui le gouverne, aussi ! a remarqué fièrement Tori avant de se tourner vers moi. Je l'admets : c'est quand même agréable de pouvoir crier des ordres à huit mecs. Ils n'ont pas d'autre choix que de m'écouter.

Tori s'est mise à glousser, puis elle a ajouté :

– Le barreur est souvent une fille puisqu'il vaut mieux ne pas peser trop lourd pour ça.

J'aurais ensuite juré voir ses yeux m'inspecter de la tête aux pieds. Avec mon mètre soixante-dix et ma silhouette pulpeuse, j'étais totalement à l'opposé de son petit corps musclé. Involontairement, j'ai croisé mes bras sur ma poitrine.

Tori n'a pas eu besoin d'autre chose que du silence gêné qui a suivi pour s'assurer que je n'étais pas une menace pour elle. J'aurais presque pu voir la liste qui se formait dans sa tête :

1. *Attendre que Josh ait terminé avec cette serpillière qui ne connaît même pas des mots aussi simples que « barreuse » et « équipage ».*
2. *Lui apporter sa boisson préférée (puisque, en tant que barreuse, je la connais forcément).*
3. *Faire semblant de perdre l'équilibre pour qu'il me rattrape, et remarque au passage que je suis légère comme une plume et que je sens bon le gel douche à la pastèque.*
4. *Laisser la nature faire le reste !*

Visiblement, Tori me trouvait même assez pathétique pour me laisser en tête à tête avec le garçon qu'elle convoitait.

– Ooh, je vois Hazel et Callan là-bas, a-t-elle dit en faisant coucou à deux filles.

En apercevant Tori avec Josh (je devais être transparente, quant à moi), toutes les deux ont gloussé en levant leur pouce en l'air. Super discret !

– Alors à plus, Joshie, a-t-elle lancé avant de se retourner vers moi. Ravie d'avoir fait ta connaissance...

Elle m'a regardée, puis elle a regardé Josh, s'attendant à des présentations.

Josh n'a fait que rougir davantage. Et c'est à ce moment-là que j'ai réalisé qu'il ne m'avait jamais demandé mon nom ! Et moi, je ne le lui avais jamais dit.

– Chelsea. Chelsea Silver, ai-je annoncé sans pouvoir croiser son regard. Je viens de Los Angeles, je suis là pour l'été.

– Génial ! J'a-dore L.A., a répondu Tori avec enthousiasme. À plus, Chelsea.

C'est à peine si elle n'a pas couru jusqu'à ses amies. Une fois réunies, toutes les trois se sont écroulées de rire.

Ses intentions n'auraient pas été plus claires si elle avait léché le visage de Josh.

Je lui ai lancé un regard noir. Je m'attendais à ce que ses yeux soient rivés sur Tori. Après tout, pourquoi pas ? C'était le stéréotype de la jolie fille, pétillante, enthousiaste – le genre de fille qui attirait naturellement l'attention.

Mais au lieu de ça, Josh me regardait, moi. Avec une lueur nouvelle dans les yeux.

– Et donc... Chelsea Silver... m'a-t-il dit.

– Et donc... Joshie ! C'est comme ça que tes amis t'appellent ?

– Non ! m'a-t-il répondu en roulant des yeux. Même Tori ne le fait jamais. Je ne sais pas d'où elle a sorti ça.

Ohé ! j'ai pensé. *Parce que ça ne crève pas les yeux qu'elle a craqué sur toi ?*

Je me suis demandé si c'était le cas pour moi.

– Ah, tiens ! m'a dit Josh comme si quelque chose venait de lui revenir. Une minute !

– Euh...

Mais je n'ai pas eu le temps d'en dire plus. Josh avait déjà filé vers le buffet.

Très bien, me suis-je dit, sentant la panique arriver. *On va dire qu'il a très faim. C'est comme ça les garçons, hein ?*

Voilà le résultat quand on vivait dans une maison de femmes (plus un expert-comptable, mais pas vraiment du genre macho). Les garçons étaient une énigme pour moi. L'impression que je gardais des frères et/ou petits amis de mes copines était que les garçons avaient *toujours* faim. Et lors des rares moments où, le ventre déjà plein, ils ne rêvaient pas de nourriture, c'était le sexe qui les obsédait.

Enfin, ça, c'était pour la version « plus de dix ans ». Les autres étaient plutôt branchés sur les blagues de pets ou de rots.

Du coup, quand Josh est parti en trombe, je n'ai pas compris si son « Une minute » signifiait « Je reviens » ou « Sympa d'avoir parlé avec toi. Il y a des jolies filles que je dois voir. Pas la peine de m'attendre ! ».

Il mettait un temps fou au buffet – qui, à ce moment de la soirée, n'était plus qu'un vaste chantier. Je le voyais fouiller parmi les serviettes mouillées, les chips écrasées, les bouteilles de soda à moitié vides, les assiettes en carton déchirées...

J'ai cherché mes sœurs du regard. Difficile de reconnaître quiconque à la lumière des lanternes, mais j'ai fini par repérer Hannah, appuyée contre la rambarde, de l'autre côté de la jetée. Liam était presque collé à elle. Il avait passé un bras autour de sa taille et semblait chercher à lui embrasser le cou.

En riant, Hannah l'a repoussé – mais pas bien fort. Ça n'avait pas du tout l'air de la gêner que ce garçon essaye de lui voler un baiser devant une cinquantaine d'inconnus.

Moi je l'étais, cependant. Ce type, elle venait de le rencontrer ! Bon, d'accord, de le *re*-rencontrer, mais quand même. Le premier baiser avec un nouveau garçon, ça devrait rester privé, non ?

À l'évidence, Abbie était de mon avis, car je l'ai vue apparaître tout à coup à côté d'Hannah. Elle a esquissé un sourire faux à Liam avant d'entraîner sa conquête avec elle.

Mais Hannah avait l'air de vouloir rester.

Et moi ?

Eh bien, ça dépendait. J'ai tourné la tête en direction du buffet. Et mon cœur s'est serré.

Josh n'était plus là.

J'ai parcouru la foule du regard, plissant les yeux pour le trouver dans cette marée de lumières. L'espace d'un instant, je n'ai plus réussi à me souvenir des vêtements qu'il portait. Je ne voyais plus que son sourire timide, gêné.

Comme s'il avait été à la fois nerveux et excité de me voir.

Nerveux et excité – jusqu'à ce qu'il se rende compte que des filles comme Tori le trouvaient irrésistible et qu'il devienne urgent pour lui de décamper « à la recherche de quelque chose à manger ».

J'ai grincé des dents, frustrée, puis j'ai regardé mes pieds. Même dans la pénombre, je distinguais mes sandales bleues et mes ongles turquoise. Tellement vifs qu'ils luisaient presque. Mais ils étaient restés plantés au même endroit toute la soirée, à attendre. Attendre mes sœurs. Attendre Josh.

Eh bien moi, j'en avais assez. Je suis allée rejoindre Abbie et Hannah. Je m'apprêtais à mettre mon grain de sel dans leur petite discussion en annonçant : « C'est bon. On s'en va ! », les doigts croisés très très fort pour qu'elles m'écoutent, mais alors que j'étais au beau milieu de la jetée, j'ai entendu une voix.

– Chelsea !

J'ai fait volte-face. Josh était là, à l'endroit précis où il m'avait laissée, avec à la main deux gobelets en plastique rouge, et, dans le creux de son bras, un bol de bretzels.

Il m'a tendu un gobelet.

– Je t'ai rapporté quelque chose à boire, m'a-t-il dit d'un ton cérémonieux.

J'ai esquissé un sourire et j'ai marché vers lui. Il avait donc bravé le chaos du buffet pour me chercher à boire. Et à manger ! Personne n'avait jamais fait ça pour moi avant – sauf peut-être mon père. Ce geste était pour moi... un geste d'adulte !

– C'est du Champomy, m'a-t-il dit en me donnant mon verre. C'était la seule bouteille où il restait des bulles.

Un geste d'adulte ? Oui, enfin...

Josh m'a offert un bretzel. Mais, à vrai dire, je n'en avais plus grand-chose à faire de boire ou de manger...

– Bon, j'en suis à la page 42, a lâché Josh. Et toi ?

– À la page 42... ?

Je n'y comprenais rien.

– De *Rêves coco* ! À moins que tu ne l'aies balancé à la poubelle après la description de « la haine qui couvait dans les yeux de Kai »...

– Alors tu es vraiment en train de le lire ? ai-je dit en riant. C'est ça ?

– Disons que j'ai quand même réussi à aller jusqu'à la sublime description du cochon de lait pendant la danse du hula... L'auteure n'y est pas allée de main morte, hein ?

– Oh, c'est rien de le dire, ai-je répondu. Et le passage sur ses cils qui sentent le roussi et sa petite queue en train de griller ! Je crois que son intention était de nous faire penser à Wilbur en parlant de ce cochon de lait. Histoire qu'on se transforme tous en militants anti-viande ou quelque chose comme ça.

– Non, attends, *Le Petit Monde de Charlotte*, c'est une institution chez Dog Ear. E.B. White, c'est quand même pas Veronica Gardner...

– Mais ce livre me fait le même effet qu'un accident de la circulation : je n'arrive plus à en détacher mon regard. Et puis, avec cette fichue bibliothèque municipale qui n'est jamais ouverte, j'ai lu tous les livres qu'on a à la maison maintenant.

– Tu devrais commencer celui que je t'ai montré, m'a dit Josh en mangeant distraitement un bretzel. Tu sais, *Au plus profond*.

– Oui, mais je suis complètement fauchée. J'essaie de faire des économies pour me racheter une liseuse, mais j'ai à peine mis de côté de quoi m'acheter un livre de poche. Je devrais peut-être me trouver un baby-sitting, puisqu'on est là pour tout le reste de l'été. Enfin, je vais quand même attendre d'être vraiment désespérée...

– Je vois, donc tu n'as aucune pitié pour les cochons de lait et, en plus, tu détestes les enfants, m'a répondu Josh avec un sourire moqueur.

– J'aime bien les enfants ! ai-je protesté. Mais tu sais, le jeu de l'oie et les sandwichs beurre de cacahuète/confiture, ça va deux secondes...

– Et une bonne salade de thon, alors ?

– Mmm, certains enfants doivent en manger, mais...

– Je parlais de tes goûts à toi, m'a dit Josh. J'ai appris qu'ils cherchaient des gens pour l'été chez Mel & Mel.

– Mel & Mel, comme le café ?

Comme le café collé à la librairie où tu travailles tous les jours ?

– Ouaip, m'a-t-il dit. Melissa est une bonne amie de ma mère. C'est elle qui lui a dit qu'ils embauchaient.

Je me suis remémoré Mel & Mel. On appelait ça un café, mais ce n'était pas le genre d'endroit où l'on trouvait des machines à expresso fumantes et des mokas aux noix de pécan. Non, ils ne servaient pas de cafés élaborés là-bas, mais plutôt du café noir normal ou du décaféiné qu'on vous apportait dans de grosses cafetières rondes transparentes avec une poignée en plastique orange. Ils vendaient aussi des soupes et des sandwichs et, pour le dessert, des gâteaux présentés dans une vitrine avec des plateaux tournants. Quand on était petites, mes sœurs et moi allions tout le temps coller notre nez là-dessus pour regarder tourner lentement les grosses tartes au citron meringuées et les gâteaux à la crème au chocolat. C'était une vraie torture de choisir.

Les serveuses étaient de la vieille école, du genre à porter des tabliers et à coincer leur stylo derrière l'oreille. Les plus âgées avaient la peau du cou comme du parchemin et étaient toujours trop maquillées ; et j'avais l'impression que les plus jeunes étaient systématiquement tatouées. Ils vous appelaient « mon chou », là-bas, quand ils posaient votre limonade rosée sur leur table imitation bois. Et quand ils vous servaient votre tarte, ils rajoutaient une énorme noix de mauvaise crème chantilly, à la bombe, directement.

– Je sais pas trop, ai-je répondu à Josh en secouant la tête. Tu penses qu'ils cherchent quelqu'un comme moi ? Je n'ai jamais été serveuse...

– Tu aimes les chats ? m'a-t-il demandé.

– Ça va.

– Alors surtout, ne sors pas ça à Melissa. Dis-lui que tu les *adores*, en particulier les « écaille de tortue ». Et avant de discuter avec Melanie, assure-toi de connaître le score du dernier match des Chicago Cubs.

– Mmm, d'accord, ai-je répondu en riant. Et il y a d'autres choses que je dois savoir ?

– Tu te débrouilles comment pour émincer du céleri et des pickles ? m'a demandé Josh comme s'il me testait.

– Ah, ça, c'est ma spécialité !

– Alors elles vont t'adorer, m'a-t-il dit.

Et tout à coup, Josh a semblé particulièrement intéressé par son Champomy qu'il s'est mis à regarder fixement.

Et si la lumière m'avait permis de mieux le distinguer, j'aurais juré qu'il rougissait.

J'ai détourné timidement les yeux. Et c'est à ce moment-là que mon regard est tombé sur Abbie, qui me faisait de grands signes de l'autre côté de la jetée. Voyant que je l'avais repérée, elle a pointé du doigt Hannah et Liam d'un air théâtral.

Ils étaient carrément passés à l'étape supérieure ! D'accord, ils s'étaient isolés à l'écart des lanternes, mais on voyait quand même tout – les doigts d'Hannah dans les cheveux de Liam, les bras de Liam autour de la taille d'Hannah, et leurs chevilles entremêlées...

– C'est pas vrai ! me suis-je exclamée.

– Quoi ? a demandé Josh en suivant mon regard.

– Laisse tomber ! ai-je lâché aussitôt. C'est rien.

Que Josh voie ma sœur en train de flirter avec l'un de ses camarades de classe était la dernière chose dont j'avais besoin.

– C'est simplement que... que je suis venue avec mes sœurs, et je crois qu'elles sont prêtes à rentrer.

– Ah, bon, d'accord.

Mais j'étais tellement focalisée sur Hannah en train de se donner en spectacle que je n'ai pas pu dire ce qu'il y avait derrière ce ton. De la déception ? Ou de l'indifférence ?

– Mais merci pour le tuyau, lui ai-je dit. Tu sais, je crois bien que je vais tenter ma chance !

Cette décision, je venais de la prendre sur un coup de tête. Mais soudain, une terrible envie d'enfiler un tablier et d'appeler les gens « mon chou » m'a submergée. Ça avait l'air drôle, après tout ! Plus drôle en tout cas que de changer des couches.

Et puis... Je ne pouvais pas m'empêcher de me demander si Josh faisait partie des clients réguliers de Mel & Mel. C'est vrai, il travaillait à la porte à côté.

À la manière dont il m'a souri – évidemment il avait des fossettes –, j'ai supposé que oui.

– Ils ouvrent à sept heures, m'a-t-il dit.

Juillet

Le lendemain matin, j'ai laissé un petit mot à mes parents sur la table de la cuisine et je suis partie à six heures quarante-cinq, direction Mel & Mel.

Sparrow Road était extraordinairement calme. Je n'avais jamais vu les rayons du soleil filtrer ainsi à travers les arbres. Normal, je ne me levais jamais aussi tôt à Bluepointe. Je me suis pourtant dit, un brin sur la défensive peut-être, que ma quête d'un job d'été n'avait rien à voir avec Josh. *Presque* rien.

Je tente ma chance comme tout le monde, j'ai pensé. *Qui sait combien de candidats je vais trouver là-bas ?*

Et puis, la date était symbolique – le premier jour de juillet.

Nouveau mois, nouveau job – on remet les compteurs à zéro. De toute façon, je commence déjà à en avoir marre de la plage.

Une fois arrivée à l'angle de la rue principale et d'Althorp Street, j'ai jeté un rapide coup d'œil à la devanture encore fermée de Dog Ear, simplement pour m'assurer qu'il n'y avait personne. Par chance, la librairie était encore endormie, comme la plupart des commerces de la rue.

À côté, le café déjà tout éclairé avait l'air d'un vrai soleil. Melanie était en train de poser des tasses en grosse porcelaine sur les tables. Elle avait attaché ses cheveux gris au carré derrière un bandana. Sur son tablier – qu'elle portait par-dessus un jeans et un débardeur – était brodé un chat écaille de tortue.

– J'arrive, ma jolie, m'a-t-elle dit en me voyant.

– Oui, d'accord, lui ai-je crié en retour.

J'ai reculé sur le trottoir avec l'impression d'avoir dérangé quelque chose de privé, mais Melanie (Melanie, c'était bien ça ?) m'a souri gentiment en m'ouvrant la porte.

– Ça alors ! m'a-t-elle lancé en posant ses poings sur les hanches. Il y en a une qui les veut, ses pancakes au chocolat, ce matin !

– Oh, euh... non, merci, ai-je bafouillé. Je ne suis pas très pancakes au chocolat.

J'ai lissé la robe en coton mimosa que j'avais choisie pour l'occasion. L'avantage avec cette robe, c'est qu'elle faisait très serveuse des années 60. Mais d'un autre côté, elle était complètement froissée. J'ai croisé les doigts pour que ça ne se remarque pas.

– Dans ce cas, que dirais-tu d'une part de streusel café-cannelle ? m'a-t-elle proposé. Tu ne devineras jamais quel est notre ingrédient secret.

– En fait, ai-je répondu en désignant le panneau CHERCHE SERVEUSE dans l'entrée, je suis ici pour l'annonce...

– Ah ! s'est exclamée Mel avant de s'essuyer les mains sur son tablier. Tu as déménagé ici récemment ?

– Euh... Oui, mais juste pour l'été.

– J'avais plutôt l'intention de prendre quelqu'un qui resterait longtemps, m'a-t-elle répondu d'un air dubitatif. Qu'est-ce que tu as comme expérience ?

– Euh... j'ai été baby-sitter en Californie, dans une famille avec quatre enfants. De vrais ogres, ces petits ! C'était vraiment le coup de feu en cuisine, parfois...

– Laisse-moi en toucher deux mots à ma sœur, m'a dit Mel en se mordant la lèvre. Melanie ! a-t-elle crié par-dessus son épaule.

Bon, d'accord. Celle-ci n'était donc pas Melanie, mais Melissa. Très bien. Melissa qui adorait les chats écaille de tortue.

Melissa égale « chats », me suis-je répété dans ma tête. *Melanie égale « Chicago Cubs ». Melissa, chats. Melanie, Chicago.*

Mon ventre tout à coup s'est serré.

Je venais de me souvenir de l'autre astuce que m'avait donnée Josh : *Assure-toi de connaître leur dernier score.*

Parfait. Donc : non seulement j'arrivais sans aucune expérience et je n'étais disponible que pour l'été, mais je ne connaissais pas non plus l'équipe contre laquelle les Cubs avaient joué la veille, et encore moins le score. J'avais vaguement entendu dire que les Cubs perdaient tout le temps. Il me semblait avoir déjà entendu Granly en plaisanter.

Voyant sortir Melanie de la cuisine – treillis, T-shirt

de sport, casquette bleu roi avec un C rouge cousu dessus –, j'ai décidé de courir le risque.

– Bonjour, je suis Chelsea Silver, ai-je dit en lui faisant coucou. Quel dommage pour le match des Cubs, hier, vous ne trouvez pas ?

– C'est vrai que c'était devenu une tradition pour eux, de perdre ! a lancé Melanie d'un air triomphal. Trois-deux cette fois-ci, ma belle !

Melanie a tendu la main à sa sœur pour qu'elle tape dedans, mais Melissa l'a ignorée.

– Quoi ? a-t-elle dit, vexée.

Elle a croisé les bras sur sa poitrine, et c'est alors que j'ai remarqué à quel point cette femme était bronzée et musclée. Melanie ressemblait aux gens qui passent leur temps à faire de la randonnée, des courses à vélo ou je ne sais quel autre sport extrême.

– Ce score est parfaitement honorable.

Je n'ai pas pu m'empêcher de glousser.

– Vous me rappelez moi et mes sœurs, ai-je dit.

– Tes sœurs... au pluriel ? a répondu Melanie en lançant un sourire moqueur à Melissa. Tu en as plus d'une ? Tu dois avoir de la ressource, dis donc.

– Et c'est pour ça que vous devriez m'embaucher.

Les deux Mel se sont regardées en levant les sourcils. J'ai senti mes joues s'enflammer. J'imagine qu'Abbie et Hannah ne parlaient pas de ça quand elles me disaient d'avoir confiance en moi.

– Elle est intéressée par le job de serveuse pour l'été, a expliqué Melissa à sa sœur.

– Seulement pour l'été ?

J'ai jeté un coup d'œil à la caisse, de l'autre côté du bar. Elle était recouverte de vieilles photos plastifiées de chats écaille de tortue.

– Oh, des chats ! ai-je lancé, en désespoir de cause. Trop mignon !

Mais Melanie a fait mine de ne pas m'entendre et a pris sa sœur à part.

Je me suis accoudée contre le comptoir, vaincue. J'avais réussi à passer pour une parfaite imbécile, en même pas cinq minutes. Une parfaite imbécile non qualifiée. Une parfaite imbécile qui faisait semblant d'adorer les chats.

La porte d'entrée s'est ouverte ; deux enfants sont entrés.

– Asseyez-vous où vous voulez, leur a lancé Melissa en souriant, avec un signe de la main. J'arrive tout de suite.

Les menus étaient empilés à l'autre bout du bar. J'ai haussé les épaules. Je n'avais plus rien à perdre. Pourquoi ne pas tenter le tout pour le tout ?

J'ai attrapé les cartes.

Mais en regardant à nouveau la famille qui était en train de s'installer, j'en ai reposé deux pour les remplacer par des menus enfants. Et j'ai apporté le tout à leur table.

– Bonjour ! leur ai-je lancé, avec un peu trop d'enthousiasme. Est-ce que vous souhaitez boire quelque chose ?

– Un café, m'a répondu le père avant de désigner sa fille, qui ne devait pas avoir plus de trois ans. Et pour elle… Tally ! Arrête de jouer avec la salière ! Désolé. Pour elle… Tally ! Où est-ce que j'en étais ?

– Tally, ai-je dit à la petite fille en me penchant à la hauteur de ses grands yeux bleus. Est-ce que tu voudrais du lait ?

Un sourire timide est apparu sur son visage.

– Du jus, m'a-t-elle répondu.

J'ai levé les yeux vers sa mère, qui regardait son enfant avec un sourire attendri voulant sans doute dire qu'elle était d'accord.

– Pomme ou orange ?

– Pomme ! s'est écriée Tally en applaudissant de ses petites mains potelées.

– Pomme ! ai-je répété en hochant la tête (et en priant tout bas pour que les Mel aient du jus de pomme en réserve).

– Merci ! m'a dit la mère. Et pour moi, ce sera un thé glacé sans sucre, et pour Zeke… une orange pressée, c'est ça ?

– Très bien, alors, un café, un thé glacé sans sucre, un jus de pomme et une orange pressée, c'est bien ça ?

– Ouaip ! a répondu Zeke.

Et ses parents ont souri de plus belle.

– Je vous laisse regarder le menu. Nous avons un excellent streusel café-cannelle aujourd'hui. Vous ne devinerez jamais notre ingrédient secret.

– Du gâteau ! a réclamé Tally.

– Merci, m'a dit le père avant de se tourner vers sa fille. Tally, tu dois d'abord manger des œufs, et ensuite tu auras du gâteau...

J'ai senti une vague de fierté m'envahir en partant – une vague qui, évidemment, est vite retombée. En dépit de ce qui venait de se passer, je n'avais pas la moindre idée de quoi faire ensuite.

Les deux Mel avaient les yeux rivés sur moi. Impossible de dire si elles étaient furieuses ou amusées. Un peu des deux, je crois.

– Hum, alors ils veulent un café, un thé glacé, un jus de pomme et une orange pressée, ai-je annoncé. Est-ce que vous avez... du jus de pomme ?

– Tu as de la chance, on en a, a répondu Melanie avant de se tourner vers sa sœur.

– Et si on te prenait à l'essai pour la journée ? a dit Melissa. On verra comment ça se passe.

– D'accord ! Alors, vous voulez que je commence tout de suite ?

– C'est déjà fait, non ?

– C'est déjà fait, ai-je répété en lançant un petit coucou à Tally, qui m'a répondu en agitant les doigts.

– En général, Melissa est derrière le comptoir, mais elle va finir de s'occuper de ces clients pendant que je t'explique comme ça marche, m'a dit Melanie en fonçant vers la cuisine, moi sur ses talons. Tu te doutes que prendre une commande de boissons sera la chose la plus facile que tu feras aujourd'hui, j'espère ?

– Bien sûr, ai-je affirmé, même si cette idée ne m'avait pas traversé l'esprit.

Jamais je n'avais été aussi spontanée. Et, à vrai dire, j'en étais à la fois ravie et terrifiée.

Une heure plus tard, j'ai bien cru que le coup de feu du petit déjeuner allait virer au bain de sang. Les deux autres serveuses, Ginny et Andrea, avaient tout bonnement l'air de vouloir me poignarder avec leur stylo. C'est à ce moment-là que j'ai commencé à me demander laquelle de mes gaffes choisiraient les Mel pour me donner une bonne raison de ne jamais remettre les pieds dans le café – pas même pour en boire un.

Invoqueraient-elles la traînée d'eau glacée que j'avais laissée sur leur lino trois fois de suite au moins ?

Ou bien le moment où j'avais apporté quatre assiettes de bacon à la mauvaise table – qui s'était avérée être une table de végétariens ?

Il y avait aussi eu celui où j'avais bloqué le tiroir-caisse, alors que Ginny venait de passer cinq bonnes minutes (une éternité dans le monde des serveuses, apparemment) à m'expliquer son fonctionnement.

Ou encore celui où, à cause d'une famille qui ne voulait rien comme tout le monde, j'avais rempli trois pages de mon carnet de commandes parce que je ne connaissais pas les abréviations qu'utilisait Melanie en cuisine.

Et si l'une de ces gaffes n'avait pas scellé mon sort, l'assiette que j'avais renversée par terre s'en chargerait sûrement – une assiette remplie de sirop d'érable. Elle ne s'était pas cassée, mais le sirop s'était retrouvé projeté absolument partout.

Au moment où le rythme a commencé à se calmer, je sentais que j'avais de grosses touffes de frisottis sur la tête. Et sûrement des auréoles sous les bras aussi, tant mes aisselles étaient humides.

Comme les derniers clients étaient assis dans la zone de Ginny et Andrea (et cela n'était pas dû au hasard, si vous voulez mon avis), je me suis laissée tomber sur l'un des tabourets et j'ai levé des yeux coupables vers Melissa.

– Finalement, lui ai-je dit, servir dans un restaurant bondé, c'est bien plus difficile que de garder quatre petits enfants. Qui l'eût cru ?

J'ai lâché un rire penaud.

Puis, au ralenti, à contrecœur, j'ai déposé mon carnet de commandes sur le bar et j'ai commencé à défaire mon tablier. Pourtant, même si cette matinée avait été extrêmement dure, quelque part, je m'étais amusée – d'une manière inédite, qui impliquait des mains collantes et quelques petites humiliations, mais amusée quand même. Et puis, j'avais presque gagné quarante dollars de pourboire ! En trois heures et demie ! C'était bien plus qu'en faisant du baby-sitting.

Melissa, occupée à rentrer des chiffres sur sa caisse, une pile de tickets à ses côtés, a levé les yeux.

– Tu fais quoi, mon chou ? m'a-t-elle demandé. Tu t'arrêtes à quatorze heures trente, normalement.

– Mais... Mais, c'était catastrophique ! lui ai-je dit.

– Ça ne me fait pas plaisir de le dire, mais je suis d'accord avec elle, Melissa, a renchéri Andrea en insérant un filtre rempli de grains de café dans la machine.

Puis elle s'est assise au bar, à côté de moi, et m'a lancé un sourire plein de compassion, attirant mon regard sur ses lèvres rouge sombre. Andrea semblait avoir une vingtaine d'années. Elle avait une tonne des tatouages et portait une paire d'Adidas avec des chaussettes qui lui remontaient jusqu'aux genoux. Son style me plaisait bien – et je l'admirais d'être toujours aussi sèche et jolie après ces heures de calvaire.

– Ne m'en veux pas, Chelsea, m'a-t-elle dit.

– Je ne t'en veux pas.

– Hé, Andie, a alors grondé Melissa. Et ton premier jour, à toi, il n'a pas été catastrophique, peut-être ? Tu te souviens comme tu avais pleurniché ? « Non, Mel, je n'y arriverai pas ! Je n'y arriverai pas ! Je veux juste faire la plonge ! »

– Mais tu m'as fait commencer un dimanche à l'heure du brunch ! a-t-elle protesté. Tu parles d'un baptême du feu ! Là, on est seulement lundi ! Et c'est un petit lundi, en plus.

– Un petit lundi ? me suis-je étranglée.

– Moyen, a admis Melissa.

Puis son regard s'est tourné vers moi.

– Écoute, si tu avais eu de l'expérience, j'aurais dit que oui, c'était catastrophique. Mais pour quelqu'un qui débute tout juste, je qualifierais ça de... Oh, de demi-calamité.

– Et... C'est positif?

Ginny est passée devant nous en soupirant, une ribambelle d'assiettes ovales en équilibre sur son bras. Elle devait avoir dans les cinquante ans et ses cheveux gris étaient courts et bouclés ; elle avait le regard fatigué, même quand elle souriait, comme c'était le cas à présent.

– Une calamité ? C'est pas si mal, m'a-t-elle dit pour m'encourager. Tu vas y arriver. Si Andie l'a fait, tout le monde peut le faire.

– Hé ! s'est récriée l'intéressée.

– Alors... Vous voulez que je reste ? ai-je demandé avec prudence.

– Eh bien, il va falloir que j'en parle avec ma sœur, m'a répondu Melissa, mais je pense que tu pourrais faire l'affaire. Tu as un bon contact avec les enfants, et il y en a beaucoup qui passent par ici.

– Je sais, lui ai-je dit avec un grand sourire. J'en ai fait partie ! Je viens ici depuis que je suis toute petite.

– Ah, ça ne me rajeunit pas, s'est plainte Melissa en souriant de bon cœur. Mais alors, ça veut dire que tes parents ont une maison dans le coin ?

– Ma grand-mère, ai-je dit par réflexe, avant de me reprendre. Enfin, elle *avait* une maison. Je veux dire... la maison est toujours là, mais plus ma grand-mère... Elle est décédée.

– Oh, je suis désolée, m'a répondu Melissa. Comment s'appelait-elle ?

– Delia Roth.

J'ai baissé les yeux vers le comptoir blanc, en formica, qui s'est un peu troublé.

– Oh, vraiment ? Je ne le savais pas, m'a dit gentiment Melissa. Je me souviens en effet que Delia venait ici avec ses petites-filles. Ce devait être toi et tes sœurs. J'aurais dû te reconnaître, avec tes...

– Cheveux, ai-je dit en soupirant, avant d'essayer de plaquer en arrière toutes les mèches qui s'étaient échappées de ma queue-de-cheval. Je sais.

– Je suis désolée pour ta grand-mère, ma jolie, m'a dit Melissa.

J'ai acquiescé, la gorge serrée.

– Merci. Ça va aller.

Je me suis sentie soulagée quand Melanie a détourné notre attention en criant par le passe-plat :

– Allez tout le monde ! Première commande du déjeuner ! Allumez la carte du jour !

Melissa a aussitôt sauté de son tabouret et s'est rendue jusqu'à un écran posé sur un chevalet, près du présentoir à tartes. Elle l'a branché avec cérémonie. Et tous les plats du jour – écrits dans des couleurs fluorescentes – se sont éclairés, brillant d'une lumière vive.

– Waouh, la classe !

– N'est-ce pas ! m'a répondu Melissa en donnant une tape affectueuse sur la planche lumineuse. Nous l'avons depuis la saison dernière. C'est parfait pour mettre en valeur nos plats du jour, tu ne trouves pas ?

– Melissa, tu es sûre qu'on peut parler de « plats du

jour » quand ils ne changent *jamais* ? a remarqué Andrea en posant son menton sur son poing.

– Tu sais, c'est seulement depuis « la fameuse commande » qu'ils ne changent jamais, a répondu Melissa en la fusillant du regard.

Tout en regardant la carte, je me suis demandé à quoi elle pouvait bien faire allusion.

CRÈME D'ARTICHAUT-ÉPINARDS ET SES TOASTS... 4,99 $

DUO DE SALADES POULET
ET THON SUR LIT DE LAITUE... 8,50 $

SANDWICH AU PAIN DE SEIGLE NOIR
ET FROMAGE FRAIS PIMENTÉ... 6,50 $

ASPERGES SAUTÉES, AÏOLI AU CITRON... 3,99 $

Il y avait un truc, là. Un ingrédient particulier qui revenait chaque fois.

C'est à ce moment-là que je me suis souvenue de ce que j'avais remarqué lors de mes allers-retours en cuisine durant la matinée : dans la précipitation, j'y avais à peine fait attention, mais maintenant que j'avais un moment pour y penser, tout s'éclairait.

Juste derrière les portes battantes de la cuisine se trouvait un grand meuble en inox. Les étagères du haut et du bas étaient remplies d'accessoires divers et variés :

salières, poivrières, flacons à moutarde et ketchup, bocaux de pickles, serviettes en papier...

Mais ce qui, de loin, dominait, c'était la mayonnaise – des pots et des pots gigantesques de mayonnaise. Des pots de taille industrielle, stockés sur trois rangées, remplissant deux étagères entières.

J'ai tout à coup compris ce dont parlait Josh le jour de notre rencontre, quand j'avais essayé de me nettoyer discrètement le visage.

Et j'ai aussi compris pourquoi il m'avait demandé comment je me débrouillais pour émincer du céleri.

– Melissa, j'ai dit, c'était quoi cet ingrédient secret dans ton streusel café-cannelle ?

Melissa a baissé la tête.

– Attends, lui ai-je dit, laisse-moi deviner. De la mayonnaise ?

– J'ai eu un petit problème de bon de commande, a-t-elle admis. Il y avait... un zéro en trop.

Andrea a secoué la tête en ricanant légèrement.

– Le fournisseur a refusé de me les reprendre, a-t-elle poursuivi. Et les pots ont beau être scellés, il y a quand même une date de péremption dessus, alors...

– Alors depuis, tu vois la vie en mayo ? ai-je hasardé.

– Disons que je fais des tonnes et des tonnes de salade de thon. Et des crèmes, et des cakes, et des terrines... Et puis j'ai découvert que la mayonnaise pouvait avoir des tas d'usages très intéressants : sur les murs, dans les cheveux. Tu peux même donner du brillant au clavier de ton piano avec ça.

Melanie avait profité de ce temps creux pour sortir de la cuisine et boire un café.

– Le seul problème, a-t-elle remarqué, c'est qu'on en a tellement ras la casquette de la mayonnaise qu'on ne peut même plus en manger maintenant. Ha ! Je vois de la mayo dans mes rêves. Parfois, j'aurais envie de tout ficher à la poubelle ! Mais Madame Anti-Gaspi ici présente me l'a interdit.

Melissa l'a regardée d'un air outré.

– Ce n'est pas bien de jeter de la nourriture encore parfaitement bonne, a-t-elle rétorqué.

– C'est juste une sauce, a fait Melanie. Ça ne compte pas vraiment comme de la nourriture.

– Hé ! Vous pourriez en faire don à la soupe populaire ou à une association ? ai-je proposé. Comme ça, il n'y aurait pas de gaspillage.

– Déjà fait ! a lancé Ginny en s'affairant derrière le comptoir pour remplir des gobelets de glaçons. On leur en a donné tellement qu'ils nous ont suppliés d'arrêter. Ils ne pouvaient plus en prendre.

– Eh ben, ça en fait, de la mayo...

– Chacun porte sa croix, a dit Melanie en passant un bras autour des épaules de sa sœur. Pas de quoi être fières, mais que veux-tu...

J'ai éclaté de rire.

– Oh ! a répliqué Melissa. Ça aurait pu arriver à n'importe qui.

– Bien sûr, ma belle, lui a répondu Ginny. N'écoute pas ce que dit Melanie.

Melanie s'est mise à faire les gros yeux en donnant une gentille tape sur le bras de Ginny, qui repartait en direction d'un client installé au bar.

– Qu'est-ce qui vous ferait plaisir ? lui a-t-elle demandé.

– Je vais prendre le club sandwich.

– Avec de la mayonnaise ? a demandé Andrea en même temps que moi.

Nous sommes aussitôt parties dans un fou rire.

Le client avait l'air de ne plus savoir quoi penser.

– Toutes nos excuses, monsieur, lui a dit Ginny en nous jetant un regard noir. Je vous apporte ça tout de suite. Et pendant que j'y suis, *Chelsea* va aller vous servir un thé glacé, offert par la maison.

J'ai sauté de mon tabouret et me suis dépêchée d'obéir à Ginny, sans pouvoir effacer mon sourire.

Cet élan d'enthousiasme m'a bien servi durant le deuxième coup de feu de la journée, l'heure du déjeuner, presque aussi intense que celui du matin. Les tables dont je m'occupais étaient remplies d'hommes et de femmes en tenue de travail, qui voulaient manger rapidement, pressés de retourner à leurs affaires.

Je n'ai pas pu m'empêcher de remarquer que Josh n'était pas parmi eux. Mais je n'ai pas eu le temps d'y penser davantage. Ni à ça, ni à Granly, ni à quoi que ce soit d'autre, d'ailleurs. J'étais uniquement concentrée sur le rythme des commandes, les assiettes à apporter, les clients à installer, les additions à donner. « On ne sert pas de frites, seulement des *potatoes* », « La soupe du jour est aux légumes de printemps », il n'y avait plus que ces phrases-là qui comptaient. Ah, et « Bien sûr que vous pouvez avoir plus de mayonnaise », aussi.

Petit à petit, je me suis rendu compte que la chose que j'aimais le plus dans ce travail, c'était qu'il me permettait de m'évader de mes vacances – qui me laissaient beaucoup trop de temps pour penser non-stop à... des tas de choses, comme ce qui pouvait bien se passer de l'autre côté du mur du café.

Le lendemain, Melissa m'a mise au service de l'après-midi, de quatorze à vingt heures, et m'a donné mon emploi du temps pour les quatre semaines à venir.

– Les gens viennent plutôt ici pour le petit déjeuner et le midi, m'a-t-elle expliqué. Ça sera plus calme, tu auras plus de temps pour apprendre les ficelles du métier.

Le surlendemain, je suis arrivée en ville avec trois quarts d'heure d'avance, non pas pour aller travailler plus tôt, mais pour me rendre chez Dog Ear.

À l'angle de la rue principale et d'Althorp Street, je me suis arrêtée un moment. Ma respiration commençait à s'emballer. Les mains sur le ventre, je me suis enfoncée sur Althorp, qui ressemblait davantage à une allée qu'à une rue – tout étroite, en sens unique, et principalement réservée aux sorties de service des boutiques de la grand-rue.

J'ai lissé ma jupe trapèze, ajusté les bretelles de mon caraco bleu, puis j'ai essayé de me calmer.

Enfin, quel est le problème ? Tu ne fais que passer. Tu vas discuter avec Josh, choisir deux ou trois livres, et le tour est joué.

Je m'étais également regardée dans la glace avant de sortir de la maison. Cette fois, je *savais* que je n'avais rien sur la figure.

Alors j'ai légèrement secoué la tête, aplati les frisottis qui s'étaient dressés, et, d'un pas assuré, j'ai tourné à l'angle.

Stella était derrière le comptoir quand je suis entrée.

– Tiens, bonjour ! a-t-elle lancé en me faisant coucou. Entre donc ! C'est « cookies au beurre de cacahuète » aujourd'hui.

Je lui ai répondu par un grand sourire. De bonnes miettes bien grasses entre les pages d'un livre tout juste acheté ? On ne pouvait pas faire mieux. J'ai décidé de partir à la recherche d'un bouquin d'abord, et ensuite de Josh.

Je me dirigeais vers la section « adolescents » quand une petite voix provenant du coin pour enfants a attiré mon attention. Derrière la clôture blanche, une jeune maman était perchée sur une chaise minuscule. Elle était en train de faire la lecture à un groupe de bambins, qui tantôt l'écoutaient d'une oreille attentive, tantôt pointaient du doigt les illustrations du livre en criant des choses comme : « C'est un canard ! »

– Mignon, me suis-je dit tout bas.

J'allais passer mon chemin quand, tout à coup, je me suis pétrifiée.

Entre le coin pour enfants et la section pour adolescents était installé un rayon dédié aux livres illustrés. Et, en train de les classer, assis par terre, au beau milieu de l'allée, se trouvait Josh.

Ses yeux étaient rivés sur moi.

– Salut, ai-je soufflé.

Je ne voulais pas perturber la séance de lecture.

Josh m'a souri en me faisant un signe de la main – ce qui m'a à la fois troublée et ravie. Il aurait été ridicule de le faire passer en dernier.

Une fois à sa hauteur, je me suis accroupie près de lui, en essayant de rester gracieuse, sans lui donner une vue plongeante sur mon décolleté. Il avait entre les mains un exemplaire de *Max et les Maximonstres*, mais semblait l'avoir totalement oublié. Parce qu'il n'arrivait pas à détacher son regard de moi.

Puis il s'est produit cette chose étrange : Josh a souri, je lui ai souri, et nous nous sommes souri tous les deux. Mon Dieu, *heureusement* que personne ne nous a vus. Cela dit, je savais désormais que nous étions aussi mièvres l'un que l'autre.

– J'étais venue acheter un livre et puis te dire merci, lui ai-je annoncé quand j'ai fini par me souvenir que je n'étais pas allée vers lui sans raison. Mais je crois que je vais commencer par ma deuxième mission.

Le sourire de Josh s'est agrandi.

– Alors, tu n'es plus fauchée ?

– Du tout ! Regarde ça !

J'ai ouvert mon sac à main pour lui montrer une liasse

de billets enroulée. Cinquante-deux dollars en billets de un – soit la totalité de mes pourboires de la veille.

– Je vais pouvoir m'offrir au moins cinq livres de poche avec ça, ai-je dit.

– Donc, j'imagine que tu as décroché le job ?

– Oh, oui, j'ai oublié de te dire ! On m'a demandé de commencer tout de suite. Et j'y retourne tout à l'heure pour le service du soir ! Donc, voilà, c'est... C'est pour ça que je voulais te remercier, pour tous tes bons tuyaux.

Pas la peine de préciser que je m'étais emmêlé les pinceaux avec les chats écaille de tortue et les Chicago Cubs.

– De rien, m'a dit Josh.

Il y a eu un silence pendant lequel nous nous sommes encore souri, silence comblé par la voix de la conteuse qui entamait un nouveau livre. « Un dimanche matin, quand le doux soleil s'est levé, *pouf !* d'un cocon est sortie une minuscule chenille tout affamée... »

– Bon, ai-je finalement dit (car nous ne pouvions pas non plus rester là, à nous regarder béatement, si ?), eh bien, il faut croire qu'à partir de maintenant, on va travailler juste à côté l'un de l'autre.

Mais à cette remarque, le sourire de Josh s'est tout à coup effacé. Son visage a légèrement pâli.

Et ce regard, était-ce... de la panique ?

J'ai eu l'impression de recevoir une gifle en pleine figure. Nous étions tout à coup revenus au jour où l'on s'était rencontrés, à ce premier jour où Josh s'était montré drôle et gentil, avant de se métamorphoser.

Voilà qu'il recommençait. C'était pourtant lui qui m'avait parlé de ce boulot chez Mel & Mel, et il réagissait comme ça maintenant que je l'avais décroché ? Est-ce qu'il venait de se rendre compte que je ne lui plaisais pas tant que ça ? Encore une fois ?

– Il faut que j'y aille, ai-je lâché.

Il faut que j'y aille, même si j'ai encore une demi-heure à tuer. Une demi-heure que je vais devoir passer ailleurs, maintenant. Et à faire quoi ? Dépenser mes cinquante-deux dollars en sundaes ?

– Tu t'en vas ? m'a demandé Josh.

Sa voix a un peu déraillé. Je l'ai senti se crisper.

– Oui, je m'en vais, lui ai-je dit d'un ton glacial.

Mais apparemment, mes vêtements n'étaient pas de cet avis. En essayant de me lever, je me suis aperçue... que j'étais assise sur l'ourlet de ma jupe. Impossible de décoller !

Alors j'ai pris une longue, une douloureuse inspiration, et j'ai commencé à me dépêtrer. Jamais un vêtement vintage ne m'avait fait un coup pareil ! C'était décidé, je n'allais plus porter que des mini-jupes après ça.

– « Le mercredi, il mangea trois prunes, lisait la jeune mère, mais il avait toujours faim... »

– Aaah ! ai-je finalement grogné en me libérant.

J'ai lissé ma jupe qui bouffait avant de poser mes mains à plat sur le sol pour me relever.

Mais je n'avais pas fait trois pas... que j'ai senti les mains de *Josh* sur moi ! Sur mes épaules. Et à nouveau, je me suis écroulée par terre.

– Mais ! me suis-je écriée, d'un air de dire : « Tu fais quoi, là ?! »

Vu sa tête, je pense que Josh lui-même devait se poser la question.

Pourtant, ses doigts se sont refermés sur mes épaules, puis il a répondu pour nous deux... en m'embrassant.

Un baiser seulement. Quelques secondes à peine. Mais dans ma tête, et partout ailleurs en moi, ce baiser – ce baiser de Josh – a semblé durer une éternité. Ses mains étaient incroyablement chaudes, et j'ai senti mes bras et mes jambes se transformer en coton.

Non, pas exactement. Je me suis sentie *fondre*.

Je n'arrivais pas à le croire.

Chaque fois que je lisais un roman d'amour (et j'en avais lu), je levais les yeux au ciel quand arrivaient des « elle se sentit fondre sous ses caresses » ou « elle crut fondre dans ses bras ».

C'est vraiment des descriptions à l'eau de rose, je me disais. *Aucune fille ne va vraiment fondre quand un garçon l'embrasse.*

Mais maintenant, je savais. Je savais que c'était vrai – à condition d'embrasser le bon garçon. Pour la première fois de ma vie, je faisais quelque chose sans penser à rien d'autre.

Et je le faisais au son de la voix enjouée de la dame qui lisait *La chenille qui fait des trous* à moins de deux mètres de là. Sans parler des enfants. Tout était trop... bizarre !

Et fantastique, en même temps.

Et aussi très, très inattendu.

Voilà certainement ce que Josh a dû voir quand nous nous sommes séparés. Ça, et la touffe de frisottis qui s'était dressée sur ma tête.

J'ai hésité à parler.

Josh aussi.

– Bon, il faut que... ai-je finalement dit, en levant une main vers la porte.

À croire que ce baiser m'avait rendue à moitié muette.

Josh n'a pu qu'acquiescer. Visiblement, lui l'était devenu complètement.

Tandis que je me relevais, je n'ai pu m'empêcher de me demander si ce qui venait de se passer était une bonne ou une mauvaise chose. Si j'avais été une autre fille (Abbie, par exemple), je lui aurais posé la question. Seulement, ce n'était pas le cas. Je ne *pouvais* pas.

D'abord, parce que je ne pouvais plus parler.

Ensuite, parce que je n'arrivais pas à regarder Josh en face. Pas après que ses lèvres avaient touché les miennes, pas après qu'il m'avait vue d'aussi près. Gênant, tout ça était horriblement gênant.

Mais fantastique aussi.

Je suis partie en direction du rayon des livres illustrés, en m'efforçant de ne pas laisser mes jambes se dérober. Le livre que j'étais venue choisir, je l'avais complètement oublié. Je suis arrivée au travail avec vingt minutes d'avance – ce qui, bien malgré moi, m'a valu plusieurs « points brownies » ainsi que le privilège d'émincer du céleri pour Melanie en attendant le début de mon service.

Une fois l'heure arrivée, mes tables ont mis un certain temps à se remplir. Et tant mieux, car je n'aurais de toute façon pas pu me concentrer sur mes tâches – que j'étais censée apprendre à maîtriser.

Bon, première question, me suis-je dit tout en dressant les tables : *Pourquoi ! Pourquoi Josh m'a-t-il embrassée ? Est-ce que je l'intéresse vraiment ? À moins qu'il ne l'ait fait... par accident ? C'est vrai, avec* La chenille qui fait des trous *en fond, ça n'aurait pas pu être moins sexy.*

En plus, j'ai bien vu qu'il avait regretté de m'avoir dit qu'ils cherchaient quelqu'un à côté. Alors pourquoi – oups ! Six personnes viennent d'arriver !

Je me suis dépêchée d'aller chercher les cartes et de les apporter aux trois couples qui s'installaient à la plus grande des tables dont je m'occupais. J'ai distribué les menus, puis réussi à noter leurs boissons sans me tromper, même si j'ai quand même tout confondu au moment de leur donner – *tout.*

– Je suis désolée ! leur ai-je dit alors qu'ils s'échangeaient leurs verres. Ce n'est que mon deuxième jour.

– Dans ce cas... m'a répondu l'un des clients, un homme d'âge moyen au visage joyeux, avec des cheveux clairsemés et un sourire jusqu'aux oreilles – exactement le genre de personne qui aurait fait un bon public pour mon père. Je vais prendre la salade du chef, mais avec du jambon à la place de la dinde. Et pour les œufs, juste le blanc, pas de jaune. La vinaigrette à part. Avec un supplément d'assaisonnement, s'il vous plaît.

– D'accoooord, ai-je fait, tirant la langue sur le côté en même temps que je notais à toute vitesse la commande.

– Et pour le supplément d'assaisonnement, vous le mettrez sur la salade. Ah, et du jambon à la place de la dinde, aussi.

– Attendez, vous ne venez pas de me dire de la dinde à la place du jambon ?

De toute façon, il y a les deux dans la salade du chef, non ? me suis-je demandé, au bord de la panique.

– Ma petite, m'a lancé la femme assise en face du client, il se moque de toi ! Il fait ça chaque fois qu'on va au restaurant. John ! s'est-elle écriée en lui faisant les gros yeux. Arrête un peu, tu vas la traumatiser.

– Bon, d'accord, a-t-il dit en me souriant. Je vais prendre un hamburger. Avec toutes vos garnitures.

– Vraiment ? lui ai-je demandé d'un air sceptique.

– Oui, vraiment, ma chérie, a répondu sa femme. Allez, John ! Ça suffit !

Le type a gloussé en croisant les bras sur son gros ventre, comme pour dire : *C'est bon, j'ai terminé !*

Décidément, les adultes avaient vraiment de drôles de manières de s'amuser.

Cela dit, les jeunes aussi, parfois. Il y en avait par exemple qui vous plantaient un baiser sur la bouche comme ça, au moment où vous vous y attendiez le moins, au beau milieu d'une séance de lecture pour enfants...

Je me suis mise à repenser au baiser, aussi inattendu que fabuleux, aux mains de Josh que je sentais encore sur mes épaules. Et j'ai complètement raté les deux commandes suivantes.

– Désolée, ai-je dit en interrompant la femme de John, qui était en train de me faire remarquer quelque chose à propos d'une assiette en plus… Vous pouvez répéter s'il vous plaît ?

Les clients se sont regardés en se tortillant sur leur chaise.

L'après-midi promet d'être long, ont-ils eu l'air de se dire.

Vous ne croyez pas si bien dire, ai-je répondu.

À la fin de mon service, j'étais à ramasser à la petite cuillère. Melissa devait être un superhéros si elle pensait que « quatorze heures-vingt heures » était la partie facile de la journée. Je n'avais plus de pieds, et mes bras me torturaient à force d'avoir porté des plateaux hyper chargés. Il y avait aussi une tache de gras sur mon caraco à cause d'un accident de vinaigrette. Et je mourais de faim alors que la vue de la nourriture avait fini par me dégoûter.

Six heures après, je ne m'étais toujours pas remise de mon baiser. J'avais profité de mes quelques minutes de pause pendant la journée pour envoyer des textos d'urgence à Emma, avec marqué « BESOIN DE CONSEILS », mais son téléphone devait être éteint. Apparemment, pendant les cours, ses teignes de professeures prenaient un malin plaisir à confisquer les portables si l'un d'eux avait le malheur de sonner. La danse, ça aussi, c'était un drôle d'univers…

De toute façon, je n'arrêtais pas de tout trouver

bizarre depuis quelque temps : les clients qui laissent leur pourboire en ferraille, Melanie qui avait préparé un affreux gâteau rouge et bleu en l'honneur des Cubs... Et sans parler, bien sûr, du comportement incompréhensible de Josh, complètement paniqué à un moment, et me donnant le plus beau baiser de ma vie juste après.

J'ai retiré mon tablier et je me suis préparée pour partir dans le petit local attenant à la cuisine. L'idée de passer un coup de fil à mes autres copines de Californie m'a traversé l'esprit, mais je n'avais pas la force de tout reprendre depuis le début. Puis j'ai pensé me confier à Hannah. Je n'avais pas forcément besoin de tout lui dire – même si je savais qu'elle arrivait en général à lire entre les lignes et me répondait en reprenant ce que j'avais réellement voulu dire. Cette manie avait le don de m'énerver, mais dans ce cas précis, je mourais d'envie d'entendre Hannah.

« Tu as deux sœurs qui sont déjà passées par là », m'avait-elle dit avec Abbie, avant la fête des lanternes.

Je détestais l'admettre, mais elles avaient raison. Ma décision était prise, je parlerais à Hannah aussitôt rentrée à la maison.

Je me suis dirigée vers la porte, saluant Melissa d'un geste tandis que je tenais entre les dents mon élastique pour les cheveux. Puis j'ai poussé la porte de dos, les mains prises pour refaire ma queue-de-cheval.

Mais au moment précis où la porte s'est refermée, j'ai entendu tinter la clochette de la librairie.

J'ai levé les yeux. Mon élastique m'est tombé de la bouche et mes bras ont lâché, libérant ma crinière qui s'est complètement déployée.

Josh venait de sortir de la librairie.

Et quelque chose me disait qu'il n'avait qu'une envie : repartir le plus vite possible dans l'autre sens.

Pour une fois, nous avions quelque chose en commun. J'avais envie de faire pareil, moi aussi.

Mais impossible en même temps de détacher mon regard de lui. De son visage lisse, de ses cheveux super courts, de ses jolies baskets vert et orange.

– Salut, j'ai dit.

Ma voix était un peu rauque et incertaine après avoir parlé toute la journée dans le brouhaha du café.

– Salut.

Josh avait l'air aussi nerveux que moi. Non sans me sentir gênée, j'ai ramassé mon élastique par terre.

– Tu pars par là ? m'a alors demandé Josh en pointant son doigt derrière lui.

J'ai hoché la tête et nous sommes partis. Josh marchait au même rythme que moi, à mes côtés. Ce moment avait quelque chose de... fabuleux. Nous étions si près que nos bras se frôlaient, si près que je sentais la chaleur de son corps.

C'est sûrement cette raison qui m'a poussée à sortir de la rue principale pour continuer sur Althorp Street. Soudain, plutôt que de vouloir rentrer à tout prix pour me doucher, prendre mon dîner – sans mayonnaise –, et résoudre l'énigme qui me préoccupait avec ma sœur, j'ai eu envie de faire durer ce trajet, ce trajet avec Josh, le plus longtemps possible.

Arrivé au bout de la rue, Josh s'est arrêté. Il s'est tourné vers moi, m'a regardée. Il était grand. Et son visage avait un air grave, mais en même temps un peu déconfit.

– Écoute, m'a-t-il dit. Je sais que tu dois penser que je suis fou. C'est vrai, je n'ai pas été très... clair. Avec toi.

J'ai levé les sourcils.

– Je crois qu'on peut dire que j'ai été un peu... comment dire... déstabilisé par tout ça, a-t-il poursuivi.

– « Déstabilisé » ?

Non, ce mot n'avait pas l'air positif.

– C'est que... m'a-t-il dit en jouant avec ses mains, je n'arrive jamais à avoir les bons mots quand tu es là. Comme si je n'arrivais plus à contrôler ce que je dis.

Tu vois ? me suis-je dit. *C'est presque un aveu : il t'a embrassée par accident !*

Je me suis mordu la lèvre, prête à recevoir le coup de grâce.

– Chelsea, a repris Josh, laisse-moi t'expliquer. Tu as tenté de sauver des livres que je condamnais, et tu trouves toi aussi que *Rêves coco* est un bouquin fabuleusement horrible. Et tu t'habilles avec des vêtements vintage, et puis tu as des cheveux...

– Je hais mes cheveux, ai-je lâché en les lissant du plat de la main, par réflexe.

– Tu vois ? Je recommence à dire n'importe quoi...

Puis il a regardé par terre, d'un air encore plus embarrassé.

– Et tout à coup, j'ai... tu sais, a-t-il dit. Tout à l'heure...

– Oui, tout à l'heure, ai-je murmuré.

– Justement, je voulais... Je voulais m'excus...

Mais Josh n'a pas eu le temps de finir ce qu'il était en train de dire.

Parce que je l'ai attrapé par les épaules et je me suis dressée sur la pointe des pieds... pour l'embrasser !

Josh a vacillé en arrière. Je commençais à m'écarter, prête à m'arrêter, mais il a plongé sa main dans ma crinière ébouriffée et m'a attirée vers lui.

Ce n'était pas moi qui l'embrassais désormais, ni lui. *Nous* nous embrassions, tous les deux.

Mes paupières se sont fermées. J'ai laissé ma main courir sur le bras de Josh jusqu'à trouver la sienne. Nos doigts se sont entrelacés.

Josh a reculé jusqu'à ce que son dos touche le mur en brique, derrière lui. Je me suis laissé entraîner avec lui.

Et le mot « fondre » a alors pris un tout autre sens. Toutes les fois où je n'avais su quoi penser ; toutes les fois où je m'étais sentie blessée. Tous ces signaux contradictoires que Josh m'avait envoyés. Tout cela a fondu – a disparu au gré de nos baisers parfaits.

Mon père nous a réveillées tôt le lendemain matin, mes sœurs et moi.

– C'est moi qui suis aux commandes pour la matinée, a-t-il annoncé. Votre mère a envie de prendre du temps pour elle, et moi j'ai envie d'en passer avec mes rebelles de filles.

– Papa, lui ai-je dit en me traînant hors du lit, une mèche dans les yeux, avoir un job d'été, ça n'a rien de très rebelle. En plus, c'est maman et toi qui nous demandez de gagner notre argent de poche.

– Bon, eh bien, disons que ma remarque visait plutôt Hannah, a répondu mon père d'un ton léger. Bref, tout le monde dans la cuisine dans cinq minutes. Et interdiction de se pomponner !

J'ai éclaté de rire en le voyant foncer dans le couloir. Puis j'ai murmuré à Abbie :

– Il voulait dire quoi à propos d'Hannah ? Qu'est-ce qu'elle fait ?

– T'es pas au courant ? m'a demandé Abbie en rejetant sa couverture. Elle a eu rendez-vous avec Mister Mains-Baladeuses hier soir. Tu dormais déjà quand elle est rentrée.

– Tu veux parler de Liam ?

– Oui, *Liam*, a-t-elle grogné. On aurait dit qu'elle ne touchait plus terre quand elle est rentrée. Ça ne lui ressemble pas des masses, à Hannah.

– Eh ben !

Je me suis précipitée vers le placard que j'ai ouvert en grand, non seulement pour me choisir une tenue, mais aussi pour dissimuler mon énorme sourire.

Comment était-ce possible ? D'habitude, les rendez-vous galants étaient réservés au duo Hannah et Abbie, mais c'était Hannah et *moi* qui avions passé la soirée avec des garçons hier.

Ça non plus, ça ne lui ressemblait pas des masses, à Chelsea.

Une partie de moi n'avait qu'une envie : courir dans la chambre d'Hannah pour savoir si elle ressentait la même chose que moi – cette impression de vivre un rêve, de ne pas y croire. Je n'arrêtais pas de me demander si ce qui s'était passé la nuit dernière était vrai. Mais je touchais alors mes lèvres, je me remémorais la sensation des lèvres de Josh sur les miennes, et je prenais conscience que oui, tout cela était vrai.

– Les filles ! Les bagels sont en train de chauffer !

C'était mon père. Pas le temps d'aller cuisiner Hannah. Je me demandais ce qu'*elle* avait pu faire la veille au soir. J'ai enfilé en vitesse un pantacourt kaki et une tunique avec un motif en spirale, un peu psychédélique. Puis je me suis aidée de quelques grosses épingles à cheveux pour me faire un chignon lâche au sommet du crâne.

Dans la cuisine, mon père a tendu à chacune d'entre nous un bagel chaud enveloppé dans une serviette en papier. Puis il a attrapé la cafetière, trois gobelets en carton, et nous a fait signe de déguerpir dehors.

En traversant le salon, nous avons croisé ma mère, campée devant le grand buffet. Ce meuble était la pièce maîtresse du salon, rempli de livres, de photos de famille, de bibelots. Une petite télé y était également posée. Le bas était quant à lui composé de placards qui contenaient toutes choses qui avaient fait que la maison de Granly était ce qu'elle était : des paquets de cartes incomplets, des montagnes de vieux jeux de société ; des albums photos. Un classeur plein de dissertations que ma mère avait rédigées quand elle était au lycée et à l'université ; un petit bouquet de fleurs séchées. J'avais toujours adoré le panier à couture de Granly, ainsi que la lourde boîte de sequins qui datait des années 60 ou 70. Mes sœurs et moi les utilisions pour jouer aux grandes dames quand nous étions petites.

Ma mère était debout devant le grand buffet, les mains sur les hanches, le regard fatigué. Elle était pourtant toujours en pleine forme le matin.

– Coucou, maman, lui ai-je dit d'une voix calme.

Surprise, ma mère a sursauté. Elle avait le regard vague quand elle s'est tournée vers moi. Puis ses yeux se sont mis à pétiller, et un grand sourire s'est formé sur son visage.

– Oh ! Coucou, mon cœur, m'a-t-elle lancé d'une voix suraiguë.

Peut-être aurais-je dû rester avec elle un moment, pour lui montrer un peu de compassion, à elle qui s'apprêtait à trier les affaires de Granly.

Mais je ne le voulais pas. Pas avec cette magie qui flottait toujours en moi, après la soirée de la veille.

Alors j'ai seulement dit :

– Passe une bonne matinée, maman.

– Oui, toi aussi. Et... bonne pêche !

J'ai manqué de m'étrangler.

– « Pêche » ? Papaaaa ! ai-je hurlé en me précipitant dehors.

Mon père savait qu'on détestait ça ! Il nous avait piégées !

Hannah et Abbie étaient déjà dans la voiture, leur bagel à la main. Mon père a allumé le moteur. Je me suis engouffrée à côté d'Hannah en le pointant d'un doigt accusateur.

– Vous savez où il nous emmène? ai-je lancé tandis que mon père s'engageait sur l'allée. À la pêche!

– Papaaaaaa! ont fait en chœur Abbie et Hannah.

– Vous vous laisserez bien appâter? a-t-il répondu avec son rire si typique. C'est la seule activité « père-fils » que je vous impose.

– Oh, pauvre papou, s'est moquée Abbie. Pourtant, on sait que tu es ravi d'avoir trois filles.

– Je le serais si elles me faisaient un beau sourire en allant pêcher, a répondu mon père en prenant un faux air contrarié.

– D'abord, je ne sais pas pourquoi les Américains ont fait de la pêche un truc d'hommes; dans la plupart des cultures, ce sont les femmes qui vont pêcher, a remarqué Hannah.

– Et deuxièmement, ai-je ajouté, je ne sais pas pourquoi il existe des hommes ou des femmes à qui ça plaît. C'est *trop* ennuyeux. Il n'y a vraiment que la race humaine qui soit capable de considérer comme un sport le fait d'être assis et d'attendre qu'un poisson sorte de l'eau pour gober un insecte en plastoc.

– Un sport *très à la mode*, s'il te plaît, a répondu mon père avant d'ouvrir la trappe centrale de la voiture pour en sortir un vieux chapeau de paille rempli d'appâts fluo.

– Ouah ! Ça pue ! s'est écriée Hannah en agitant une main devant son nez.

Tant pis pour les bagels. Nous les avons mis de côté d'un air dégoûté, puis nous avons baissé les vitres en nous moquant de mon père jusqu'à la fin du trajet.

Je dois le reconnaître, on s'est vraiment bien marrés.

La rivière Galien était splendide, fraîche et étincelante sous le soleil du matin. Mes sœurs et moi avons préparé nos hameçons que nous avons jetés à l'eau avant de nous allonger sur le bois chaud et lisse du ponton.

Mais quelques instants plus tard, Abbie s'est relevée.

– Papa chéri, a-t-elle demandé, puisque tu nous as coupé l'appétit tout à l'heure, tu ne voudrais pas aller nous chercher des donuts chez Casper ?

– Abbie, a-t-il répondu en se débattant avec sa ligne, je n'ai même pas fini de...

– Ne t'inquiète pas, lance-le ! a rétorqué Abbie en désignant l'hameçon de mon père. On le surveille, je te le promets. S'il te plaîîîîît. C'est juste à côté, et leurs donuts sont *trop* bons.

– S'il te plaît ! l'ai-je à mon tour supplié.

– S'il te plaît ! a renchéri Hannah avec un sourire. Tu m'en prendras un à la cannelle, avec du sucre sur le dessus ?

– Oh là là, oui ! Cannelle-sucre ! s'est écriée Abbie.

Mon père nous a regardées en fronçant les sourcils, puis il s'est gratté sous son bob.

– Seulement si vous promettez de changer d'attitude vis-à-vis des parties de pêche, a-t-il répondu.

– On promet ! a dit Abbie. Merci, papa.

– Mmm, voilà que je suis redevenu juste « papa » – maintenant que tu as obtenu ce que tu voulais.

– À tout', papa ! avons-nous chantonné en chœur, en lui faisant au revoir de la main.

Mon père est parti avec un grand sourire aux lèvres. Mais à la seconde où sa voiture s'est engagée sur la route, Abbie a planté ses poings sur les hanches, fusillant Hannah du regard.

– Tu peux t'estimer chanceuse que j'aie réussi à me débarrasser de lui avant qu'il te demande ce que c'est que *ça*, a-t-elle dit en pointant le cou d'Hannah.

Hannah a aussitôt poussé un petit cri en camouflant son cou avec une mèche de cheveux.

– Tu crois que papa l'a vu ?

– A vu quoi ? Qu'est-ce qu'il y a ? ai-je fait.

– Laisse tomber, tu comprendrais pas, m'a répondu Abbie avec un geste de la main méprisant.

Puis elle a sauté sur Hannah pour lui dégager les cheveux, révélant une marque bleu rougeâtre sur son cou.

– Hé ! a protesté Hannah. Arrête !

– Beurk, c'est quoi ? ai-je demandé.

– Un suçon ! a répondu Abbie d'un air dégoûté. Soit la chose la plus vulgaire avec laquelle une fille puisse rentrer chez elle.

Hannah, elle, avait l'air à la fois fière et mortifiée.

– Quoi, il n'y a que toi qui as le droit de flirter avec des garçons ? a-t-elle lancé à Abbie. C'est rien, ça partira.

– Je suis sûre que c'est ce que Mister Mains-Baladeuses t'a dit. Il en avait d'autres, des promesses comme ça ? a rétorqué Abbie.

– Je sais ce que je fais. Et je te signale que je suis plus âgée que toi.

– Alors, montre-le, a dit Abbie.

J'ai profité du moment où Hannah lui lançait un regard assassin pour demander :

– Ça veut dire quoi, « tu comprendrais pas » ? Je connais des choses, vous savez.

Abbie et Hannah m'ont toisée comme si j'étais une mouche en train de les embêter.

– Et on peut savoir quoi ? a dit Abbie en prenant son air supérieur.

Et c'est alors que j'ai lâché :

– J'ai embrassé un garçon hier !

Bon, ce n'est pas exactement comme ça que j'avais prévu de le leur annoncer. J'avais imaginé un moment légèrement plus romantique – en regardant les étoiles, ou pendant une longue promenade, par exemple. Je m'étais imaginé rougir en leur apprenant mon gros coup de cœur pour Josh.

– Quoi !? Quand ? Où ? ont crié en chœur Hannah et Abbie.

– Après le travail, ai-je répondu en levant fièrement le menton. Sur Althorp Street.

– Et... c'était qui, ce garçon ?

– C'était...

Mais ma voix s'est perdue. Je venais de voir apparaître

le visage de Josh dans la rivière, avec ces fossettes, ces yeux rieurs et ces... lèvres.

Je suis revenue à moi, voyant l'eau bouger. Je me suis protégé les yeux du soleil.

Un grand bateau tout fin était en train d'arriver, un peu comme un canoë, mais long et pointu comme une aiguille. La personne qui l'occupait faisait des mouvements de va-et-vient qui laissaient chaque fois entrevoir ses rames étincelantes. Il était assis de dos, mais on devinait qu'il était grand et svelte.

Et qu'il avait des cheveux châtains coupés très court.

Et qu'il était...

– Josh ! me suis-je exclamée. C'est lui !

– Hein ? a fait Hannah. Le gars que tu as embrassé ? C'est lui, dans ce bateau ?

– C'est pas vrai ! ai-je soufflé. Je fais quoi ?

C'est alors qu'Abbie a placé ses mains en porte-voix et s'est mise à l'appeler.

Josh a été tellement surpris qu'une de ses rames lui a échappé, se cognant contre son canoë (ou je ne savais quoi) avec un grand bruit. Il nous a regardées.

– Abbie ! ai-je dit entre mes dents. Je te déteste.

– Chelsea ? a fait Josh.

– Hum, oui ! Salut !

J'ai remarqué au passage que même en criant à plusieurs mètres de distance, vous pouviez être trahi par votre voix tremblante.

– Salut !

Josh se trouvait au moins à quinze mètres de là, mais

j'arrivais quand même à distinguer ses dents tellement il souriait. Il m'a fait un signe de la main si énergique que son bateau a failli se retourner.

– Salut ! ai-je crié à nouveau.

J'étais sur la pointe des pieds, appuyée contre la rambarde, si euphorique que ma voix a déraillé.

– Tu ne m'as pas donné ton numéro ! a crié Josh.

Le souffle coupé, je me suis tournée vers mes sœurs. Hannah et Abbie ont levé les sourcils, visiblement impressionnées.

– Toi non plus ! j'ai crié.

Et Josh et moi avons ri comme deux idiots. Mais à ce moment-là, le courant l'avait déjà emmené si loin que nous ne pouvions plus nous parler.

J'ai regardé mes sœurs, moins sûre de moi tout à coup.

– Non mais, quelle grosse lourde ! ai-je dit. Ça s'est quand même bien passé, hein ? Je veux dire, le fait qu'il me demande mon numéro et que je lui demande le sien... c'est positif ?

– C'est génial, oui ! s'est exclamée Abbie. En général, les garçons détestent téléphoner. J'en connais qui feraient n'importe quoi pour éviter de repartir avec un numéro. Mais ton mec à toi, non seulement il te le demande, mais en te le criant à travers la rivière en plus !

J'ai sauté sur Abbie pour lui faire un câlin.

– Abbie ! Je t'adore !

Puis nous nous sommes mises à sautiller toutes les trois en poussant des cris de joie.

– Chelsea a un copain, Chelsea a un copain, chantaient mes sœurs pendant que je me couvrais la bouche en riant.

– Chelsea a un *copain* ?

La voix de mon père nous a ramenées à la réalité. Posté derrière nous, il faisait un peu peine à voir avec ses cheveux ébouriffés, son sachet en kraft plein de taches de gras et sa brique de lait.

– Tu nous as pris du lait, papa ? a lancé Abbie en la voyant. Tu nous prends pour qui, des gamines de dix ans ?

Mon père nous a regardées d'un air de dire : *Si seulement.*

J'aurais moi aussi espéré la même chose que lui, il n'y avait pas un an. Je portais encore mes bagues à cette époque, et je venais tout juste d'acquérir mon premier soutien-gorge. Je fronçais le nez chaque fois que je buvais du café. Et j'étais à peu près convaincue que grandir était synonyme de se sentir constamment mal dans sa peau.

Mais à présent, j'avais les dents bien droites, j'appréciais le café (au lait), et j'avais même (presque ?) un copain !

J'aimais aussi toujours le lait, je dois dire, et c'est pourquoi j'ai pris la défense de mon père en lui prenant doucement sa brique des mains.

– Ça va très bien avec les donuts à la cannelle. Merci, papa.

Mon père était en train d'esquisser un sourire, quand, tout à coup, nous avons entendu un grand bruit.

– Les filles ! a crié mon père en voyant sa canne à pêche posée contre la rambarde, dont l'extrémité pliait dangereusement.

Le fil était en train de se dérouler si vite qu'on ne voyait même plus tourner le moulinet.

– Oups. On dirait que ça mord, a dit Abbie.

– « On dirait que ça mord » ? a répété mon père en me flanquant ses courses dans les bras avant de courir jusqu'à sa canne. Vous étiez censées garder un œil dessus !

– Chelsea avait l'œil sur quelque chose de bien plus intéressant, a répondu Hannah, d'un air malicieux.

– La ferme ! lui ai-je dit en riant.

– Non, toi, la ferme !

Levant les yeux au ciel, mon père a commencé à se débattre avec sa canne à pêche.

– Vous voulez bien me donner un petit coup de main ? J'ai besoin de mon filet, de ma ligne de secours, et d'un donut, s'il vous plaît !

Nous lui avons apporté tout ce dont il avait besoin en gloussant. Et mon père a finalement ramené un énorme poisson ! Enfin... suffisamment gros pour qu'il n'ait pas à le rejeter à l'eau, comme d'habitude.

– Je suis un guerrier ! s'est-il exclamé en frappant ses poings sur sa poitrine. Prenez vite une photo !

– Non mais, papa, a lâché Hannah. Qu'est-ce que tu peux être vieux jeu !

Il a fait semblant de lui faire les gros yeux.

– Tu sais, quand ta mère et moi avons appris que tu étais une fille, tout le monde est venu me féliciter, a-t-il répondu. Les gens me disaient : « Oh, un père et sa fille. Elle n'aura d'yeux que pour toi ! »

– Oui, c'était le cas, a rétorqué Hannah, jusqu'à ce que tu zigouilles ce poisson !

– Ha-ha ! s'est exclamé mon père. Tu me remercieras au dîner.

J'ai profité du retour en voiture pour envoyer un texto à Emma.

T'es réveillée ?

Ouais et toi ?

Évidemment, si je t'écris, andouille !
C'est l'heure du déjeuner ici.
Comment ça se passe, les cours intensifs ?

Intensifs !
On travaille les pas de deux de Don Quich.

Les quoi !? Bref.
J'ai des news.

Quel genre de news !?!?!?!?

Genre « garçon ».

!?!?!?!?!?!?!?!?

Il s'appelle Josh. On s'est embrassés !
Hier soir.

Des détails !!!!!

Il bosse dans une librairie.
Il est hyper mignon.

Je me suis arrêtée de tapoter un instant. Ces détails étaient vrais, mais ne disaient même pas le quart de tout ce qui me plaisait chez Josh. Ce que je pensais vraiment de lui n'aurait jamais pu tenir dans un texto – ce qui, à mon avis, était plutôt bon signe. Alors, en souriant bêtement, j'ai tapé sur mon téléphone :

Et Ethan, ça va ?

Ça va !!!! Je pense que…

Que ?

Non, non, ça va bien. Disons juste que…
Qu'il a autre chose à faire que de m'attendre
à la sortie des cours. Il a une vie, lui aussi.

Des Détails ?

Et toi, avec ta famille, ça va ?
Toujours aussi triste ?

J'ai froncé les sourcils. Pas très discret, ce changement de sujet.

Oui, encore un peu, mais ça va. Mon père compense en tuant des animaux.

Quoi ???

On vient d'aller pêcher.

Arf. Dégueu.

Tiens, tu sais quel truc je ne trouve plus dégueu maintenant ? Les baisers ! Tu me l'avais bien caché, hein !

Tu rigoles ? Je te raconte tout chaque fois.

Mais oui, patate !
Je plaisante !

Suis en retard à mon cours ! Biz !

J'ai fermé le clapet de mon téléphone, l'air toujours aussi renfrogné, un peu déçue de notre conversation – qui aurait été tout autre si nous l'avions eue au bord de la piscine d'Emma, deux verres de smoothies géants à la main.

Mais je me suis dit : *Si tu avais été au bord de la piscine d'Emma, tu ne serais pas ici à l'heure qu'il est. Avec Josh.*

Et j'ai souri pendant tout le reste du trajet.

À la maison, j'ai trouvé ma mère dans le petit potager, affublée d'un grand chapeau mou et d'une paire de gants rose chewing-gum, donnant de si gros coups de pelle qu'elle en était tout essoufflée, le visage écarlate, en nage.

– Tu fais quoi ? lui ai-je demandé.

Un gros tas de plantes mortes et de mauvaises herbes s'élevait à côté d'elle.

– Je n'en pouvais plus de tout ce bordel dans le jardin. Il était temps de faire quelque chose !

– Mais qu'est-ce que tu vas faire de tout ça ?

– Je ne sais pas...

Ma mère n'a pas terminé sa phrase. Son regard s'était perdu, comme si elle venait de découvrir le gros carré de terre qu'elle avait mis à nu.

– Je n'y avais pas réfléchi, a-t-elle ajouté.

Puis elle a fait un signe de la main à Abbie et à mon père qui emportaient notre grosse glacière derrière la maison.

– Comment s'est passée la pêche ? m'a-t-elle demandé en retirant ses gants, avant de les jeter sur l'herbe.

– Vois par toi-même ! a répondu mon père en ouvrant la glacière pour lui montrer son gros poisson.

Un gros poisson tout raide, au regard vide, et qui semblait bien, bien mort.

Ma mère a aussitôt porté une main à sa bouche, les yeux écarquillés.

– Rachel... a commencé mon père, d'un air de dire *Qu'est-ce que j'ai fait ?*

Mais ma mère a secoué la tête.

– Non, ça va, a-t-elle répondu. J'ai juste été un peu surprise, c'est tout.

– Tu n'es pas contente d'avoir du bon poisson tout frais pour le dîner ? a demandé mon père, un peu penaud.

– Bien sûr que si ! a répondu ma mère de sa voix suraiguë, et un peu étranglée, aussi. Écoute, ça m'a épuisée, ce jardinage. Je crois que je vais aller m'allonger un moment.

C'est à peine si elle n'est pas partie en courant jusqu'à la maison. Le temps que nous arrivions, la porte de sa chambre était déjà fermée.

Mon père a poussé un gros soupir avant de frapper et d'entrer à sa suite.

Mes sœurs et moi sommes restées dans le salon. J'ai jeté un coup d'œil au buffet. Tous les jeux de société, les boîtes à bijoux, les albums photos étaient restés au même endroit. Ma mère n'avait touché à rien.

– Et si on allait à la plage ? nous a soufflé Abbie avec un petit hochement de tête.

– Attendez-moi, je vais chercher mes affaires, a répondu Hannah. J'ai de la lecture à faire.

– Et moi, je vais chercher à manger.

Je suis allée dans la cuisine, espérant trouver autre chose que des trucs ronds avec un trou au milieu. J'étais en train de prendre des pêches dans la corbeille à fruits quand j'ai remarqué que ma mère avait laissé son ordinateur allumé sur la table de la cuisine.

Je ne m'en étais quasiment jamais servi depuis notre arrivée. C'était drôle : j'avais envoyé quelques textos à Emma et à d'autres copines, mais à part ça, je ne m'étais presque jamais demandé ce qui se passait chez moi. Peut-être était-ce à cause du long trajet qui nous avait menés ici, si loin de ma « maison » qu'elle ne me semblait plus réelle ; ou à cause de Bluepointe. Quand vous êtes dans un endroit comme celui-ci, vous oubliez qu'il en existe d'autres comme Los Angeles.

Ou peut-être était-ce à cause de ce fameux garçon qui occupait mes pensées...

Je me suis connectée sur Facebook, poussée par la culpabilité. Je voulais vérifier si j'avais manqué des choses importantes, mais non, apparemment.

J'ai cliqué sur mes messages reçus en mordant dans une pêche. Je les ai fait défiler. Le dernier venait tout juste d'arriver.

C'est alors que j'ai vu qui me l'avait envoyé. J'ai étouffé un cri.

L'expéditeur s'appelait Josh Black, de Bluepointe, Michigan, né le 4 février, la même année que moi.

Et le message disait : *Les longues mèches noires de Kai rappelaient à Nicole les touches noires qu'elle avait tant détestées durant ses années de piano. Mais elle brûlait à présent d'y poser ses mains.*

Je me suis couvert la bouche pour que personne ne m'entende rigoler, puis j'ai couru dans ma chambre chercher mon exemplaire de *Rêves coco* posé sur ma table de chevet. Abbie finissait tout juste d'enfiler son maillot.

– Alors, tu vas te changer ?

– Allez-y sans moi. Je vous rejoins.

– Bon, d'accord... a-t-elle articulé. Laisse-moi deviner, c'est à cause de ton Monsieur J. ?

J'ai senti mon cœur se serrer. Je ne savais que trop bien ce que ça faisait de se sentir mise à l'écart, quand tout le monde autour de vous a l'air de ne plus toucher terre.

– Ça... ça ne te dérange pas ? ai-je demandé.

– Fais comme tu voudras, m'a répondu Abbie en prenant ses lunettes de natation dans son sac de plage. Je vais nager mes trois kilomètres, je n'ai pas l'intention de rester sur la plage de toute façon.

– Oui, mais...

– Chelsea, m'a dit Abbie en me souriant. Ça va aller. Je t'assure. Et ça a l'air d'être quelqu'un de bien, ce garçon.

J'ai souri à mon tour, mon exemplaire de *Rêves coco* serré contre ma poitrine, et je suis retournée dans la cuisine.

J'ai feuilleté les pages jusqu'à tomber sur le passage parfait. J'ai tapé :

Nicole et Kai dansaient sur le sable, sous les rayons de la lune qui, telle de la gaze, dansaient avec eux. Lorsque Nicole posa ses doigts sur le torse de Kai, elle sentit le cœur du garçon battre au même rythme que le sien ; son cœur battait pour elle.

Je me suis mordu la lèvre, ne pouvant réprimer un sourire, puis j'ai tapé sur la touche d'envoi.

Le petit signal sonore a retenti quelques secondes plus tard pour m'avertir qu'un message était arrivé.

Et ce numéro, j'ai le droit de l'avoir ?

Alors je l'ai tapé, d'une main un peu tremblante.

Je n'ai pas attendu trois minutes avant que mon téléphone se mette à vibrer dans ma poche.

Cela faisait bien longtemps que je ne m'étais pas sentie aussi heureuse. Josh a dû l'entendre lorsque j'ai répondu, à coup sûr.

Mais je m'en fichais. J'avais envie qu'il l'entende.

J'ai ouvert le clapet de mon téléphone.

– Hello, j'ai dit. C'est moi.

Le truc marrant dans tout ça, c'est que Josh et moi avons mis un certain temps avant de nous donner un *vrai* rendez-vous.

Notre première tentative – aller voir le feu d'artifice du 4 Juillet – est d'abord tombée à l'eau à cause d'un gros orage.

Les jours qui ont suivi, nous avons tous les deux été

obligés de travailler (entre deux allers-retours chez Mel & Mel et Dog Ear).

Josh était toujours la première personne que je trouvais assise à mes tables quand je commençais mon service.

La troisième fois, il est arrivé à deux heures précises et s'est installé sur la banquette, dans l'angle du café.

– Oh, encore vous ? lui ai-je demandé en riant.

– Qu'est-ce que j'y peux moi, si votre tarte est excessivement bonne ? Deux heures, c'est l'heure où je commence à avoir envie de casser la graine.

– C'est moi ou tu viens de dire « casser la graine » ?

– Une expression que j'ai lue, m'a-t-il répondu en brandissant le livre qu'il avait apporté. Ce n'est pas du *Rêves coco*, mais...

– Oh ! Allison Katzinger ? me suis-je exclamée. J'adore ! Mais attends... *Les Feuilles d'arbre* ? Je ne le connais pas, celui-là. Je croyais pourtant les avoir tous lus...

– Il n'est pas encore sorti officiellement, m'a expliqué Josh. Elle va venir à la librairie le mois prochain, et comme je suis en train de préparer l'affiche, je me suis dit que...

– C'est pas vrai !

Je me suis glissée sur la banquette, en face de lui, et j'ai attrapé la table à deux mains.

– Mais pourquoi est-ce que tu ne m'as pas dit que tu avais le dernier Allison Katzinger ? Et elle va venir ici ? À Bluepointe ?

– Oui, a répondu Josh en haussant les épaules. C'est

ma mère qui a organisé tout ça. C'est la chose qu'elle préfère dans son métier de libraire...

– Et alors, tu le trouves comment ? Il est bien ? ai-je demandé. Non, mais, qu'est-ce que je raconte ! Évidemment qu'il est bien. Mais, je veux dire, c'est quel genre de bouquin ? Plutôt triste ou léger ? Je n'arrive pas à savoir si je préfère l'un ou l'autre...

– Écoute, m'a dit Josh, il faudra que je le récupère, mais si tu veux le lire, je peux te le...

Il n'a pas eu le temps de finir sa phrase que je lui avais déjà arraché le livre des mains.

– C'est vrai ? me suis-je exclamée. Ne t'inquiète pas, je vais le lire en deux secondes ! Mince alors, encore six heures à attendre avant de pouvoir le commencer... J'ai troooop hâte.

– Je vais finir par croire que c'est juste pour les bouquins que tu m'apprécies...

– Comme toi avec ma tarte !

Je lui ai redonné le livre, laissant quelques instants ma main sur la sienne, avant de me lever.

– Tu me le gardes ? J'arrive.

Je suis revenue avec une part de tarte au citron meringuée.

– Ah, c'est comme ça que tu travailles, toi ? m'a-t-il demandé avec un drôle de sourire. Tu choisis à la place de tes clients ?

– Je savais très bien ce que tu allais me demander.

« La tarte aux cerises », avons-nous dit en chœur.

– Mais fais-moi confiance, et essaie ça, lui ai-je

chuchoté en jetant un coup d'œil derrière mon épaule pour être sûre que les Mel ne m'entendent pas. La pâte de la tarte au citron est meilleure que celle de la tarte aux cerises en ce moment... Melanie a... comment dire, un peu changé sa recette.

– Ne me dis pas que...

– Si, ai-je soufflé. Elle met de la mayonnaise dedans. Moi, j'ai peur de goûter...

Josh m'a fait un sourire en prenant une grosse bouchée de sa tarte au citron.

– Mmm, très bon choix, m'a-t-il dit.

J'ai senti mon cœur se soulever. J'adorais le fait de connaître sa tarte préférée, tout comme il connaissait la manière dont je prenais mon café (avec cinq dosettes de lait concentré et deux sucres – et, oui, il se moquait de moi à chaque fois).

J'adorais le fait qu'il m'ait confié avoir appris à dessiner en regardant des vidéos sur YouTube, parce qu'il détestait son prof d'arts plastiques tyrannique.

Moi, je lui avais avoué que même si je relisais *Les Quatre Filles du docteur March* chaque année, je pleurais toujours au moment où Beth mourait.

Partager toutes ces choses rendait nos baisers encore meilleurs. Savoir ce que Josh avait dans la tête, ça, ça me transportait. C'était un aspect des relations amoureuses que je n'aurais jamais imaginé – avoir, en plus, un ami. Les baisers, les promenades main dans la main, j'en avais rêvé ; mais jamais je n'aurais deviné que le mieux dans tout ça, c'était en fait de pouvoir *parler*. De pouvoir regarder dans les yeux d'un garçon et comprendre ce que vous y voyiez. D'en apprendre chaque jour un peu plus sur toutes ces petites choses qui font *sa* personnalité.

Tout ça me donnait l'impression d'être une personne différente. D'avoir changé. Parfois, je m'attendais presque à voir quelqu'un d'autre quand je me regardais dans la glace. Quelqu'un de plus âgé, avec une nouvelle lueur dans les yeux (et peut-être un peu moins de taches de rousseur, aussi).

Voyant Josh manger sa tarte, je n'ai pas pu m'empêcher de me pencher discrètement pour lui demander :

– À ton avis, quand est-ce qu'elle va arrêter son délire avec la mayonnaise ? Franchement, tu imagines un truc plus immonde qu'une tarte aux fruits avec de la mayo ? À mon avis, elle commence à avoir le cerveau ramolli à force de rester en cuisine toute la journée...

– Dis donc, je t'ai entendue !

Je me suis retournée en un clin d'œil pour me retrouver nez à nez avec Melissa, les poings sur les hanches, l'air furibond. Impossible de savoir d'où elle était sortie.

– Oh, Melissa ! me suis-je écriée. Je ne voulais pas dire que...

– Écoute, m'a-t-elle murmuré, Melanie a toujours eu un grain. Ça n'a rien à voir avec cette histoire de mayonnaise. Et puis, j'ai comme l'impression que toi aussi, tu es « dans ce délire »...

D'un geste de la tête, Melissa a désigné la carte des

« plats du jour », où j'avais écrit, juste au-dessous des tartes :

Elle lui tendit son assiette en espérant que personne ne remarque les deux petites cornes luisantes qui dépassaient de ses cheveux. « Les œufs à la sauce diable ? » demanda-t-elle.

J'ai haussé les épaules en riant.

Melissa m'a souri en retour.

– Tu sais, depuis que tu as écrit ça l'autre jour, les commandes d'œufs à la sauce diable ont triplé ! On a même dû envoyer Andrea au marché pour faire le plein d'œufs et de paprika ! Où est-ce que tu es allée chercher ça, Chelsea ?

– Oh, je ne sais pas. Quelqu'un m'en a demandé, et j'ai trouvé le nom amusant. Tu préfères que je l'efface ?

– Tu rigoles ? m'a dit Melissa. Surtout pas ! Allez, arrête un peu de faire les yeux doux à ce garçon, maintenant, et va donner le menu à cette table. Ils veulent déjà deux cafés, et deux décas.

– T'es la meilleure, Melissa, lui ai-je soufflé.

Quand Josh est parti, j'ai découvert, écrit sur son ticket de caisse : *Ton pourboire*, avec une flèche dessinée à côté, pointée vers le livre d'Allison Katzinger.

Je ne pouvais bien sûr pas *ne pas* m'arrêter à la librairie pour lui dire merci, une fois mon service terminé.

Il y avait un pot organisé en l'honneur d'un poète de Bluepointe quand je suis arrivée. Comme Josh était à la caisse, je suis restée près de lui pour discuter lorsqu'il n'avait pas de clients. Un débat sur les livres d'Allison Katzinger s'est engagé ; nous nous demandions quels étaient les meilleurs, ses romans drôles ou dramatiques. J'ai apporté à Josh une assiette remplie de crème d'artichaut et de petites feuilles d'endive farcies au bleu et aux olives – que nous avons tous les deux trouvées aussi bonnes que peu appétissantes à regarder. Malheureusement, nous n'avons pas eu l'occasion de passer le moindre moment seul à seul de toute la soirée (sauf quand le poète, après avoir trop bu, a fait tomber une pile de livres posée sur une table et que nous avons été obligés de nous glisser en dessous pour les ramasser).

Et pourtant, j'ai quand même trouvé quelque chose de romantique à tout ça. Quelque chose de plus romantique que dans une sortie au cinéma ou un dîner aux chandelles.

Peut-être que je ne voyais pas les choses comme tout le monde. Ou peut-être que tout ce qui avait un lien avec Josh était à mes yeux romantique, même ramasser des livres par terre en laissant nos doigts s'effleurer quand nous voulions prendre le même.

Mais finalement, un après-midi, quelques jours après notre sortie ratée du 4 Juillet, Josh m'a dit d'un air dépité :

– Enfin, Chelsea, regarde-nous.

– Eh bien quoi ? ai-je rétorqué.

Nous avions profité d'une pause de dix minutes pour aller nous chercher des sucettes glacées avec E.B. Josh portait l'une de ces chemises à carreaux que j'aimais tant, et un short duquel dépassait une poignée de sachets en plastique (inévitable quand vous allez promener un chien en surpoids). Quant à moi, je n'avais pas quitté mon tablier. J'avais du stylo partout sur les doigts, et du Stabilo dans les cheveux (ainsi que de la mayonnaise, très certainement).

– Tu as déjà entendu parler de ces gens qui se voient plus de dix minutes d'affilée, ou bien ailleurs que derrière un tiroir-caisse ? m'a-t-il demandé. Il paraît même qu'ils peuvent faire un petit effort vestimentaire. Ça s'appelle un rendez-vous.

Si seulement je n'avais pas eu un gros morceau de glace dans la bouche à ce moment-là, je lui aurais rétorqué : « Alors, on se réveille enfin ? »

Mais la vérité, c'était que malgré tout le temps qu'on avait passé ensemble – entre nos entrevues, les textos que nous nous étions envoyés et, bien sûr, nos baisers –, l'idée d'organiser un vrai rendez-vous ne m'avait jamais effleurée. J'avais l'impression que c'était un truc démodé, purement formel.

– Et quoi ? Tu comptes venir me chercher chez moi à sept heures, serrer la main de mon père et accrocher un petit bouquet de fleurs séchées sur mon bustier ? lui ai-je demandé en riant.

– C'est à peu près à ça que je pensais, m'a dit Josh d'un air déconfit. Enfin, oublie quand même le coup du bouquet. Mais pourquoi pas le remplacer par un cierge magique ? Ça sera mieux pour le 4JD.

Le « 4JD » voulait dire le « 4 Juillet différé », une expression qui figurait sur les posters affichés partout dans la ville pour annoncer le report du feu d'artifice raté.

– Ça peut le faire, pour un rendez-vous, non ? Pique-nique, feu d'artifice, concert de la fanfare...

– Ah, les fanfares, j'ai toujours trouvé ça hyper romantique ! ai-je dit pour plaisanter.

– Hé, c'est quand même mieux que la clochette de la porte d'entrée, comme bande-son, m'a répondu Josh.

Puis, de sa main qui n'était pas toute collante à cause de nos glaces, il m'a gentiment caressé la joue. J'ai senti un frisson me traverser. Je me suis imaginée, seule avec lui pendant toute une soirée. Mais quelque chose n'allait pas.

– Et tes amis du lycée, ils ne vont pas organiser une fête ou je ne sais pas quoi ? lui ai-je demandé.

– Possible, m'a répondu Josh. Mais je préfère être avec toi.

– Oh, j'ai murmuré.

L'habitude qu'avait Josh de vous dire les choses aussi brutalement m'étonnait encore ; mais dans le bon sens, à présent.

– Donc...

– Donc... ai-je dit en lui souriant, timidement d'abord, puis de toutes mes dents. Donc, tu passes me chercher à sept heures ?

Il était presque midi quand je me suis réveillée le lendemain matin. Le sourire aux lèvres, je me suis étirée lentement.

Après les premières semaines de folie que nous avions passées à Bluepointe, entre nos sorties éducatives et nos promenades sportives, les bonnes résolutions de ma famille semblaient avoir pris le pli inverse. Notre rythme de vie avait sérieusement ralenti. Et notre volonté de passer du temps tous ensemble ? Envolé, ça aussi. Abbie avait décidé de s'entraîner pour un triathlon (sa manière à elle de prendre du bon temps), si bien qu'aux quatre-vingt-dix minutes qu'elle consacrait déjà tous les jours à nager s'ajoutaient désormais deux ou trois heures de course à pied et de vélo.

Tous les jours, Hannah monopolisait quant à elle la balancelle de la véranda pour terminer un nouveau livre de sa liste de lecture (tout en piquant quelques siestes, je ne vois pas comment il aurait pu en être autrement).

Mon père s'était installé un petit bureau dans la chambre de Granly pour travailler ; de mon côté, j'étais toujours fourrée chez les Mel, à la librairie ou à la plage.

Et ma mère, elle, passait ses journées à trier les affaires de Granly, ses vêtements, ses papiers, ses tableaux, sa vaisselle de mariage et ses coquetiers... elle triait les affaires de toute une vie, que ma grand-mère avait soudain laissées derrière elle.

Mais au milieu de tout ça, ma mère arrivait toujours à trouver le moyen de se changer les idées.

Un après-midi, elle avait par exemple prévu de retrouver une vieille amie du lycée à une brocante.

– Il faut absolument que j'y aille. Ça fait des lustres que je ne l'ai pas vue, m'avait-elle dit en se maquillant pour la première fois depuis notre arrivée.

Abbie et moi la regardions, assises sur le lit comme quand nous étions petites.

– Ça fait des lustres ! a répété ma mère.

– Et c'est qui déjà, cette amie ? a demandé Abbie.

– Zizi Rosbottom, a répondu ma mère. On était ensemble au lycée.

– Ça ne me dit rien. Et toi ? a demandé Abbie en se tournant vers moi.

– Non plus.

– Mais si, enfin ! a protesté ma mère. C'est avec elle que j'avais fait l'album photos du lycée ! Zizi !

– Franchement, je pense qu'un nom pareil, on s'en souviendrait, a remarqué Abbie.

– C'est sûr, vu qu'Abbie n'aurait pas pu s'empêcher de faire des blagues dessus, ai-je dit.

– D'ailleurs, a répondu ma mère, c'est peut-être pour ça que je ne vous en ai jamais parlé.

Elle prenait aussi d'autres prétextes pour pouvoir s'éloigner de la maison. Elle avait entre autres écumé trois magasins différents pour trouver le bon bocal afin d'y mettre sa confiture de myrtilles (même s'il n'y avait jamais de myrtilles à Bluepointe avant la fin du mois de juillet).

Ou bien elle nous disait devoir absolument retourner jusqu'à un champ de tournesols devant lequel elle était passée, pour le prendre en photo avec son trépied.

Mais ce matin-là, elle était assise par terre, dans le salon, au milieu d'une montagne de vêtements. Tous avaient l'air si petits qu'ils n'auraient pas pu appartenir à Granly.

– C'est quoi, tout ça, maman ? ai-je demandé.

J'étais restée dans l'embrasure de la porte, incertaine de vouloir entrer.

– Tes vêtements de bébé ! m'a répondu ma mère en brandissant une petite barboteuse rose avec un canard sur le devant. Enfin, les tiens, et ceux d'Abbie et d'Hannah aussi. J'avais oublié qu'ils étaient là.

– Et... qu'est-ce qu'ils font là ?

– Oh, Granly et moi, on pensait s'en servir pour faire un patchwork, m'a-t-elle répondu en pétrissant une petite couverture en peluche. Mais nous avions toujours d'autres priorités.

– Oh, ai-je dit doucement.

Même si mes mains étaient agrippées au cadre de la porte, je me suis rendu compte que mon corps penchait en arrière, comme pour me dire de partir. Je n'avais pas envie de penser une nouvelle fois à ce que Granly n'aurait plus l'occasion de faire. Ou de voir.

Ma mère non plus n'avait pas l'air d'en avoir envie, d'ailleurs. Son regard semblait perdu dans le passé.

– Oh ! s'est-elle exclamée en extirpant une robe rose vif avec un ruban en tulle orange, Abbie et toi avez toutes les deux porté cette robe pour vos deux ans.

– Oui, c'est vrai ! Je me souviens des photos.

– Ça ferait un centre parfait pour le patchwork, non ? a dit ma mère en continuant de fouiller parmi les vêtements. Je pourrais ensuite choisir des couleurs de plus en plus claires pour le reste. Je l'imagine déjà.

Pas moi. Évidemment, je comprenais malgré tout la nostalgie de ma mère à revoir nos vêtements de bébé. Chaque fois qu'elle parlait de notre enfance, ses yeux s'embrumaient, à tel point que je me sentais parfois coupable d'avoir grandi.

– Tu sais quoi ? Je vais le faire, m'a-t-elle dit.

Puis elle a commencé à mettre de côté les robes, les petits chapeaux et les barboteuses sur le tapis, en les rangeant par couleurs – du rose le plus clair au rose le plus foncé.

– Ooh, tu portais celle-là quand je suis sortie de la maternité...

Elle était censée s'adresser à moi, mais j'avais bien vu qu'en réalité, ma mère avait oublié que j'étais là. Elle se souvenait peut-être de moi en bébé potelé avec une afro orange sur la tête, mais pas moi.

Elle s'est à peine aperçue que je partais.

J'ai traversé la buanderie pour sortir par-derrière. Dehors, le soleil tapait fort et les cigales chantaient, invisibles sur les arbres. Ce bruit, auquel s'ajoutait la vision de l'herbe trop haute et de ce bout de jardin vide, tout desséché, rendait l'endroit opprimant, désagréable.

Je me suis retrouvée à faire les cent pas sur notre allée de gravier, les bras croisés sur la poitrine.

Voir ma mère décider de se mettre à ce patchwork aurait pourtant dû me faire plaisir. C'était la première fois que je la voyais aussi heureuse et enthousiaste depuis notre arrivée.

Mais... il y avait quelque chose de bizarre là-dedans.

Cet été devait être dédié à Granly, pas à nos habits de bébé. Comme si ma mère ne rendait pas hommage à la bonne partie de son passé.

Je n'avais pas de quoi me plaindre non plus. Je détestais l'idée d'avoir à toucher aux affaires de Granly. Si ça n'avait tenu qu'à moi, sa boîte à couture et ses albums photos n'auraient jamais bougé de notre buffet.

J'aurais donc dû me réjouir que ma mère ne touche à rien, non ?

Et pourtant... Pourtant, ce n'était pas le cas.

Ce n'était pas le cas, pour la simple raison qu'en laissant les choses dans cet état, nous restions dans l'impasse. Nous nous empêchions d'aller au-delà de ce moment où nous devions dire au revoir à Granly.

J'ai poussé un lourd soupir, puis je me suis baissée pour arracher par terre une grosse touffe de trèfles. S'occuper du jardin, cette tâche aussi, ma mère l'avait abandonnée en plein milieu. Des mauvaises herbes étaient en train de repousser partout, et la terre était sèche et craquelée.

J'ai arraché une autre poignée d'herbes, avant de relever la tête pour embrasser le jardin du regard. Puis je me suis rendue jusqu'à la cabane à outils et j'ai poussé sa fine porte. Un vieux râteau était entreposé là. Je l'ai pris et, de retour dans le jardin, je l'ai abattu sur le sol en lâchant un cri de satisfaction. Mon râteau a fendu la terre, entraînant les racines des mauvaises herbes et laissant derrière lui un sillon net et propre.

Je voyais déjà ici une belle rangée de tomates.

Laissant tomber mon outil, je me suis précipitée à l'intérieur.

– Je vais en ville, ai-je lancé à la cantonade.

J'ai fourré dans la poche mon téléphone et quelques billets provenant de mes pourboires, puis je suis partie en claquant la porte exprès.

Une heure plus tard, je rentrais avec un vieux caddie rouillé, rempli de petits pots en plastique garnis de plantes duveteuses. Je les avais achetées chez le maraîcher où nous allions toujours chercher nos épis de maïs et nos tomates. M. Jackson m'avait fait soixante-quinze pour cent de remise, car la saison du repiquage était terminée.

– Je ne sais pas si ça va marcher, m'avait-il dit en m'aidant à ranger mes plantes dans mon caddie.

Entre ses grosses mains, elles avaient l'air encore plus fragiles.

– Elles sont un peu fatiguées, ce sont celles dont les gens n'ont pas voulu.

– En plus de quoi, je ne connais strictement rien au jardinage, ai-je dit en me mordant la lèvre.

– Eh bien, la bonne nouvelle au moins, c'est que ces plantes sont faciles à mettre en terre. Tomates, concombres, courges, laitues... il n'y a plus qu'à les laisser pousser.

– Oh ! J'ai oublié une dernière chose. Les radis. Vous avez des graines ?

Mes plantes n'avaient pas fière allure, mais au moment du dîner, j'avais fini de les planter et semé mes graines. J'avais suivi à la lettre les instructions que M. Jackson m'avait écrites sur une feuille déchirée de son carnet de commandes – espacer les tomates de quarante-cinq centimètres et aligner les laitues sur deux rangées.

J'ai souri de toutes mes dents en arrosant mon mini-potager. Puis j'ai enlevé les gants roses de Granly et je suis rentrée à l'intérieur.

– Du piment de Cayenne, ai-je murmuré devant le placard à épices, en voyant au fond un gros bocal orangé.

M. Jackson ne jurait que par ça. « Tu en saupoudres juste un peu sur tes plantes, tous les matins, après l'arrosage. Ça écartera les bestioles. »

Pendant que je m'exécutais, je me suis mise à imaginer un gros panier rempli des tomates allongées, des laitues et des concombres croquants que j'aurais récoltés d'ici à la fin du mois d'août. Sans parler des gros radis rouges.

Granly aurait été fière de son petit jardin.

Je n'ai pas pu m'empêcher de penser à tout ce qui aurait changé au moment où mes légumes arriveraient à maturité (s'ils y arrivaient, évidemment).

Ce serait la fin de l'été.

Le moment des au revoir – à la maison de Granly, à Bluepointe, à Josh.

Mais pour l'heure, toutes ces choses me semblaient aussi lointaines et irréelles que l'idée de me retrouver avec de beaux et succulents légumes à la place de ces minuscules pousses.

Alors j'ai haussé les épaules, jetant une dernière poignée de piment, et je suis rentrée.

J'ai attendu le matin du feu d'artifice pour annoncer mon rendez-vous à ma famille (c'est le temps que ça m'a pris pour pouvoir murmurer « J'ai un rendez-vous » sans me mettre à glousser comme une idiote en mettant ma main sur ma bouche).

Cette journée a commencé comme une autre, à ceci près que mon père nous a réveillées avec des pancakes banane-pécan au lieu de travailler.

Lorsqu'il les a fait glisser dans mon assiette, je me suis aperçue qu'ils avaient une drôle de forme.

– Papa, me suis-je plainte, tu ne crois pas que je suis un peu grande pour les pancakes Mickey ?

– Oh, sois pas si rabat-joie, m'a répondu Hannah. Nous aussi on en a.

– Même moi ! a dit ma mère qui était venue se mettre à table avec nous. Je ne sais pas, j'ai l'impression que ces petites oreilles, ça les rend meilleurs.

– Bon, d'accord... j'ai ronchonné.

Puis j'ai versé un peu de sirop d'érable entre les oreilles de mon pancake avant de demander :

– Et donc... vous, vous faites quoi ce soir ?

Mes parents se sont regardés d'un air interloqué.

– Comment ça, « nous », on fait quoi ce soir ? m'a dit ma mère. Voyons... On va assister au feu d'artifice avec nos trois filles, évidemment. Pourquoi, vous avez prévu autre chose ?

– Eh bien, moi, oui, ai-je reconnu. J'ai... J'ai un rendez-vous.

Mes parents se sont à nouveau regardés, d'un air encore plus interloqué.

– Avec ce garçon, Josh ? m'a demandé ma mère.

– Oui, bien sûr. Ça fait plusieurs semaines qu'on est ensemble maintenant.

– Mais vous vous voyez quand ? a demandé mon père, sa fourchette suspendue au-dessus de son assiette.

– Justement, c'est ça le hic... On n'arrive à se voir qu'avant et après le travail. Et pendant aussi. Parfois. Du coup, il m'a demandé d'aller avec lui au feu d'artifice. Vous savez, pour pique-niquer, écouter la fanfare et tout...

– La fanfare ? s'est moquée Abbie.

– C'est une image, ai-je grogné en coupant l'une des oreilles du Mickey avant de l'enfourner dans ma bouche.

– Et quel âge a-t-il, ce Josh ? a demandé mon père. Si c'est ton petit ami, nous aimerions le rencontrer.

– Oui, c'est l'idée justement ! Il a quinze ans, et il vient me chercher à dix-neuf heures. Tu le verras à ce moment-là.

– Mais mon cœur, m'a dit ma mère d'une voix douce, ton père et moi nous faisions une joie de passer cette soirée avec vous. C'est vrai, toi, tu as passé ton temps à travailler et Hannah... Eh bien, qui sait si Hannah pourra être avec nous l'année prochaine, au 4 Juillet ? Nous avions l'intention d'aller faire des courses avec ton père après le petit déjeuner. On voulait vous préparer un super pique-nique pour la plage, ce soir.

– Mais ce n'est même pas un vrai 4 Juillet ! C'est un 4 Juillet *différé*. Et puis, en plus, depuis quand est-ce que ce jour est aussi important que Thanksgiving ? Je ne crois pas me souvenir que ça vous tenait autant à cœur avant.

– Oui, *avant*, a dit ma mère.

Puis ses lèvres se sont pincées et sa fourchette est bruyamment tombée dans son assiette.

– Je ne vais pas t'obliger à dîner avec nous ce soir. Mais je vais simplement te demander de faire le bon choix. Tu peux toujours proposer à ton ami de se joindre à nous pour le dessert.

– Et si je dînais plutôt avec vous et que Josh venait me chercher après ? ai-je tenté de négocier. Comme ça, on pourra regarder le feu d'artifice tous les deux.

Une fois de plus, j'ai vu mes parents se regarder.

– Bon, d'accord, a dit ma mère après un long silence. Mais retour à la maison à dix heures et demie.

– Tu m'aurais laissée rester dehors jusqu'à minuit si j'avais été avec Hannah et Abbie ! ai-je protesté.

– *Si* tu avais été avec Hannah et Abbie, Chelsea, a dit mon père. Inutile de pousser le bouchon trop loin.

J'ai terminé mon assiette en boudant, me demandant comment j'allais annoncer cette nouvelle ridicule à Josh.

J'étais justement en train de poser mon assiette pleine de sirop dans l'évier quand mon téléphone a sonné.

– Salut ! ai-je fait à Josh en me précipitant sur la véranda.

– Salut. Écoute, j'ai un truc très embarrassant à t'annoncer, m'a-t-il dit.

– D'accord, ai-je dit au ralenti, sentant un frisson d'appréhension me parcourir la nuque.

– On dirait que mes parents pensent que ce feu d'artifice, c'est Noël, a continué Josh. Et, je te l'ai dit, mon père passe beaucoup de temps à Chicago à cause de son travail, comme il donne des cours à Loyola, et puis il n'a que quatre jours à Bluepointe, et...

– Et ils veulent que tu restes avec eux pour dîner ? lui ai-je demandé, toute joyeuse.

Josh s'est éclairci la gorge.

– Euh, ça n'est pas vraiment la réaction que j'attendais.

– Non, simplement, les miens aussi m'ont fait une crise à cause de ce soir ! On est tous les deux coincés. Je serai libre pour le feu d'artifice, en revanche.

– Alors je ferai en sorte de l'être aussi, m'a-t-il dit.

– Oh, mais il faudra que tu rencontres mes parents avant... Je t'enverrai un texto pour que tu nous retrouves sur la plage.

– D'accord, m'a dit Josh, d'une voix moins assurée cette fois. Je ferai en sorte de vous trouver aussi !

– Ne t'inquiète pas. Ils ne sont pas si terribles que ça. Et souviens-toi : j'ai deux sœurs plus âgées. Rencontrer les petits amis, ça fait partie de leur devoir parental au même titre que de te faire manger tes brocolis ou d'aller aux réunions parents-professeurs.

– Ha, a fait Josh. Alors je me demande ce que je dois penser de mes parents...

Je me suis mordu la lèvre.

Josh ne m'avait jamais beaucoup parlé de ses parents. Tout ce que je savais, c'était que son père était prof de philosophie, ce qui revenait à peu près à dire qu'il voyait la vie d'un œil très, très abstrait.

– Et dès qu'il s'agit de régler des problèmes concrets, m'avait dit Josh un soir, en rentrant après notre travail, comme déboucher les toilettes ou se rendre à une réunion de son association, on dirait que plus rien n'a d'intérêt. À vrai dire, je doute que tous les philosophes antiques aient passé beaucoup de temps à ranger des bouquins sur des étagères ou à ouvrir des cartons.

– Et ta mère, alors? Ce n'est pas davantage elle qui gère la librairie?

– Oh, si, mais tu la connais. Elle pense qu'en arrivant à charmer les gens, elle peut toujours tout faire passer – même le fait que la boutique soit mal éclairée.

– Elle n'a peut-être pas tort. Je ne connais pas de meilleure librairie que Dog Ear. Tu devrais être content de l'aider à réaliser ce projet.

– Oui, tu as raison, je devrais, m'avait répondu Josh. J'aimerais beaucoup être passionné par ce boulot. Mais, comme tu le disais, c'est elle qui gère l'affaire. Pas moi, en principe. Sauf que maintenant, je suis bien obligé, puisque c'est tout ce que possède ma famille.

– Tant mieux, puisque tu es hyper doué pour tout organiser!

Josh avait levé les yeux au ciel.

– Je suis ravi que tu sois impressionnée par un garçon

qui trie des dossiers. Je sais, c'est super sexy comme truc.

Je m'étais mise à rire, puis j'avais poursuivi :

– Et tes posters, alors ? Josh, ils sont géniaux. J'ai vraiment hâte de voir ce que tu as fait pour Allison Katzinger.

Josh m'avait souri, comme pour me dire merci, mais il avait ensuite changé de sujet.

Et voilà qu'à présent, il recommençait.

– Alors, est-ce qu'il faut que je porte une cravate ou quelque chose comme ça pour rencontrer tes parents ? m'a-t-il demandé.

– Obligé ! ai-je dit en plaisantant. Nœud pap, mocassins vernis, la totale. Et pense à apporter des fleurs à ma mère. Des jacinthes d'Orient, de préférence.

– Oh, Nicole, a soupiré Josh comme il le faisait chaque fois que je citais *Rêves coco*.

– Oh, Kai ! ai-je répliqué aussitôt. Alors à ce soir !

Nous ne sommes pas allés sur la même plage que d'habitude ce soir-là, mais sur une autre, plus près de la ville, depuis laquelle était tiré le feu d'artifice. Ma mère a insisté pour arriver tôt afin de trouver de la place pour installer son super pique-nique, qu'elle et mon père nous avaient préparé.

– Je peux vous rejoindre là-bas ? ai-je demandé. Il va faire encore trop chaud dehors si on arrive trop tôt. Je ne veux pas risquer d'être toute collante de sueur pour... après.

Ce qui était ridicule, je l'admets. La plupart du temps, quand Josh me voyait, je sortais de six heures de course effrénée chez Mel & Mel. J'avais beau essayer de me rafraîchir, me passer de l'eau sur la figure, me recoiffer, me remettre du gloss avant de le voir, je savais que ça ne changeait pas grand-chose. À tous les coups, je devais encore sentir la vapeur de lave-vaisselle et les œufs à la sauce diable.

Mais il fallait quand même faire un effort pour un rendez-vous (bon, d'accord, un demi-rendez-vous). Normalement, votre cavalier devait ouvrir des yeux grands comme des soucoupes quand vous ouvriez la porte, parce que vous vous étiez coiffée différemment, parce que vous aviez mis des bijoux. Parce que vous étiez plus grande à cause de vos talons. Normalement, vous sentiez bon le shampoing et le parfum – et pas le poisson, comme quand vous restiez près du lac par une chaleur pareille.

– Chelsea, m'a dit ma mère, les mains sur les hanches.

J'ai remarqué plusieurs pansements sur ses doigts – elle n'arrêtait pas de se piquer en cousant son patchwork en habits de bébé.

– Chelsea, je ne te demande qu'une chose : que nous soyons ensemble pour ce début de soirée. Tu peux faire ça ? Pour moi ?

– C'est bon, d'accord, ai-je ronchonné.

Ce n'est qu'une fois sur la plage, ce soir-là, que j'ai compris pourquoi ma mère tenait tant à cette réunion de famille. Ce n'était pas pour passer ensemble ce (faux) 4 Juillet.

Mais parce qu'elle avait décrété que ce pique-nique serait notre « soirée Gatsby ».

C'était Granly qui avait instauré cette tradition, qu'elle avait baptisée ainsi car il s'agissait d'un pique-nique extraordinaire, pendant lequel les adultes buvaient du champagne et les enfants du jus de raisin pétillant dans des gobelets en forme de ballon.

Nous avions toujours droit à un menu très élaboré : sandwichs au concombre avec du pain sans croûte, petits légumes marinés, olives hors de prix, salade de cœurs de palmier, huîtres chaudes. Encore une chose que nous faisions tous les ans – comme la photo de fin de séjour avec mes sœurs –, mais à laquelle je n'avais pas vraiment pensé. Moi qui croyais que c'était pareil pour ma mère, je m'étais trompée.

Alors que l'après-midi touchait à sa fin et que nous descendions en ville avec notre lourd panier à pique-nique, nos couvertures et un panier supplémentaire rempli de plats et de flûtes à champagne qui s'entrechoquaient, j'ai soufflé à Hannah :

– Pourquoi elle ne l'a pas dit que c'était « soirée Gatsby » ?

Hannah a haussé les épaules.

– Ce n'était jamais trop préparé quand Granly le faisait, m'a-t-elle répondu à voix basse. Tu sais, on la voyait décréter ça un beau matin, et puis tout le monde passait la journée à dénoyauter les olives et à décortiquer les crevettes. Tu te souviens ?

Je m'en souvenais, oui. Je me souvenais que mes

sœurs et moi étions toujours tout excitées à l'idée des soirées Gatsby. Que nous mettions des robes en satin et piquions le rouge à lèvres rose de Granly en poussant de grands cris devant la glace.

Ma mère était très différente de Granly, qui avait toujours des ongles parfaitement manucurés, qui portait de grosses bagues en turquoise et lapis-lazuli. On les entendait cliqueter quand elle parlait avec ses mains.

Ma mère, elle, avait toujours les ongles courts, sans vernis. Et la seule bague qu'elle portait était son alliance en platine. Ses cheveux ondulés, coupés au carré, n'avaient rien à voir avec la crinière de feu de Granly.

Et quand Granly organisait un pique-nique, on s'amusait. Il y en avait de partout, mais en même temps, tout était simple.

Ça n'a pas vraiment été le cas pour la soirée Gatsby de ma mère. Elle s'était donné beaucoup de peine.

Et c'est pourquoi, quand nous sommes arrivés sur la plage et avons installé notre joli pique-nique, avec des bougies, des petites fourchettes en argent, bref, tout ce qu'il fallait, je crois que j'ai encore plus apprécié ce moment que du vivant de Granly.

– Chelsea, m'a dit ma mère en me préparant une assiette pendant que j'envoyais mon fameux texto à Josh, je sais que tu n'aimes pas le chèvre, mais essaye avec la confiture de poivrons. Tu vas adorer.

– Ça a l'air délicieux, ai-je dit.

Ma mère m'a regardée d'un air surpris.

– Ah bon ? Et les huîtres fumées, alors ? Ça te tente ?

– Mmmm, faut pas non plus exagérer, ai-je répondu en riant.

Effectivement, le chèvre, je n'aimais pas ça. Mais je ne lui ai rien dit. Qu'est-ce que ça pouvait faire, après tout ? J'aimais quand même beaucoup d'autres choses, comme la tapenade et la tourte aux artichauts.

Puis Abbie nous a fait mourir de rire en nous racontant une histoire sur Estelle, la galeriste timbrée, qui avait encore fait un scandale récemment.

Autour de nous, d'autres personnes commençaient à s'installer, en nous lançant de gentils commentaires sur notre pique-nique de luxe.

Mon père nous a fait passer un petit bol qui contenait les premières myrtilles de la saison. Elles étaient encore petites et un peu acides, juste comme je les aimais. Nous les avons grignotées en regardant le soleil se coucher. Nous nous amusions tellement et le spectacle était si beau que j'en avais presque oublié le stress de mon rendez-vous.

Et bien entendu, c'est précisément à ce moment-là que Josh a débarqué.

J'ai seulement remarqué qu'il était là quand je l'ai vu debout, au bord de notre nappe, un joli petit bouquet de pâquerettes à la main, subjugué par notre belle porcelaine, nos coupes de champagne et nos bougies.

– Josh ! ai-je dit en me dépêchant d'avaler ma dernière myrtille, croisant les doigts pour ne pas avoir de nourriture coincée entre les dents. Tu es là !

Je me suis levée d'un bond, lissant d'une main ma

robe jaune dos nu et de l'autre mes cheveux qui frisottaient.

Puis, alors que je lui donnais l'accolade (parents oblige), il m'a glissé :

– Je ne pensais pas que tu étais sérieuse pour le nœud papillon !

– Mais non ! lui ai-je répondu en riant.

Josh était pieds nus et portait un T-shirt blanc avec dessus un drapeau américain passé, ainsi qu'un treillis dont le bas était roulé. Il a regardé notre pique-nique, puis m'a regardée, les sourcils levés.

– Oh, c'est juste une tradition de famille, lui ai-je dit pour le rassurer. Un truc qu'on fait pour rigoler. On n'est pas si sophistiqués, en réalité.

– Parle pour toi ! a répondu Abbie.

Elle était appuyée sur un coude, occupée à jeter des myrtilles dans sa bouche.

– Je te présente ma sœur, Abbie, ai-je dit à Josh. Et voilà Hannah et... hum, mes parents.

– Adam, a dit mon père en se levant pour le saluer.

– Et moi, c'est Rachel, a dit ma mère. On allait justement passer au dessert, a-t-elle ajouté en sortant les petites assiettes du panier. Viens t'asseoir avec nous.

– Oh, ça va aller, merci, a répondu Josh, qui a eu l'air de se souvenir brusquement de son bouquet de pâquerettes. Tenez, c'est pour vous.

Surprises, ma mère et moi nous sommes regardées tandis que Josh me murmurait à l'oreille :

– Je ne savais absolument pas à quoi ressemblait une jacinthe.

– Elles sont parfaites, l'ai-je rassuré.

Et c'était vrai. Belles et simples, comme ma mère les aimait. Un sourire s'est formé sur ses lèvres alors qu'elle respirait leur parfum, avant de les plonger dans son verre d'eau.

C'était l'occasion parfaite pour filer.

– Je serai de retour à dix heures et demie, promis, lui ai-je dit en me penchant pour l'embrasser. Merci pour cette soirée Gatsby. C'était...

Je n'aurais pas pu dire « parfait », cette fois. Car il manquait Granly. Alors j'ai dit à la place :

– C'était une très belle soirée.

Et ça, c'était vrai.

J'imagine que tout le stress oublié pendant notre dîner est remonté d'un coup au moment où nous nous sommes retrouvés, Josh et moi, à marcher sur la plage. Impossible de trouver quelque chose à lui dire au milieu de tous ces enfants qui hurlaient et des bandes d'étudiants qui riaient en décapsulant des bouteilles.

J'avais envie de lui prendre la main, mais le vent m'obligeait à tenir ma jupe.

Josh non plus ne parlait pas beaucoup. Il m'a simplement posé quelques questions sur mes parents et mes sœurs.

C'est à ce moment-là que je lui ai moi aussi demandé comment s'était passé son dîner.

– Oh, bien, m'a-t-il dit. On s'est retrouvés assis à côté d'une bande de poètes, le genre d'écrivains qui aiment passer à la librairie, et ils se sont mis à faire de l'impro.

– Ooohh, ai-je grommelé. De l'impro en poésie ? Vous avez dû vous amuser...

– Oh, mon père a adoré. Il adore ce genre de trucs. Il était à Woodstock, tu sais – mais je te déconseille de lui en parler à moins d'avoir envie de l'écouter t'en parler pendant trois heures.

– À Woodstock ? Mais... Il a quel...

– Soixante-six ans, a répondu Josh. Il m'a eu à cinquante et un ans. Ma mère en avait quarante.

– Ça alors. Je savais qu'ils étaient... tu vois, qu'ils n'étaient pas tout jeunes, mais...

– Oui, a dit Josh en haussant les épaules. C'est pour ça qu'ils n'ont pas eu d'autres enfants. Mais je crois que c'est ce dont ils avaient envie, de toute façon. Je veux dire, mes parents n'ont jamais été du genre « famille nombreuse ».

– Oh, ai-je dit.

Je n'avais jamais vraiment pensé à la différence qu'il y avait entre nos vies. Moi, j'avais grandi dans une maison de grande banlieue, où le salon était en permanence envahi par trois enfants (et souvent leurs amis), quand on ne faisait pas la course jusqu'au frigo ou qu'on ne jouait pas dans l'arrière-cour.

Pendant ce temps, Josh n'avait aucune idée de ce qu'était une arrière-cour. Avant de s'installer à Bluepointe, ses parents et lui avaient vécu dans un appartement à Chicago. Josh prenait le métro chaque fois qu'il devait se déplacer. Et ils vivaient à présent dans un des lofts qui surplombaient la grand-rue, à quelques pas de la librairie.

Ça, ça avait l'air sophistiqué et adulte.

C'était peut-être pour cette raison que Josh avait tellement tenu à ce rendez-vous en bonne et due forme, alors que moi, je me serais contentée d'aller n'importe où. Et peut-être aussi pour cette raison qu'il pensait avoir une responsabilité envers la librairie alors que moi, je n'y aurais même pas songé.

Nous avons fini par atteindre un coin plus tranquille, au pied d'une dune de sable couverte de hautes herbes folles.

– C'est pas mal comme endroit pour regarder le feu d'artifice, a dit Josh.

Nous nous sommes assis en silence, les yeux rivés sur le ciel qui s'assombrissait. J'ignore pourquoi, mais j'avais à nouveau l'impression de ne plus savoir quoi dire.

– Je me demande quand ça va commencer, ai-je finalement lâché.

Je me suis sentie nulle. C'était quoi, cette conversation d'ascenseur ? J'étais pourtant avec *Josh*, avec qui tout était d'habitude si facile, si drôle, si parfait depuis notre premier baiser.

Josh m'a alors pris la main, mais de la même manière que ma remarque, ce geste semblait forcé. Comme si nous reproduisions tous les clichés du rendez-vous galant, au lieu de faire ce dont nous avions envie.

– Ah... a dit Josh sans quitter l'horizon des yeux, c'est bizarre, tout ça.

– Mais oui ! me suis-je exclamée, tout à coup soulagée, en me tournant finalement vers lui. Ma famille t'a fait peur, ou quoi ?

– Pas du tout ! Je les ai trouvés super. Enfin, je veux dire, même si j'ai seulement passé trois minutes avec eux. Ta mère a l'air tellement normale...

– « Normale », ma mère ? lui ai-je dit en riant.

– C'est qu'elle a l'air... je ne sais pas, elle a l'air de bien assumer son rôle de mère, m'a-t-il dit. Mais elle avait l'air triste, à côté de ça.

– Oui, ai-je répondu en baissant la tête. C'est à cause de ma grand-mère.

– Je sais.

La main de Josh a serré plus fort la mienne.

– Écoute, si on y retournait ? a-t-il continué. On pourrait regarder le feu d'artifice avec eux si tu veux. Ou bien... si tu préfères que je te laisse seule avec ta famille...

J'ai levé les yeux vers son visage, essayant de lire ce qu'il entendait vraiment par là. Je voulais arriver à savoir ce qu'il pensait rien qu'en regardant ses yeux. Je voulais retrouver ce lien qui nous unissait, ce lien qui faisait que tout avec Josh semblait facile et complètement naturel.

Mais son visage était impénétrable. Je n'arrivais pas à deviner ce qu'il y avait derrière cette proposition. Cherchait-il à me faire plaisir ? Ou au contraire, à me laisser tomber ?

– Je n'ai pas envie de ça, lui ai-je dit.

Josh a acquiescé.

– Non, ai-je vite repris. Je veux dire, je n'ai pas envie que les choses redeviennent comme quand on s'est rencontrés, comme quand on savait qu'on se plaisait, mais que ni toi ni moi n'osions dire quoi que ce soit. Quand tu m'envoyais tous ces signaux que je ne comprenais pas...

– Quels signaux ? a demandé Josh en fronçant les sourcils.

– Tu sais bien ! Quand on s'est rencontrés. Tu étais d'abord hyper chaleureux, et puis glacial l'instant d'après. Gentil, et tout à coup odieux. Et quand tu m'as parlé du petit boulot chez Mel & Mel et que je t'ai vu littéralement *pâlir* au moment où je t'ai annoncé que je l'avais décroché...

– Juste avant de t'embrasser, m'a-t-il dit calmement.

On aurait dit qu'il avait aussi envie de m'embrasser à ce moment précis, mais je n'avais pas envie d'entrer dans ce jeu-là.

– Exactement ! Tu vois pourquoi je ne savais pas sur quel pied danser ? Mais ensuite, j'ai cru que...

Je lui ai pris la main, chérissant ces longs doigts familiers qui, comme par réflexe, s'entrelaçaient aux miens.

– ... J'ai cru qu'on avait fini par se comprendre. C'est vrai, tout était fabuleux. Jusqu'à maintenant.

– Chelsea, a dit Josh en se tournant vers moi, tu devrais pourtant savoir mieux que personne qu'on ne comprend pas quelqu'un comme ça. C'est faux de le penser – en revanche, ça n'empêche pas d'y travailler.

Cette fois, c'est moi qui me suis tournée vers lui.

– C'est marrant de t'entendre dire ça, lui ai-je répondu.

– Pourquoi ?

– Parce que... Sans vouloir te vexer, j'ai l'impression que tu es le genre de personne qui essaye toujours de tout... contrôler.

Josh a esquissé un sourire, puis il a retiré sa main, l'a posée sur le sable et s'est appuyé sur les coudes. Il m'a dévisagée d'un air de dire : *Vas-y, je t'écoute.*

– Eh bien... Regarde cette manie que tu as de tout classer à la librairie, lui ai-je dit.

Josh m'a approuvée.

– Et le sport que tu as choisi, hyper précis, hyper minuté, ai-je continué. Et tes amis ? Tu as failli rater la fête des lanternes alors qu'il y avait au moins une personne – une *fille* – qui mourait d'envie que tu sois là.

Josh a lâché un petit grognement.

– Et regarde tes cheveux !

– Quoi, mes cheveux ? a-t-il dit en se touchant le crâne.

– Mais non, non, je les adore !

Je me suis agenouillée pour pouvoir caresser cette matière douce et piquante à la fois. Ses paupières se sont baissées.

– Seulement, je ne connais pratiquement personne qui les coupe comme ça, ai-je continué. Si courts, si nets, pour ne jamais les avoir dans les yeux. Disons que c'est très... fonctionnel.

Josh a lentement secoué la tête, puis il m'a regardée. Cette fois, malgré la pénombre, j'ai cru lire l'expression qu'il y avait sur son visage. De la... colère ?

– Et sexy aussi, très sexy, ai-je ajouté sans mentir. Et regarde aussi ton...

Mais je n'ai pas pu finir, car Josh s'était lui aussi dressé sur ses genoux et, ses bras autour de moi, il m'embrassait. Il s'était jeté sur moi avec une telle force – dans l'obscurité, il avait peut-être été déséquilibré – que nous avons atterri sur le sable. Nous sommes restés là, nos bras entremêlés, couchés sur le côté.

Et nous avons ri, puis à nouveau nous nous sommes embrassés, serrés l'un contre l'autre, les mains dans nos cheveux. Nous nous sommes écartés, à bout de souffle. Puis nous sommes restés ainsi un moment, allongés, les yeux rivés sur le ciel noir.

C'est alors que Josh s'est tourné face à moi, et moi face à lui.

– Je crois que *toi*, tu as réussi à me cerner, m'a-t-il dit en me caressant la joue.

– Oh, ça reste à voir, lui ai-je répondu avec un sourire malicieux. Il faut peut-être que j'approfondisse encore mon enquête...

Josh a fait courir sa main jusqu'à ma tempe pour enrouler une de mes boucles autour de son doigt. Par réflexe, j'ai aussitôt voulu l'en empêcher, dégager cette mèche derrière mon oreille, mais il m'a arrêtée.

– Toi aussi, c'est une chose que tu essayes de contrôler, m'a-t-il dit. Mais je les avais adorés le jour où tu étais venue à la librairie avec tes sœurs. Sauvages, lâchés...

– Et *roux*, ai-je soupiré.

– Et roux, a répété Josh, mais quelque chose me disait que ce mot n'avait rien de négatif dans sa bouche.

Ce quelque chose, c'est qu'il s'est remis à m'embrasser.

Mais il s'est soudain stoppé net et s'est reculé pour me regarder en face. J'aurais aimé voir le joli marron de ses yeux, comme du velours, mais il faisait trop sombre pour distinguer la moindre couleur. Plus que du noir et du blanc, comme dans un vieux film.

– Avec toi, j'ai... a dit Josh en lâchant un petit rire gêné, j'ai peur de perdre la tête, mais en même temps, je n'ai pas envie de me contrôler.

– Dans la rubrique des phrases incompréhensibles, c'est la plus belle chose qu'on m'ait jamais dite, lui ai-je répondu pour me moquer.

Josh a haussé les épaules, visiblement heureux.

– C'est ce que je te disais : on ne peut pas se comprendre comme ça.

À nouveau, j'ai touché ses cheveux.

– Moi, j'aime bien ne pas te comprendre.

– Et moi aussi, j'aime bien ça, m'a-t-il répondu.

Josh a étouffé mon rire avec un baiser – un baiser si long et si intense que ma tête s'est mise à tourner, aidée par l'obscurité de notre petit coin caché sous la dune. Je me suis tellement abandonnée que je ne savais même plus où nous étions.

C'est d'ailleurs la raison pour laquelle j'ai sursauté quand nous avons été interrompus par une énorme détonation.

Je n'ai réalisé ce qui se passait qu'en voyant retomber dans le ciel des étincelles d'un rouge flamboyant.

– Le feu d'artifice ! me suis-je exclamée.

Josh se tenait la poitrine.

– Moi aussi, j'avais oublié !

BOUM !

Une explosion dorée et étincelante s'est ensuivie, accompagnée de crépitements.

Je me suis appuyée contre Josh en soupirant, puis il m'a prise dans ses bras.

D'ordinaire, les feux d'artifice me donnaient l'impression d'être minuscule, presque engloutie par les panaches d'étoiles jaillissant au-dessus de moi. Mais, dans les bras de Josh, tout était différent. Je me sentais en sécurité, pas aussi petite qu'auparavant ; et bien plus exaltée, aussi.

– J'ai changé d'avis, lui ai-je dit pendant l'un de ces moments de répit où tout reste en suspens, entre deux tirs, je crois que j'aime bien les rendez-vous, finalement.

– Moi aussi, m'a-t-il dit. Je pense même qu'on devrait en prévoir un autre (il s'est arrêté, interrompu par une énorme explosion), le plus tôt possible.

Et c'est ainsi que Josh a profité du jour suivant où je ne travaillais pas pour venir frapper à ma porte... avec entre les mains deux énormes rames.

– Celle-ci est pour toi, m'a-t-il dit en me la lançant avec un grand sourire.

– C'est une blague, lui ai-je dit en descendant sur l'allée de gravier, les bras croisés sur la poitrine.

J'avais enfilé mon maillot de bain préféré, un une-pièce à pois noir et blanc, échancré dans le dos. Pas un vêtement vintage, mais il en avait tout l'air. Et, par-dessus, un paréo en voile de coton.

– Je croyais qu'on allait au lac !

– On y va, m'a répondu Josh. Seulement, pas au lac Michigan, mais à Wex Pond. Enfin, pour être exact, nous allons prendre un bateau à Wex Pond. Mes parents ont une petite barque amarrée là-bas. Ils m'ont dit que je pouvais la prendre quand je voulais.

Les habitants de Bluepointe avaient l'habitude de se moquer de Wex Pond, qui d'après eux méritait à peine le nom d'« étang » puisqu'il ne s'agissait que d'une petite réserve d'eau artificielle, à peine aménagée, entourée par des champs et des arbres rabougris.

J'ai regardé Josh d'un air sceptique, en m'appuyant sur ma rame.

– J'ai comme l'impression qu'on ne va pas être à armes égales sur ce coup-là, lui ai-je dit sèchement. Si c'est pour que je me retrouve avec des ampoules plein les mains...

– Je te propose déjà d'essayer, m'a répondu Josh. En plus, je nous ai préparé un pique-nique sans mayo et avec tout ce qu'il faut. Si ça ne te plaît pas, on rentre à la plage. Promis.

J'ai hoché la tête, incapable de ne pas sourire. Tout était si simple avec lui. Il aurait pu me proposer d'aller pêcher, je crois que j'aurais dit oui – même si mon père l'aurait sans doute très mal pris.

– Laisse-moi juste arroser mes plantes, lui ai-je dit en posant ma rame avant de partir en direction du potager.

– Oui, c'est vrai. Comment vont-elles ?

Josh est allé les inspecter pendant que je déroulais le tuyau d'arrosage.

– Ben dis donc ! s'est-il exclamé.

– Oui, je sais ! ai-je dit, toute fière, en arrachant quelques mauvaises herbes qui avaient poussé près de mes laitues. Bon, j'ai quand même la moitié des radis qui n'a pas germé, et puis l'un de mes plants de concombre qui n'a pas l'air en forme, mais, à part ça, elles ont poussé comme des folles !

Quelque part, j'étais quand même un peu gênée d'être aussi fière de mon jardin. Mes plants de tomate grandissaient de jour en jour, toujours plus foisonnants. Les feuilles vert pâle de mes salades romaines devenaient translucides, de plus en plus gracieuses, dressées vers le ciel. Et sur la plupart de mes autres plants, de petites fleurs jaunes en forme de trompette commençaient à éclore.

– Hé, regarde ! m'a lancé Josh en se penchant sur mon plus beau plant de tomate pour le voir de plus près.

Je me suis accroupie à côté de lui afin d'observer sa tige duveteuse. Et j'ai étouffé un cri.

L'une des petites grappes de fleurs jaunes avait laissé place à des bébés tomates ! Elles étaient encore toutes vertes et vraiment très dures, mais pas d'erreur possible, il s'agissait bien de tomates, ornées de petites feuilles pointues qui leur donnaient l'air d'être enveloppées dans un papier cadeau.

– C'est arrivé si vite ! me suis-je exclamée.

J'ai inspecté rapidement le reste de mon potager, poussant un nouveau cri en découvrant toute une série de mini-concombres, cachés sous de grosses feuilles plates, bien vertes, comme des chenilles apeurées.

Je me suis mise à sautiller de joie – arrosant au passage Josh avec mon tuyau.

– Oh, pardon ! Mais je n'arrive pas à croire que j'ai réussi à les faire pousser. Bon, d'accord, je n'ai pas eu grand-chose à faire à part les mettre en terre et les arroser, mais quand même ! C'est cool, non ?

– Cool, oui, m'a répondu Josh avec un sourire moqueur.

– Ça va, je sais que c'est idiot ! Mais moi, je m'en fiche, je suis super fière de mes bébés légumes. Et pour la peine, tu ne seras pas invité à la dégustation de ma première salade quand ils auront mûri.

– Non ! a protesté Josh en se précipitant pour me prendre dans ses bras. J'aime trop les crudités. Allez, s'il te plaît !

– Bon, je vais y réfléchir...

Puis j'ai terminé mon arrosage. En cette fin de juillet, le soleil tapait si fort que la terre était déjà craquelée quand arrivait la fin de l'après-midi. J'ai rangé mon tuyau et attrapé le bocal de piment posé sur le rebord de la fenêtre. Puis, après en avoir saupoudré sur mes plantes, j'ai invité Josh à entrer.

Ma mère était à la table de la cuisine, occupée à assembler des morceaux de tissus d'un rose chaque fois différent.

– Bonjour, Josh, a-t-elle dit d'une voix chaleureuse.

Même si je trouvais toujours un peu étrange son idée de patchwork en vêtements pour bébés, j'ai été contente d'entendre sa voix normale, chaude, plutôt que celle, stridente et forcée, qu'elle avait eue depuis notre arrivée.

– Je vais chercher mes affaires dans ma chambre, ai-je dit à Josh en me faufilant dans le couloir.

En entrant, j'ai trouvé Abbie assise par terre, sur le tapis, les jambes écartées. En face d'elle étaient disposées plusieurs petites piles de papiers, de tailles et de couleurs différentes, un peu froissés ; vieux, apparemment.

– Qu'est-ce que c'est ? lui ai-je demandé gaiement en allant ouvrir le placard.

– Les lettres de Granly, m'a répondu Abbie. Des échanges avec Papi, pour la plupart.

Je me suis arrêtée net et me suis retournée vers ma sœur.

– Qu... quoi ? Pourquoi est-ce que tu regardes ça ?

– Écoute, m'a répondu Abbie en posant brusquement une feuille au sommet de la pile, avant d'en sortir une autre de la boîte ouverte près d'elle. Maman a abdiqué. Tu sais aussi bien que moi que cette histoire de patchwork n'a rien à voir avec un délire nostalgique sur l'époque où on était bébés. Elle fait ça pour éviter de penser à Granly, c'est tout.

– Oui, enfin... ai-je murmuré. C'est peut-être un peu des deux...

– Peu importe, m'a dit Abbie. Toi, tu as ton rendez-vous avec Josh. Hannah est sortie se promener ou faire je ne sais quoi avec Mister Mains-Baladeuses. Alors quitte à être là tout l'été, autant que je m'occupe des affaires de Granly.

Je me suis sentie hyper mal.

– Abbie, lui ai-je dit en m'asseyant près d'elle. Tu n'as pas à faire ça toute seule. Tu veux que j'en parle à maman ? Ou que je...

Mais ma sœur a levé la main pour m'arrêter.

– Tu sais quoi ?

Son visage et sa voix se sont adoucis.

– En fait, je crois que j'aime bien ça, a-t-elle continué.

Abbie a ramassé la lettre qu'elle venait de poser et l'a lissée sur sa jambe comme pour s'excuser d'avoir été aussi brusque. Puis elle me l'a lue. La tête penchée, ses cheveux tombant vers l'avant, sans que je puisse distinguer son visage ; mais sa voix, sa voix avait une sonorité différente, moins pressée, plus mélodieuse. Un peu comme celle de Granly.

– « Mon cher Artie », a-t-elle lu.

Mon grand-père s'appelait Arthur, mais tout le monde le surnommait comme ça.

– « Cela me fait tout drôle d'être aussi impatiente de voir arriver l'été, alors que le précédent s'est si mal terminé. Mais j'ai pris cette année la bonne résolution de regarder vers l'avenir et non vers le passé, chose que je fais bien plus facilement que de réviser mes examens de statistiques. Je suis pleinement convaincue que cet enseignement n'a strictement rien à voir avec la bibliothéconomie, et ce ne sont pas tes beaux discours qui me persuaderont du contraire. J'espère par ailleurs que tu as compris ce dont je t'ai parlé l'été dernier, Artie. À ton avis, à cause de quoi, ou à cause de qui, t'avais-je dit tout cela ? »

J'avais placé ma main devant ma bouche sans même m'en rendre compte. Même si ma sœur les lisait, j'avais l'impression d'entendre ma grand-mère prononcer ces mots.

Mais tout à coup, cette impression s'est envolée. Car cette Granly-là était une femme que je n'avais jamais connue, une jeune femme qui écrivait une lettre à son amoureux, elle qui aurait dû être en train d'étudier. Et cet été qui s'était « si mal terminé », que voulait-elle dire par là ?

– Est-ce que tu sais de quoi elle parle ? Quand elle fait allusion à ce fameux été ?

– Je crois qu'ils s'étaient séparés, m'a répondu Abbie comme si elle avait lu dans mes pensées.

– Mais personne ne nous l'a jamais dit ! ai-je soufflé en jetant un regard vers la porte.

– En tout cas, il faut croire qu'ils se sont réconciliés, m'a répondu Abbie en riant. C'est drôle, non, comme un destin peut changer ? Imagine : quand Granly a écrit cette lettre, elle était sur le point de dire adieu à Papi.

– Ce qui aurait voulu dire que maman ne serait pas née. Et nous non plus.

– Oui, et qui sait s'ils y ont repensé une fois mariés ? Peut-être que lorsque ta vie finit par se mettre en place, tu oublies tous tes accidents de parcours...

Cette remarque m'a fait réfléchir.

– Et toi, lui ai-je demandé, est-ce que ça t'arrive d'avoir l'impression qu'il n'y a rien d'autre que des accidents dans la vie, parfois ?

– Oh, oui, m'a dit Abbie en hochant la tête. Pourquoi crois-tu que j'aime autant nager ? Dans une piscine, le chemin est balisé.

Avec le plus grand soin, Abbie a remis à sa place la lettre de Granly.

– Jettes-y donc un coup d'œil... un de ces quatre. J'espère que maman le fera aussi. Il faut que vous vous sentiez prêtes.

J'ai ramassé une autre lettre, son papier sec et fragile suspendu entre mes doigts.

– Je... Je crois que je suis prête.

Abbie a secoué la tête.

– Je sais que c'est faux. Mais ça ne fait rien. Moi, je le suis. Je ne sais pas pourquoi, mais je sais que je le suis. Alors je vais te trier et te ranger tout ça dans des petites chemises, comme Hannah l'aurait voulu, et nous allons les rapporter à la maison. Et quand tu seras prête... eh bien, ces lettres le seront aussi.

Je me suis penchée par-dessus les piles de feuilles pour embrasser Abbie.

– Dis donc, doucement ! m'a-t-elle lancé en me repoussant avec un sourire. Tu t'emballes, là !

– Pas si fort ! lui ai-je soufflé en regardant à nouveau vers la porte d'entrée. Espèce de dégoûtante !

– Si tu veux, m'a-t-elle répondu, mais je sais de quoi je parle.

Je me suis regardée dans la glace en riant. Je m'étais fait une demi-queue avec une barrette en écaille de tortue pour faire plaisir à Josh. En revanche, il n'y avait rien à faire pour remédier à mes taches de rousseur, sinon me tartiner une tonne d'écran total pour ne pas me retrouver avec le visage constellé à la fin de la journée. J'ai attrapé mon sac, envoyé un baiser à ma sœur, puis je suis allée le rejoindre.

En arrivant à Wex Pond, qui se trouvait environ à trois kilomètres de marche de Sparrow Road, Josh et moi étions tous deux en nage et morts de chaud.

Josh m'a emmenée sur un petit ponton branlant. Là, tanguant au gré des flots, était amarrée une vieille barque qui avait dû être blanche autrefois, tout juste assez grande pour deux. L'intérieur était noir de terre ; une petite flaque s'y était formée. Et la seule place qu'il y avait au milieu semblait à peine pouvoir contenir deux rameurs, côte à côte.

– Génial, non ? m'a demandé Josh en sautant dans la barque avec une facilité déconcertante.

Il m'a tendu la main pour que je lui fasse passer nos rames et nos sacs.

– Euh... Tu veux que je te réponde franchement ? ai-je dit en enlevant mes tongs.

– Non, évidemment.

Josh m'a lancé un sourire malicieux. Puis il a déplié une nappe de pique-nique en nylon sur le fond du bateau, avant de sortir un petit coussin qu'il a calé à l'arrière (ou à l'avant, je n'aurais pas su dire).

– Je t'ai fait marcher quand je te disais que tu devrais ramer. C'est moi qui fais tout. Toi, tu n'as plus qu'à t'asseoir et à imaginer que tu es Daisy Buchanan.

Les bras m'en sont tombés.

– Vraiment ?

– Oui, vraiment. Tu aimes jouer à Gatsby, non ? m'a demandé Josh en m'aidant à monter sur le bateau. J'ai de la chance, c'est le roman qu'on a étudié cette année en littérature. Si j'en ai marre de ramer, je pourrai toujours te peler des grains de raisin...

J'ai éclaté de rire.

– Je ne suis pas non plus une princesse à ce point-là, tu sais ! N'oublie pas que je suis serveuse. Et que je sais manier la bêche.

– Autant de raisons qui font que tu mérites de te reposer, m'a répondu Josh. Et si jamais tu t'ennuies, tu n'as qu'à réfléchir à la suite de *Mel et la sauce diable*. Ça fait trois jours que le petit mot sur le menu n'a pas changé.

– Je préfère avancer tranquillement, ai-je répondu en m'enfonçant dans le petit nid bien au sec que Josh m'avait préparé. Et puis, il était quand même pas mal, celui-là. « Elle châtia l'avare qui n'avait pas laissé de pourboire. » Je pourrais presque le laisser définitivement en guise de morale.

Josh a éclaté de rire – ce qui, comme chaque fois, a fait naître un sourire sur mes lèvres. Et il avait raison : même si je sentais le fond mouillé du bateau à travers la nappe et qu'il y avait comme une odeur de moisi autour de nous, rester tranquillement assise pendant qu'il me baladait sur l'étang me donnait un peu l'impression d'être une princesse.

Sans compter que je bénéficiais d'un excellent point de vue sur les bras musclés du rameur.

– Tu as peut-être besoin d'une barreuse ? lui ai-je demandé en imitant la voix « charmante » de Tori. Un peu plus à droite, *Joshie*.

– Ha-ha, très drôle, a-t-il répondu, un peu essoufflé. Pour ta gouverne, sache qu'on ne dit pas « à droite », mais « à tribord ».

– Oh.

J'ai continué à le regarder ramer.

– Qu'est-ce qui te plaît là-dedans ?

Josh a réfléchi quelques instants.

– L'efficacité. Tu peux propulser ton bateau de plusieurs mètres en un coup de rame. Et j'aime bien le rapport que nous avons entre membres de l'équipage, obligés de nous synchroniser, de redoubler d'efforts tous ensemble, de tout donner pendant la dernière ligne droite, tout ça sans dire un mot.

J'ai acquiescé lentement, imaginant ces garçons les uns derrière les autres, bougeant en cadence, régulièrement, les cheveux dans le vent – sauf pour un.

Cette forme de langage dépourvu de mots, qui passait par le souffle, par le rythme et, quelque part, par télépathie... me fascinait.

Parfois, j'avais l'impression que Josh et moi communiquions ainsi. Simplement par nos regards, par nos gestes.

Et bien sûr aussi, par nos baisers.

Tout me faisait penser à nos baisers dernièrement. Mais je ne voulais pas que Josh le sache, même si j'avais l'intuition qu'il ressentait la même chose que moi. Alors j'ai attrapé mon sac et fouillé à l'intérieur jusqu'à trouver mon exemplaire de *Quelqu'un de nouveau*, un roman d'Allison Katzinger que j'avais commencé à relire après l'avoir retrouvé dans la bibliothèque de Granly.

– Tu as apporté un bouquin ? m'a demandé Josh.

– Bien sûr, lui ai-je dit en levant les yeux, éblouie par le soleil. Pourquoi, pas toi ?

– Tu te trimballes avec un livre partout où tu vas ?

On aurait dit que Josh n'arrivait pas à décider s'il trouvait cette manie sympathique ou profondément agaçante.

– Hum, oui, la plupart du temps... Enfin, si ma liseuse avait été en vie, je ne l'aurais pas apportée sur un bateau. Enfin, quoique... Tu me diras, c'est pour une raison de ce genre que je n'en ai plus, de liseuse.

J'ai soupiré en y repensant.

– De toute manière, ai-je continué en lui donnant une tape affectueuse avec mes pieds nus, je croyais que tu voulais que je me repose.

– Oui, justement !

Et il a tourné ses rames de manière à ralentir le bateau, jusqu'à ce que nous ne bougions presque plus.

Puis il m'a souri.

– Comme ça, tu n'auras pas mal au cœur en lisant.

– Oh, bon ! Très bien, j'ai compris !

Alors j'ai fourré mon livre dans mon sac et je me suis levée pour m'asseoir à côté de lui. Et, tout en attrapant une rame, j'ai dit :

– Apprends-moi à ramer, maintenant.

– Tu es sûre ?

– Sûre ! Ça a l'air tellement génial, tel que tu le décris. J'ai envie d'essayer.

– D'accord, m'a dit Josh. Alors, garde ta rame à plat en la ramenant vers l'arrière, et tourne-la juste au moment où tu la fais entrer dans l'eau, comme si tu servais une boule de glace. Je compte, et tu me suis, d'accord ?

J'ai acquiescé.

Mais chaque fois que Josh poussait sa rame en avant, j'avais l'impression que la mienne partait en arrière. Et vice versa.

Et je ne sais pas non plus pourquoi, je me suis mise à ramer deux fois plus vite que lui, et beaucoup trop lentement quand il accélérait.

Résultat : nous nous sommes retrouvés à tourner en rond au beau milieu de l'étang, et je riais tellement fort que je ne pouvais même plus tenir ma rame.

– Désolé de te le dire, mais je pense que tu n'as pas un grand avenir en tant que barreuse, m'a lancé Josh entre deux éclats de rire.

– Alors, est-ce que je peux le lire ce livre, maintenant ? ai-je répondu en plaisantant.

Je me suis levée pour retourner à mon petit coin douillet.

Sauf que la barque tanguait toujours. Et que Josh, pour tenter de la stabiliser, a tout à coup plongé une rame dans l'eau. Ce qui m'a fait perdre l'équilibre, et... vous avez deviné la suite.

Splash !

Même pas deux secondes plus tard, Josh avait sauté à son tour.

– Ça va ? m'a-t-il demandé.

J'avais pied à cet endroit de l'étang, alors je me suis relevée. L'eau m'arrivait seulement aux épaules.

– Je crois que je survivrai ! lui ai-je répondu en riant, avant de m'essuyer la figure. Il n'y a même pas de dégâts au niveau de mes vêtements.

Sur ces mots, j'ai retiré mon paréo trempé, que j'ai jeté à l'intérieur du bateau.

– Mais merci d'avoir volé à mon secours, ai-je ajouté, en donnant un petit baiser à Josh.

– Y a pas de quoi, m'a-t-il répondu en me donnant un plus gros baiser.

Je me suis mise en étoile, sur le dos, frôlant son torse du bout des doigts avant de trouver mon équilibre.

– C'est si calme ici. Rien à voir avec le lac Michigan. Je pourrais rester là toute ma vie.

Josh m'a dit quelque chose en réponse, mais mes oreilles étaient sous l'eau.

– Comment ? lui ai-je demandé en me redressant.

Josh a regardé l'eau d'un air pensif, puis il m'a répondu :

– « J'aimerais bien », je disais.

Et mon sourire s'est effacé.

– Quand est-ce que tu t'en vas, déjà ? m'a-t-il demandé.

Par réflexe, j'ai levé la main comme pour lui dire : *Pas avant longtemps*. Car c'était l'impression que me donnait cet été : des jours sans fin, toujours plus longs, plus chauds, plus paisibles les uns que les autres. La fin des vacances me semblait si loin que je ne croyais même plus qu'elle finirait par arriver.

Mais à présent que Josh me posait cette question, mes yeux se sont écarquillés.

– On part à la fin de la troisième semaine d'août, lui ai-je dit. Il faut qu'Hannah soit de retour à temps pour préparer ses affaires et repartir à l'université avant la rentrée.

Le regard de Josh s'est fixé sur l'eau.

– Plus qu'un mois environ, a-t-il dit.

– Un mois, ai-je répété.

Ma voix semblait tout à coup enrouée.

– Eh bien, c'est toujours mieux que quelques semaines, a-t-il répondu.

J'ai bien vu que Josh essayait de mettre de l'entrain dans sa voix, de la même manière que ma mère qui, elle, cousait son patchwork de vieux tissus passés avec du fil jaune pour l'égayer.

– Et mille fois mieux que quelques jours, ai-je renchéri.

Mais je n'arrivais pas à imaginer que tout ça – la barque, la plage, les myrtilles – allait finir par s'arrêter. Que ma vie allait à nouveau se résumer à des passages devant mon casier, des cahiers à spirale et du baby-sitting, au lieu des accidents de mayonnaise, des romans, rien que des romans, et bien sûr... de Josh.

Je n'arrivais pas à l'imaginer, et pourtant, quand Josh m'a attirée vers lui, il y avait une sorte d'urgence, nouvelle, dans nos baisers.

J'ai laissé mes mains sur ses épaules nues, essayant de mémoriser chaque courbe, chaque forme.

Quand il a passé sa main dans mes cheveux, des gouttes sont tombées sur mon visage. Comme des larmes.

J'ai décollé mes pieds du fond doux et vaseux de l'étang pour me laisser flotter, retenue uniquement par les bras de Josh, autour de ma taille.

Et nous nous sommes embrassés comme si cette journée ne devait jamais finir. Car si tel était le cas, nous n'avions pas à avoir peur d'un mois.

D'un seul coup, les indices de la fin de l'été se sont mis à fleurir partout. Même si les journées devenaient de plus en plus chaudes, elles étaient aussi de plus en plus courtes.

Mon père a ralenti son rythme de travail au fur et à mesure que des clients préparaient leur « grande migration » du mois d'août. Et Hannah s'est mise à faire la sieste pendant des après-midi entiers, comme pour emmagasiner un maximum de sommeil avant les nuits blanches qu'elle passerait à l'université.

Finalement, un jour où ma mère savait que je n'irais pas travailler, elle a sorti des placards un lot de seaux métalliques.

C'étaient les seaux dont nous nous servions pour aller cueillir des myrtilles. Et, fatalement, la cueillette des myrtilles signifiait que nous étions arrivés à la dernière semaine de juillet.

Nous allions toujours ramasser des myrtilles lors de cette semaine à Bluepointe, juste avant le pic de la saison des fruits rouges où les vergers se remplissaient de monde. La dernière semaine du mois de juillet, c'était aussi le moment où l'on trouvait des myrtilles fermes, encore petites. Personne à la maison ne les aimait à maturité, toutes juteuses et sucrées. Certainement un truc de famille.

– Maman, ça ne te dérange pas si je propose à Josh de venir à la cueillette avec nous ? ai-je demandé alors qu'elle posait ses seaux dans la cuisine. Je vais devoir travailler le reste de la semaine, et j'aimerais beaucoup passer un peu de temps avec lui avant.

Les sourcils froncés, ma mère a jeté un regard vers l'autre bout de la table, où était posé son patchwork.

– Je ne sais pas, mon cœur, m'a-t-elle répondu. On fait ça entre nous, d'habitude.

J'ai suivi son regard. Son couvre-lit commençait à sacrément prendre forme, avec ses petits rouleaux de tissus qui formaient comme un coquillage au centre, et les carrés assemblés tout autour. Le résultat était épatant, même si je savais que je n'y voyais pas la même chose que ma mère. Le contempler la renvoyait au parfum poudreux qu'avait eu notre peau, étant bébés, à sa douceur soyeuse, à nos cheveux duveteux qu'il ne fallait jamais couper et à nos bouches qui ressemblaient à des petits boutons de rose.

Alors que pour moi, il n'y avait là qu'un paquet de barboteuses découpées.

– Écoute, lui ai-je dit, je veux bien ne pas l'inviter, si tu préfères. Mais, de toute façon... puisque tout est différent cet été...

Pour la première fois depuis longtemps – en ce qui me concernait, du moins –, j'ai vu les yeux de ma mère s'embuer. Je me suis sentie coupable.

Mais en même temps, j'avais envie qu'elle me dise oui.

– Demande-lui si ça lui plairait, m'a-t-elle dit en acquiesçant lentement. Et dis à Hannah qu'elle peut aussi proposer à Liam, si elle veut.

Abbie est entrée à ce moment-là dans la cuisine pour prendre à manger.

– Je peux te dire d'avance que Mister Mains... je veux dire *Liam*, ne sera pas intéressé pour aller cueillir des myrtilles en famille, a-t-elle ricané. Il préfère voir Hannah toute seule. Le soir. De préférence sans col roulé.

– Abbie ! me suis-je écriée en jetant un rapide coup d'œil à ma mère.

– Vous pensez vraiment que je n'ai pas vu le suçon ? a-t-elle rétorqué en levant les yeux au ciel. Et vous pensez vraiment que je ne lui en ai pas déjà parlé ? Les filles, s'il vous plaît, rappelez-vous toujours (c'est là qu'elle m'a regardée, bien en face, avec son air de dire : *Ne me la faites pas à moi, je suis professeure* – et ses yeux n'étaient plus humides du tout) – qu'il n'y a pas grand-chose que je ne sache pas sur vous.

Je pense en effet qu'elle savait ce que je ressentais pour Josh, et c'était d'ailleurs sans doute pour cette raison qu'elle m'avait autorisée à l'inviter. J'ai esquissé un sourire de reconnaissance, puis j'ai filé dans ma chambre pour l'appeler pendant que je me préparais.

Mais avant même que j'aie eu le temps de faire son numéro, mon téléphone a sonné ! Je n'ai même pas eu besoin de regarder l'écran ; je savais que c'était lui.

– Saluuuut, ai-je roucoulé.

– Chelsea ? C'est quoi cette voix ?

– Emma ! me suis-je exclamée en riant. Je croyais que tu étais...

– C'est à cause de Josh ? Oh là là. Ça se passe si bien que ça ?

J'ai tout de suite deviné à son ton qu'elle ne m'appelait pas (à six heures du matin, en Californie) pour connaître les derniers potins à propos de mon petit ami.

– Qu'est-ce qui ne va pas ? lui ai-je demandé en allumant la loupiote de mon placard.

J'ai sorti la robe parfaite pour aller cueillir des myrtilles, très « années 40 » (mais dans le bon sens du terme), et je l'ai étalée sur mon lit.

– Rien ! s'est écriée Emma. Parle-moi de Josh.

– Eh bien...

– Chelsea, c'est simplement que... Oh ! Je suis en train de tout faire foirer !

– Avec Ethan ? lui ai-je demandé en sortant un pantalon corsaire que j'ai également jeté sur le lit. Qu'est-ce qui s'est passé ?

– Je sais pas ! Je l'aime trop, c'est tout. Et je n'ai pas assez de temps à lui consacrer à cause de ces fichus cours intensifs et de mes répétitions pour le ballet.

– C'est pour ça que tu te morfonds ? Parce que tu n'as pas assez de temps pour le voir ?

– Chaque fois que j'arrive à me libérer, c'est lui qui n'a pas le temps, m'a répondu Emma. Et quand c'est moi qui ne peux pas, lui oui ! Enfin, c'est ce qu'il dit. Je commence à me demander s'il ne le fait pas exprès. J'ai l'impression que je l'énerve. Mais qu'est-ce que j'y peux, moi ? Je pense à lui tout le temps. Je n'arrive même plus à dormir ! J'en arrive presque à me demander si je ne vais pas laisser tomber les cours pour passer plus de temps avec lui. Peut-être que ça résoudrait le problème ?

– Emma, non !

Le débardeur que j'examinais m'est tombé des mains.

– Qu'est-ce que tu racontes ? C'est n'importe quoi !

– Je sais, a admis Emma, mais l'amour, ça fait parfois faire n'importe quoi. Et tu le sais aussi bien que moi.

– Peut-être bien, ai-je répondu, sans être sûre de ce qu'elle entendait par là.

– Regarde, par exemple : quand tu meurs d'envie d'appeler Josh pour la troisième fois de la journée, qu'est-ce que tu fais ? m'a-t-elle demandé.

– Hum, à vrai dire, ça ne m'est jamais arrivé...

Je me suis assise au bord de mon lit, les sourcils froncés.

– Mais j'imagine que... eh bien, que je l'appellerais, tout simplement.

– Et lui, qu'est-ce qu'il ferait ?

– S'il était en train de travailler, je pense qu'il ne décrocherait pas, mais qu'il me rappellerait.

Où voulait-elle en venir ?

– Tu vois ? m'a dit Emma. Ethan, c'est pareil ! Ça ne te rend pas dingue, toi ?

– Non, ai-je répondu.

Mais je commençais à me sentir mal à l'aise. Ce genre de chose était donc censé me faire enrager ?

– Tu sais, ai-je dit à Emma, Josh et moi, on se téléphone tous les soirs avant de se coucher. Du coup, je suis au moins sûre de lui parler à ce moment-là.

– Nooooon ! C'est vrai ? s'est-elle exclamée d'un ton envieux. Troooop romantique !

Et ce n'était pas faux. Moi aussi, je trouvais ça romantique. Pourtant, c'était juste une habitude que Josh et moi avions prise depuis notre premier baiser. On s'était mis à faire ça, et puis c'était devenu une sorte de routine. Pour moi, ça n'avait rien d'extraordinaire. Pour moi – pour *nous*, je pense –, c'était simplement quelque chose de naturel.

Je me demandais si le fait que Josh ne me « rende pas dingue » voulait dire que je n'étais pas réellement dingue *de lui*. Avec lui, j'avais l'impression de ne plus toucher terre, comme une douce ivresse. Et j'avais remarqué que je ressentais les choses plus intensément. Les mauvaises blagues de mon père, par exemple, me semblaient presque drôles depuis quelque temps ; et la simple vue d'un chaton ou d'une pub attendrissante à la télé me rendait tout émue. Je prenais plus de plaisir à manger, aussi.

Mais que Josh me rende dingue, ou qu'il me fasse enrager... Non, il ne me semblait pas.

En même temps, le fait que Josh ait eu l'air si heureux de m'entendre après l'appel d'Emma a dû aider. Pareil quand il s'est tout de suite arrêté de faire ce qu'il faisait pour venir à la cueillette (*littéralement* arrêté – j'ai entendu tomber des livres sur le comptoir !).

Quand j'ai raccroché, je ne pouvais plus cesser de sourire alors que j'extirpais ma robe de ma pile de vêtements.

Si je suivais le raisonnement d'Emma, j'aurais pourtant dû me mettre à douter, à m'énerver. J'aurais dû me sentir perdue à cause de ce que Josh et moi vivions.

Mais au lieu de ça, j'avais l'impression de m'être trouvée. Et tant pis si cela signifiait que je faisais les choses de travers.

Comme on pouvait s'y attendre, ma famille allait toujours cueillir ses myrtilles au même endroit : chez Chloe et Ken, qui avaient un verger ouvert au public ainsi qu'une galerie d'art.

– Oh, oui, a fait Josh lorsque nous lui avons annoncé où nous allions. Je les connais. Vous saviez qu'ils vendaient aussi des œufs de poules élevées en plein air maintenant ?

– Tu m'en diras tant ! s'est exclamé mon père en riant et en frappant dans ses mains. Ils ne doivent pas en être fiers, tiens...

– Ça, c'est sûr ! a répondu Josh avec un sourire.

Ken et Chloe cherchaient à tout prix à se faire passer pour de brillants artistes sans le sou, luttant pour joindre les deux bouts. Or tout le monde savait qu'ils gagnaient très bien leur vie grâce au verger, tandis que leurs dons artistiques restaient à prouver. Chloe faisait de la poterie – des vases grossiers qui, aurait-on dit, avaient été jetés en l'air avant d'avoir eu le temps de sécher, ou des petits animaux aux yeux de fouine qui avaient toujours les dents en avant. Ken, quant à lui, sculptait dans du bois des œuvres géométriques, aux formes agressives.

Apparemment, plus leurs frustrations artistiques s'accumulaient, plus leurs affaires au verger prospéraient, comme pour les narguer.

Aussi n'avons-nous pas été surpris, une fois arrêtés au bord de leur allée poussiéreuse, de trouver des rangées de buissons fournis, ployant sous les fruits. D'adorables petites poules blanches caquetaient et picoraient à côté. Derrière, sur une colline, plusieurs ruches étaient également installées, grouillantes d'abeilles que l'on voyait voler depuis la route.

En sortant de la voiture, nous avons alors été accueillis par Ken, un homme au visage émacié affublé d'une salopette pleine de taches de peinture.

– C'est drôlement chouette par ici, lui a lancé mon père. Tu n'oublieras pas de prendre ma carte, Ken : tu vas finir par avoir besoin d'un comptable avec tout l'argent que tu gagnes !

Voyant mon père parler d'argent de manière si positive, Ken s'est mis à grimacer.

– Nous nous sommes mis à élever des poules, a-t-il dit d'un air morose. Les œufs ont un succès fou. En plus, les buissons se portent à merveille grâce à leurs déjections. C'est un excellent engrais. Et les ruches ! Nous avons dû en construire cinq nouvelles : il y a eu de nouveaux essaims.

Sur ces mots, Ken a baissé la tête en soupirant.

– Oh ! a répondu ma mère (qui avait retrouvé sa voix suraiguë), en pointant du doigt un morceau de bois biscornu planté dans le sol. Ken, je vois que tu travailles sur une nouvelle œuvre. C'est un... un totem ?

– C'est de la sculpture à la tronçonneuse ! a répondu Ken qui avait tout à coup retrouvé son enthousiasme. Laisse-moi te raconter...

Mes sœurs et moi avons échangé un regard paniqué. *Fuyons !* a articulé silencieusement Abbie.

J'ai entraîné Josh d'une main et attrapé un seau en métal de l'autre, puis nous nous sommes éloignés tous les quatre en réprimant un fou rire.

– Vite, ou on va se faire aspirer dans le monde des artistes ratés, ai-je murmuré alors que nous nous dirigions vers le fond du verger, manquant au passage de trébucher sur les poules.

– C'est bon, je crois qu'on est hors de danger, a répondu Hannah en riant. *Cling ! Clang ! Clung !* a-t-elle ajouté en jetant quelques myrtilles dans son seau.

– Ah, *Des myrtilles pour Lily* ! C'est l'une des histoires les plus demandées par les enfants chez Dog Ear, pendant la pause lecture.

Évidemment, il ne m'en a pas fallu davantage pour repenser immédiatement à notre premier baiser, si étrange et magique. Et pour avoir envie d'embrasser Josh sur-le-champ.

Je lui ai lancé un petit coup d'œil en coin. Lui aussi. Je l'ai vu déglutir. À tous les coups, Josh pensait la même chose que moi.

– Dites, ces myrtilles m'ont l'air bien grosses. Je pense qu'on ferait mieux d'aller les cueillir plus loin, Josh et moi.

– Oui, c'est vrai que ce sera bien mieux pour vous bécoter, là-bas, a répondu Abbie en secouant vigoureusement la tête.

– Abbie !

– Oups ! Pour « récolter », je voulais dire. « Ce sera bien mieux pour récolter. »

– Quelle peste ! lui ai-je lancé avant de me faufiler entre les plants avec Josh.

Nous nous sommes enfoncés jusqu'à ne plus entendre les rires moqueurs d'Abbie.

Josh avait un grand sourire aux lèvres quand nous sommes enfin arrivés à la dernière rangée de buissons de myrtilles.

– Mais quelle peste ! ai-je répété.

– Oh oui, tu l'as dit, m'a-t-il répondu joyeusement, tout en se penchant pour m'embrasser, m'embrasser... et m'embrasser, jusqu'à ce que nous soyons interrompus par un grand bruit – celui de mon seau, tombé par terre.

Nous nous sommes séparés en riant.

– Cela dit, ta sœur n'a pas tort, a remarqué Josh. C'est bien mieux pour se bécoter ici.

– Je déteste qu'elle ait raison ! En tout cas, on a intérêt à en récolter un paquet si on a envie qu'elles nous croient.

– Je ne pense pas qu'elles soient dupes, si tu veux mon avis.

Puis il a passé un bras autour de ma taille avant de poser un baiser sur le sommet de mon crâne, chose qui, pour je ne sais quelle raison, m'a fait fondre tout autant qu'un baiser sur la bouche.

– *Cling ! Clang ! Clung !* lui ai-je lancé en me libérant gentiment pour aller ramasser mes myrtilles.

– D'accord, d'accord !

Mais Josh est resté si près que son bras effleurait le mien chaque fois qu'il attrapait un rameau.

Ou c'étaient ses doigts qui caressaient mes jambes chaque fois qu'il se penchait. Puis, quand il trouvait une myrtille « parfaite », tendre, mais ni acide ni aussi juteuse que la plupart des autres, il me la mettait dans la bouche.

Nous y avons passé un temps fou, mais nous avons fini par remplir nos seaux, que nous avons portés jusqu'à la voiture. Ma famille nous avait attendus là-bas si longtemps qu'à force Chloe avait réussi à leur vendre l'une de ses affreuses poteries.

– Regarde, Chelsea, m'a lancé ma mère, dont la voix avait encore dû gagner une octave.

Chloe aussi était là, affublée de la même salopette que Ken, et semblait rayonner.

– C'est mignon, non ? a continué ma mère.

Elle avait entre les mains deux petits poulets en terre cuite brute, encore pleine d'empreintes de doigts. Chloe leur avait fait des yeux globuleux aux paupières bleuâtres, à moitié closes. On aurait dit que le bec avait été rajouté. La première était un coq, la seconde une poule.

– On les a baptisés Josh et Chelsea, a lâché Hannah en nous lançant un regard noir.

J'ai dit à Josh, en me tournant vers lui :

– C'est bon, j'ai compris. À nous la corvée de stérilisation !

La stérilisation des pots était la pire étape de la préparation des confitures. Vous étiez obligé de vous brûler les mains en les plongeant dans l'eau bouillante, puis de les laisser enfoncés dedans pendant au moins vingt minutes. On utilisait toujours la marmite de Granly pour ça, que l'on posait à cheval entre deux des feux de la cuisinière, pendant que, sur les deux autres, deux casseroles de myrtilles sucrées mijotaient. Il fallait alors tendre le bras au-dessus des fruits fumants pour récupérer les pots stérilisés avec une longue pince en métal, pile au moment où les myrtilles atteignaient la température idéale – bouillant de manière à projeter du jus violet partout sur vos vêtements.

Comme nous nous y attentions, lorsque nous sommes rentrés à la maison, chargés de myrtilles, ma mère nous a regardés, Josh et moi, avant de désigner l'évier où deux douzaines de pots attendaient d'être lavés.

– Tenez, nous a dit Hannah en plaçant les deux figurines de Chloe sur le rebord de la fenêtre. Pour vous tenir compagnie.

Elle les a posées bec contre bec, comme si elles s'embrassaient.

– C'est toi que je dois traiter de teigne, maintenant ! lui ai-je lancé en levant les yeux au ciel.

J'ai regardé Josh d'un air déconfit. Il était rouge, sans aucun doute, mais je me suis demandé si ce n'était pas seulement à cause du soleil et de la vapeur d'eau, parce qu'il n'a pas bougé d'un pouce. Il se tenait si près de moi que je m'étais doucement appuyée contre lui, et chaque fois qu'il me tendait un nouveau pot à rincer, nos coudes se frôlaient. Les petits poils de ses bras avaient blondi, et sa peau était encore plus dorée qu'à l'époque où je l'avais rencontré. L'époque où il passait le plus clair de son temps chez Dog Ear et n'inventait pas encore d'excuses pour s'échapper à l'étang ou cueillir des myrtilles.

Avec toute cette vapeur et cette odeur entêtante de sucre, il commençait à devenir difficile de tenir dans la cuisine. Mais juste à ce moment-là, ma mère a glissé l'un des vieux CD des Beatles de Granly dans la petite chaîne posée sur le plan de travail. Et autour de nous, Hannah et Abbie se sont mises à danser, renversant du sirop partout, riant comme des folles. Josh et moi avons commencé à nous donner des petits coups en rythme (ma hanche contre sa jambe), et à faire tinter nos pots comme s'ils avaient été des cymbales.

Puis tout à coup, j'ai pensé à ces piles de feuilles qu'Abbie avait laissées par terre, dans notre chambre, et j'ai su, j'ai su que ce jour faisait partie de ceux qu'il me fallait écrire. Peut-être ne serait-ce que quelques lignes que personne ne verrait jamais. Peut-être une lettre à Josh. Cela n'avait pas d'importance. Ce qui comptait était de capturer ce moment sur un morceau de papier pour que, de retour chez moi, je sache qu'il avait réellement existé.

Qu'il n'avait pas été un rêve.

Ce sentiment nébuleux ne m'avait toujours pas quittée quand Josh est rentré chez lui pour dîner, un pot de confiture encore chaud dans chaque main. Hannah et moi faisions le tour de la cuisine à quatre pattes, traquant les plus grosses taches de confiture pour les gratter à l'éponge chaude, tandis que ma mère se préparait à passer un grand coup par terre avec la vieille serpillière de Granly.

Pendant ce temps-là, Abbie récurait les casseroles dans l'évier. Nous nous moquions d'elle en poussant de hauts cris chaque fois que des éclaboussures tombaient sur le sol.

Il n'est plus resté que le bruit des pots qui refroidissaient sur la table, une fois ce ménage terminé. Avec ses connaissances en physique, Hannah aurait sûrement pu l'expliquer mieux que ça, mais on aurait dit que les couvercles se retrouvaient « aspirés ». Au fur et à mesure que le temps passait, de petits creux se formaient au milieu, ce qui signifiait que les pots étaient bien fermés. Le processus s'accompagnait de plusieurs bruits rigolos, donnant à celui qui les entendait la réconfortante impression qu'ils étaient en vie. Pas étonnant que mon père m'ait fait froncer les sourcils lorsque, en rentrant d'une longue promenade, il en a ouvert un, tout enthousiaste, pour se préparer une tartine avec cette confiture toute fraîche.

Mes sœurs et moi avons profité de ce moment où mon père mangeait sa collation tout en discutant avec ma mère pour nous éclipser. Je suis allée chercher mon livre sur ma table de chevet, Hannah est sortie sur la véranda pour téléphoner ; quant à Abbie, elle s'est affalée sur notre canapé et a allumé la télé.

C'est à ce moment-là qu'un grand cri dans le salon nous a tous fait rappliquer.

– Qu'est-ce que c'est ? ai-je crié en me précipitant dans la pièce, mon livre à la main.

– Regarde ! s'est exclamée Abbie en pointant la télé. « À suivre : *Jusqu'à ce que la mort nous sépare* » !

– Non, pas possible ! ai-je crié.

– Qu'est-ce qui se passe ?

Hannah venait de faire son entrée, sa main posée sur l'écouteur de son téléphone. Abbie et moi avons crié en chœur :

– Un fiiiilm !

– Un qu'on n'a jamais vu, et qui va commencer maintenant, ai-je ajouté en me jetant sur le canapé en priant, les yeux fermés : Faites qu'il y ait Jennifer Love Hewitt !

– Ou bien Valerie Bertinelli, a fait ma mère en s'asseyant à son tour.

Alors Hannah a murmuré dans son téléphone :

– Je dois te rappeler... C'est important – avant de s'installer par terre, à nos pieds. Moi, je préférerais Meredith Baxter, elle joue super bien les hystériques. Elle a des yeux bizarres, d'ailleurs.

Hypnotisées par l'écran, nous avons regardé le générique défiler, écrit en gros caractères qui annonçaient un film de série B et accompagné par une bande-son dramatique au violon. Mais aucun acteur célèbre au casting. Même pas de série C. Ou de série D. Seulement de sombres inconnus.

Ou peut-être étaient-ils canadiens.

Tout ça sentait à plein nez la toute petite production,

où les acteurs seraient archimauvais, et l'intrigue pleine de coups de théâtre à l'eau de rose, ultra-prévisibles.

– Alors, celui-là, il va être nul de chez nul, me suis-je réjouie en tapant des mains.

– Chéri ! a crié ma mère en direction de la cuisine. Tu peux nous faire du pop-corn ? Et est-ce qu'il reste un peu de vin d'hier ?

– Et par pitié, dis-moi qu'il reste des chamallows ! a ajouté Abbie.

Pas des chamallows à manger, évidemment. Mais à jeter sur l'écran pendant les répliques pourries.

Il s'est avéré que *Jusqu'à ce que la mort nous sépare* parlait de bigamie, d'amour véritable, de meurtre et de chirurgie esthétique – dans le désordre. J'ai su que nous en tenions un bon quand l'épouse numéro un du mari lui a crié, furieuse : « John, je t'ai encouragé pendant toutes tes études pour que tu puisses avoir ton diplôme en jurisprudence, pas pour que tu me trompes avec une femme nommée Prudence ! »

Quand l'épouse numéro deux a mélangé de l'arsenic dans les œufs brouillés du mari, Hannah et moi nous sommes écriées en même temps : « *Flowers in the Attic* » ! – du nom d'un téléfilm dans lequel nous avions déjà vu ce type de stratagème nullissime –, en nous donnant une tape dans la main avant de balancer des chamallows sur l'écran.

Nous avons fini par perdre ma mère quand la femme numéro un s'est fait zigouiller. Mon père et elle sont sortis chercher des pizzas pour le dîner. Mais mes sœurs et moi sommes restées jusqu'à la fin, le clou du spectacle, où (devinez quoi ?) est apparue... une « femme numéro TROIS ».

Nous avons même poussé le vice jusqu'à regarder le générique de fin – bien que nous ayons baissé le son.

– C'est le meilleur film pourri que j'aie jamais vu, ai-je dit en m'étalant sur les coussins du canapé. Quand est-ce qu'ils rentrent, papa et maman ? Je meurs de faim ! J'espère que papa a pensé à demander un supplément de champignons.

Abbie et Hannah ont échangé un regard en faisant un petit signe secret.

– Quoi ? Qu'est-ce qu'il y a encore ?

– Elle présente tous les symptômes... a dit Hannah à Abbie.

– Les symptômes de quoi ? ai-je dit, alarmée.

– D'une maladie contre laquelle on ne peut pas lutter, plus puissante encore que la nature elle-même ! s'est écriée Abbie en levant les poings vers le ciel, récitant une réplique du film.

Je me suis mise à rire. Jusqu'à ce que je comprenne de quoi il était question.

– Est-ce que tu as l'impression que tout ce que tu goûtes est incroyablement délicieux ? Et que toutes les chansons que tu écoutes parlent de toi ? m'a demandé Hannah avec un sourire malicieux.

– Et que « Josh » est un prénom unique ? a enchaîné Abbie, alors que c'est un prénom en « J » comme il en existe plein d'autres...

– Non, c'est faux ! ai-je automatiquement répondu. C'est tellement plus joli que John, Jim, ou bien Jason.

– Tu vois !

Je me suis adossée dans le canapé, des papillons dans le ventre, transportée de joie. Mes sœurs avaient donc raison ? Étais-je amoureuse de Josh ? Comment en être sûre ? Ce n'était pas comme si une petite jauge à l'intérieur de vous passait de « bien aimer » à « aimer » un beau jour, en tintant pour vous prévenir.

En même temps, je me suis soudain sentie un peu fébrile, et c'est pourquoi j'ai rétorqué à Hannah :

– Et toi ? T'en es où avec Liam ?

– Avec Liam ? m'a-t-elle demandé en battant des cils, comme si elle ne savait pas de qui je parlais.

– Oui, Liam, le type qui aime te faire des suçons ? ai-je insisté.

– Non, mais arrêtez, a grondé Hannah, c'était juste un suçon ! Faut grandir, les filles !

– Seulement si *toi* tu grandis, a répondu Abbie.

– Comment ça ?

– C'est vrai... Tu trouves vraiment ça si fun de passer ton temps avec un mec aussi... blond ?

– Waouh, bonjour les stéréotypes, ai-je dit en me tournant vers Abbie.

J'avais toujours été sensible aux clichés sur les couleurs de cheveux.

– C'est une façon de parler, s'est défendue Abbie. Ce que je veux dire par là, c'est qu'Hannah mérite mieux qu'un mec aussi quelconque. Plutôt quelqu'un comme...

– Elias, a soufflé Hannah, juste avant que je ne réponde « Josh ».

J'ai regardé Abbie en me mordant la lèvre. Elle a posé une main sur l'épaule d'Hannah, d'un air plein de regrets.

– Je ne voulais pas...

– Tu sais quoi ? C'est pas tous les jours qu'on en croise, des « Elias », a répondu Hannah. En attendant d'en trouver un, je crois que j'ai bien le droit de m'amuser un peu.

Puis elle a pointé un doigt accusateur sur Abbie.

– En plus, tu le fais tout le temps ! Tu sors avec tellement de mecs qu'on dirait que c'est un sport pour toi, pareil que la natation – le contact physique en plus.

– Peut-être, a rétorqué Abbie, mais toi, tu es différente.

Ce n'était rien de le dire, évidemment. Parfois, je me demandais justement comment nous pouvions être toutes les trois si différentes – tout en nous comprenant pourtant si bien.

Haussant les épaules, Hannah a attrapé le saladier de pop-corn vide posé sur la table basse, puis elle s'est dirigée vers la cuisine, écrasant au passage quelques chamallows.

Je voyais d'ici ce que nous aurait dit Granly si elle nous avait vues en train salir son tapis persan. Alors je me suis laissée glisser par terre (ce qui ne m'a pas demandé trop d'effort étant donné que je me sentais déjà un peu mollassonne) et, à quatre pattes, je me suis mise à ramasser les bonbons écrasés, utilisant le bas de ma robe beige « spécial myrtilles » pour les recueillir.

Puis je me suis assise et, l'espace d'un moment, j'ai essayé de réfléchir. Un petit bruit a retenti dans la cuisine, encore un pot de confiture qui s'était scellé, suivi du claquement des livres de cours qu'Hannah a posés sur la table avant de les ouvrir.

Je ne suis pas arrivée à penser à autre chose qu'aux doigts de Josh effleurant ma joue, à ses fossettes qui semblaient toujours plus profondes lorsque j'étais auprès de lui. Je revoyais son index toujours plein d'encre lorsqu'il venait de travailler sur son poster dédié à Allison Katzinger. J'aurais presque pu sentir son odeur, une odeur chaude, propre, et légèrement vanillée – peut-être à cause de tous les biscuits dont il était entouré à la librairie.

Mon téléphone a sonné. J'ai immédiatement su que c'était lui, tout comme j'ai su – comme une évidence soudaine, qui vous coupe le souffle –, que j'étais amoureuse de lui.

J'aimais ses longs bras maladroits, et le petit épi qu'avait toujours son sourcil gauche. J'aimais sa manière de se pencher, le dos tout voûté, en buvant son café, et son faible pour la tarte aux cerises. J'aimais même sa manière de lire les livres, si différente de la mienne – méthodiquement, en analysant les moindres détails, cherchant à savoir si l'ouvrage se vendrait ou pas.

Mais mes sentiments envers lui allaient encore plus loin que tout cela. Je l'aimais, tout simplement. J'aimais ce qu'il était sous toutes ces apparences, j'aimais ce que Josh était réellement et que moi seule, peut-être, connaissais.

J'ai couru jusqu'à mon téléphone, à deux doigts de tomber du plan de travail de la cuisine en vibrant. Je l'ai trouvé un peu collant. D'une main impatiente, j'ai ouvert le clapet et souri de toutes mes dents en voyant le numéro de Josh sur l'écran ; je savais que je ne m'étais pas trompée.

– Salut, lui ai-je dit, soudain tout essoufflée.

Je suis retournée dans le salon, m'attendant à ce que Josh me demande pourquoi j'avais le souffle coupé.

Allais-je le lui dire ? Comment s'y prenait-on pour dire ce genre de chose à quelqu'un ?

Hé, tu sais quoi ? Je viens juste de prendre conscience que je suis amoureuse de toi.

J'ai haussé les épaules et secoué la tête. Puis j'ai haussé les épaules et je me suis souri à moi-même.

J'étais sûre d'une chose : avec quelqu'un comme Josh, l'occasion de lui dire ce que je ressentais finirait par se présenter. Et tout se déroulerait alors le plus naturellement, le plus simplement, le plus parfaitement du monde.

– Alors, qu'est-ce que ta mère a pensé de notre confiture ? lui ai-je demandé. Dis-lui d'éviter de l'emmener à la librairie, les pots seraient vides en moins de deux. Ça serait dommage d'avoir travaillé aussi dur pour rien ! *Cling, clang, clung...*

Mais ma voix s'est perdue. À l'autre bout du fil, le silence de Josh était... étrange.

Quelque chose ne tournait pas rond.

– Josh ? lui ai-je demandé.

Et lorsqu'il m'a répondu, tout est sorti d'un coup.

– Pendant que j'étais dehors, m'a-t-il dit, mes parents ont jeté un coup d'œil à notre registre des livraisons. Et ils se sont aperçus que le bon de commande que j'avais préparé pour les livres de Katzinger… n'avait pas été envoyé.

– Oh, euh… et c'est si grave que ça ? me suis-je empressée de répondre. Sa lecture publique n'aura pas lieu avant des semaines, non ?

– Oui, c'est si grave que ça. On avait prévu une centaine de livres pour la séance de dédicace, mais on n'en aura sans doute aucun. Pas à temps, en tout cas. Et tout est ma faute. C'est moi qui ai tout fait foirer.

– Josh, ai-je commencé, tu as tort de te…

– Mais non, Chelsea.

Je n'ai pas aimé sa manière de me couper, ni de prononcer mon prénom.

– C'est normal que je me sente responsable, a-t-il continué. Mon père passe son temps à Chicago et ma mère… ma mère n'est pas capable de gérer la situation, tu l'as vu. Elle n'y arrive pas. Soit c'est moi qui m'occupe de cette librairie, soit elle coulera et plus rien ne sera comme avant. Tout ça à cause de moi.

– D'accord, d'accord, lui ai-je dit dans l'espoir de l'apaiser. Je crois que…

Mais à nouveau, Josh m'a coupée.

– Écoute, je sais que tu aimerais me rassurer, mais ça

ne résoudra pas le problème. La solution, moi, je la connais. Il faut que je travaille. Il faut que je me concentre – que je *recommence* à me concentrer – sur l'essentiel. Sur Dog Ear.

– Mais, et moi? ai-je soufflé. Moi, je ne compte pas? Simplement parce que tu...

– Si... tu sais que tu comptes pour moi. Mais il faut que je me concentre.

– Tu l'as déjà dit, ça, lui ai-je répondu d'une voix tremblante que j'ai détestée. Qu'est-ce que tu veux dire par là? Que tu veux qu'on se voie moins?

Un silence terrible s'en suivi.

– Oh, ai-je murmuré. Tu veux qu'on ne se voie... plus.

À l'autre bout du fil, Josh a poussé un énorme soupir.

– Je ne vois pas d'autre solution, m'a-t-il dit.

Alors j'ai essayé de lui répondre sur un ton aussi glacial que le sien.

– Ou tu n'en cherches pas d'autre.

– Chelsea...

– Non, c'est bon, j'ai compris. Je vais arrêter de te déranger.

– Chelsea, ce n'est pas... que j'en ai envie, a-t-il protesté. Mais je *dois* le faire.

– Mais oui, Josh. Fais ce que tu as à faire.

Et sur ces mots, j'ai refermé mon téléphone. J'ai regardé autour de moi. Je ne me rappelais pas être entrée dans le salon. J'ai fixé mon reflet dans le miroir, au-dessus de la cheminée. Mes cheveux étaient désordonnés, emmêlés, mais ça, j'en avais l'habitude. Non, ce que je n'ai pas reconnu, c'était mon visage.

Enfin, pas exactement.

Je me souvenais d'avoir déjà vu ce visage, dans le miroir de ma salle de bains, à Los Angeles, juste après que mon père m'avait annoncé pour Granly. Je me souvenais d'avoir vu ce visage blême, incrédule, désorienté, et profondément, profondément bouleversé.

Je savais qu'il me faudrait un jour dire au revoir à Josh. Mais je n'avais pas imaginé que les choses se passeraient ainsi. Que nous était-il arrivé ?

C'est alors que la porte d'entrée s'est ouverte. J'ai sursauté.

– Coucou, mon cœur ! m'a lancé ma mère.

En me voyant, son visage s'est illuminé. Derrière elle, mon père portait deux énormes cartons à pizza.

– On t'a pris ta préférée... avec un supplément de champignons !

Et j'ignore pourquoi, mais c'est à cette remarque que je me suis effondrée par terre en pleurant.

– Je veux rentrer à la maison, ai-je dit entre deux sanglots, alors que ma mère, accroupie près de moi, me prenait dans ses bras.

Puis elle m'a dit d'une voix émue :

– Je ne comprends pas.

Alors j'ai secoué lentement la tête, les yeux fermés, sentant une nouvelle cascade de larmes rouler sur mes joues.

– Moi non plus maman, moi non plus.

Août

Étrange, ce qui peut vous tirer du lit, le lendemain du jour où votre cœur s'est brisé.

Quelque chose à manger ? Non, et pourtant, mon père nous avait préparé du bacon et des pancakes aux myrtilles ce matin-là. Des pancakes sans oreilles de Mickey, voyant que sa fille n'était pas d'humeur à plaisanter.

De la lecture ? De toute façon, mes yeux étaient tellement embués que je n'aurais pas pu. Les mots se brouillaient chaque fois ou se trouvaient remplacés par l'image de Josh. Et puis la page finissait trempée, toute gondolée, et je finissais par lire cent fois la même phrase.

D'accord, je me suis au moins levée pour aller faire pipi – mais ça ne comptait pas, puisque je suis retournée aussitôt au lit.

Et le travail ? Non plus. J'avais l'intention d'appeler pour dire que j'étais malade. Et je n'aurais même pas menti. Je l'étais. Mon cœur et ma tête étaient malades ;

je me sentais un peu barbouillée aussi (peut-être parce que je n'avais pas assez mangé).

Alors, qu'est-ce qui a fini par me tirer du lit, sur les coups de onze heures, ce matin-là ?

Mon potager.

La première chose que j'ai ressentie, en ce premier jour d'août, outre le fait que cette journée serait atroce, morose, inhumaine (du moins pour moi), était qu'il faisait chaud. Mais ce n'était pas le genre de chaleur qui vous éveille, qui vous fait dire que le soleil brille et vous donne envie d'aller à la plage. Non, cette chaleur-là était blanche, impitoyable ; une chaleur destructrice, punitive, qui vous sapait le moral. Une chaleur capable de tuer mon jardin.

Mes plantes avaient besoin de moi.

Il m'avait fallu les arroser tous les jours depuis la mi-juillet. Un seul oubli suffisait à les faire dépérir. Les tiges s'affaissaient, les feuilles se recroquevillaient comme pour se protéger des rayons meurtriers du soleil. Les tomates à moitié mûres se fripaient, et les concombres se recouvraient d'une pellicule terreuse, marron.

Je me sentais coupable quand ça arrivait. Comme si j'avais négligé un animal de compagnie.

En plus de ça, mes légumes étaient bientôt prêts à être cueillis. Chaque jour, les tomates semblaient plus rouges et plus charnues. Les concombres n'avaient plus simplement l'air de petits cornichons. Quant aux courges, elles étaient à présent si dodues que mon père m'avait promis de les utiliser lors de notre prochain barbecue.

J'avais beau avoir le cœur brisé, ce n'était pas une raison pour abandonner mon jardin.

C'est peut-être le fantôme de Granly qui m'a tirée du lit et fait dérouler le tuyau d'arrosage, ce matin-là. Ou peut-être l'habitude, et mon caractère obstiné. Mais quoi qu'il en soit, j'y suis allée. Pieds nus et en chemise de nuit, mais j'y suis allée.

Comme si j'étais sortie de mon corps, j'ai eu l'impression de me regarder lorsque j'ai empoigné le tuyau d'arrosage et commencé à asperger mes plantes. Je n'ai pris aucun plaisir à voir la terre sèche et craquelée se transformer en une matière tendre, humide et nourricière. Ni à sentir l'odeur acidulée que mes tomates ont dégagée lorsque je les ai arrosées. Ni même à découvrir une toute nouvelle tige remplie de petits concombres, encore surmontés de fleurs jaunes.

J'étais suffisamment attachée à mon potager pour le maintenir en vie, mais le plaisir que cela me procurait, eh bien, ce plaisir était parti.

J'étais devenue insensible.

Mon arrosage terminé, j'ai tourné le robinet. Puis, appuyée contre le mur de la maison, je me suis demandé comment occuper le reste de mon après-midi.

Même pas la peine de penser à aller à la plage avec mes sœurs. Je les voyais déjà, super attentives et mielleuses avec moi ; cela m'aurait seulement fait encore plus de peine.

Et si j'étais restée avec mon père ou ma mère, je me serais effondrée.

C'est alors que j'ai pensé à Mel & Mel, au bruit du lave-vaisselle géant, aux filtres flanqués dans la vieille machine à café, aux chaises raclant par terre toute la journée et aux fourchettes posées sur les plats en porcelaine. Et je me suis rendu compte que c'était en fait là que je voulais aller. Que Mel & Mel était le seul endroit où je pouvais envisager de passer cette atroce journée.

Mais Josh alors, de l'autre côté du mur ?

J'étais quasiment sûre que je ne le verrais pas arriver au café. Il avait beau s'être transformé en bête de travail sans scrupules, il n'aurait pas poussé la cruauté aussi loin, non ?

Ou peut-être qu'il ne viendrait pas, mais simplement par gain de temps. Après tout, croiser sa petite copine – ou disons, sortir déjeuner – aurait empiété sur son planning surchargé.

Et je savais que Josh aurait fait n'importe quoi pour éviter ça.

J'avais l'impression d'aller mieux quand je suis sortie pour me rendre au travail. D'une, je m'étais maquillée (bon, j'avais quand même évité le mascara – je ne tenais pas à me retrouver avec des traînées noires sur les joues).

J'avais attaché mes cheveux en queue-de-cheval, résistant à l'envie d'en faire un gros chignon désordonné.

J'avais même renoncé à la première tenue que je pensais porter, un T-shirt noir austère et un gros treillis kaki, pour mettre un débardeur jaune clair avec un short en jeans.

J'avais presque l'air présentable. En tout cas, j'étais loin de ressembler à une fille qui venait de se faire plaquer juste après avoir compris qu'elle était profondément amoureuse.

J'ai même senti un petit élan d'espoir en empruntant la route qui contournait Dog Ear. Personne au café n'avait besoin de savoir ce qui s'était passé. Accueillir-servir-débarrasser : je n'avais qu'à me plonger à corps perdu dans mes tâches. Le bruit de la vaisselle qui s'entrechoquait m'empêcherait de ruminer. Mon corps, habitué à cette routine, agirait de lui-même et, le soir venu, toute la fatigue accumulée serait la bienvenue.

Grâce à cela, j'espérais finir la journée le cœur un peu plus léger.

Grâce à cela, j'espérais pouvoir dormir la nuit.

Mais il m'a suffi de franchir la porte du café pour voir mon plan s'effondrer.

– Oh, Chelsea ! s'est écriée Andrea au moment où elle m'a vue.

Elle s'était arrêtée net, en chemin vers la cuisine, un lourd plateau entre les mains.

– Qu'est-ce qu'il y a ?

– Comment ça ? lui ai-je demandé. De quoi tu parles ?

– Ça se voit comme le nez au milieu de la figure que quelque chose ne va pas.

– Je m'étais pourtant maquillée ! me suis-je exclamée

pendant qu'elle me conduisait jusqu'à un tabouret du bar.

Accroupie derrière, Melissa a bondi comme un diable sortant de sa boîte.

– Laisse-moi te servir à boire, ma belle, m'a-t-elle dit.

Elle m'a apporté ma boisson préférée – thé glacé et limonade.

– Allez, raconte-nous tout maintenant.

– Mais ce n'est rien, ai-je protesté en poussant le verre sur le côté.

Dans cette chaleur écrasante, je subissais déjà assez les effets de la condensation pour ne pas avoir envie d'y ajouter une boisson glacée.

– Vas-y, bois, m'a dit Melissa d'une vraie voix de matrone, qui n'évoquait en rien la douceur de ma mère, mais s'est quand même avérée tout aussi efficace.

– Bon, d'accord.

J'ai bu une gorgée, délicieuse. La boisson était tellement froide que j'en ai eu mal aux dents, mais ça aussi, c'était délicieux. J'aurais été capable de descendre une carafe tout entière. Depuis le matin, ce verre était la première chose qui ne m'avait pas donné de haut-le-cœur.

Finalement, je l'ai reposé sur le comptoir et me suis essuyé la bouche du revers de la main, en leur annonçant :

– Josh a rompu avec moi. Il a dit qu'il avait besoin de se concentrer sur son travail.

– Quoi !? s'est exclamée Andrea, tellement choquée que ses mains se sont posées sur son visage.

– Je n'arrive pas à le croire, a renchéri Melissa. Enfin, si, j'y arrive, étant donné que Josh reste un garçon et que les garçons passent leur temps à faire des trucs insensés... mais *lui* ? Josh était amoureux de toi. Ça crevait les yeux. Pas vrai, Al ?

Al Thayer, un habitué qui se dirigerait vers la table – l'une des miennes – où il s'asseyait toujours, a fait volte-face en entendant Melissa l'appeler. Il est alors venu nous rejoindre au bar, puis a sauté sur le tabouret à côté du mien (et le résultat était plutôt impressionnant, étant donné que M. Thayer devait peser dans les cent kilos). Son arrivée m'a mis un peu de baume au cœur. C'était mon client préféré.

– Comment va ma petite serveuse adorée ? m'a-t-il lancé en agitant ma queue-de-cheval.

– Monsieur Thayer : d'une, cette remarque est légèrement machiste, a lancé Andrea en croisant les bras sur sa poitrine. Et de deux, je croyais que c'était moi votre petite serveuse adorée ?

– Andie, a-t-il répondu en fronçant ses sourcils blancs broussailleux, je t'ai pourtant déjà dit que tu étais aussi ma serveuse adorée. On peut avoir plusieurs chouchoutes, tu sais.

– Non, justement, a répondu Andrea en même temps que moi, ce qui l'a fait rire et m'a (presque) fait sourire.

– Eh bien pourtant, c'est mon cas. En plus, toi, tu n'as jamais écrit sur moi, Andrea.

Sur ces mots, M. Thayer a tourné la tête en direction

de la « carte du jour », où ma dernière trouvaille pour *Mel et la sauce diable* était encore illuminée.

Elle n'aimait pas Thayer. Plus que personne, elle se méfiait des hommes qui commandaient des œufs à la sauce diable. C'était ça, son truc à elle.

– J'ose être en droit d'attendre un bel affrontement avec l'héroïne, a dit M. Thayer. Fais-moi ce plaisir, Chelsea.

J'ai essayé de rire, mais seul un petit gloussement pathétique est sorti.

– Alors, quel est le problème ? a-t-il demandé.

– Josh, avons-nous répondu en chœur.

– C'est bien ce que je me disais... Que s'est-il passé ?

– Il a choisi sa carrière plutôt que l'amour, a répondu Andrea sur un ton théâtral. Ah, les hommes !

– Je ne suis pas sûre qu'on puisse dire que son travail chez Dog Ear est une « carrière », ai-je mollement protesté. C'est vrai, Josh est encore au lycée !

– C'est quelqu'un de bien, a dit M. Thayer.

J'ai senti les larmes monter. Impossible de parler tant ma langue m'a tout à coup paru lourde, alors j'ai hoché la tête. Car j'étais d'accord avec M. Thayer. Je ne pouvais pas m'en empêcher. Même si je détestais Josh d'avoir choisi ses parents et pas moi, je l'admirais aussi d'avoir fait ça. Oui, Josh était quelqu'un de bien.

– Pourtant, même quelqu'un de bien peut se tromper. Et quand tu considères que Josh est un garçon, ou plutôt un jeune homme... S'il existe une période dans la vie où l'on fait des erreurs, c'est bien celle-ci.

– Donc, vous pensez que c'était une erreur ? me suis-je étranglée.

J'ignore pourquoi, mais ce qu'avait dit M. Thayer m'avait soudain remplie d'espoir. Peut-être parce qu'il était âgé. Et qu'il était un homme. À l'évidence, M. Thayer connaissait ces histoires d'orgueil et de virilité bien mieux que moi.

– Sans doute, mais je pense en revanche que Josh n'est pas près de l'admettre, a-t-il répondu. Je te le répète, c'est quelqu'un de bien. Et moi j'ai soif. Jeune demoiselle, pourriez-vous me donner un thé glacé-limonade à moi aussi ?

M. Thayer a pointé du doigt mon verre presque vide. J'ai sauté de mon tabouret, tout en hochant la tête d'un air décidé et en séchant mes yeux humides.

Une équipe de natation a fait son entrée au café, peu après. Venus fêter une victoire, ils désiraient commander une tonne de choses à manger. S'est ensuivi le coup de feu du soir. Exactement comme je l'avais prévu, toute cette activité ne m'a pas donné le temps de penser.

Non pas que j'aie oublié Josh. Il était toujours dans un coin de ma tête.

En fait, Josh avait toujours été là, depuis le premier jour où je l'avais rencontré. D'abord comme un objet de curiosité, puis de ravissement. Il était à présent devenu une blessure, comme une coupure toute fraîche qui refuse de s'arrêter de saigner.

Alors que la fin de mon service approchait et qu'il ne restait plus qu'une table occupée dans ma zone (un couple qui mettait une éternité à terminer ses verres), je me suis appuyée contre le bar, lâchant un long soupir de fatigue.

Mais un petit sourire est ensuite né sur mon visage. J'avais eu raison de venir travailler.

– Tu sais quoi, Melissa ? ai-je demandé en posant la tête dans mes mains.

Melissa était occupée à faire ses comptes de la journée.

– J'ai pris une décision, ai-je continué. Quand je serai rentrée à Los Angeles, je ne recommencerai plus le baby-sitting. Je me trouverai des jobs de serveuse à la place.

– N'hésite pas à te recommander de moi, ma belle, a-t-elle marmonné, les yeux rivés sur ses tickets.

Puis, quelques instants plus tard, Melissa s'est arrêtée et a relevé la tête pour me regarder.

– Tu sais, j'avais presque oublié que tu venais de Los Angeles ! Tu as tellement l'air d'être... d'ici. En plus, tu ne parles jamais de ta vie là-bas.

Je me suis mordu la lèvre tout en jetant un coup d'œil au mur mitoyen avec la librairie. Effectivement, ma vie en Californie, je n'y avais pas pensé. Puis j'ai regardé le petit calendrier avec des chats que Melissa avait punaisé à côté de la caisse. Les jours qu'il me restait avant de partir de Bluepointe n'étaient plus très nombreux.

Vingt et un.

Vingt et un jours que Josh et moi aurions pu passer ensemble. Ce n'était peut-être pas énorme, mais on pouvait malgré tout beaucoup rire – et beaucoup s'aimer – en vingt et un jours, si on le voulait.

– C'est trop bête, me suis-je dit tout bas, en secouant la tête.

Mais je me suis ensuite répété (pour la quarantième fois peut-être) les mots que m'avait dits Josh, la veille.

« Ce n'est pas que j'en ai envie. Mais je *dois* le faire. »

Baissant la tête, j'ai plongé une main dans mes cheveux. Comment Josh pouvait-il croire qu'il faisait le bon choix ? Il cherchait à bien faire, mais si seulement sa mère avait su tout ce qu'il avait déjà accompli...

J'ai soudain redressé la tête.

Évidemment qu'elle ne le savait pas. C'était toute la question. Stella avait beau être gentille, elle restait quand même un peu à côté de la plaque. J'aurais parié qu'elle n'avait pas idée de tout ce que Josh faisait – et sacrifiait – pour la librairie.

Alors j'ai sauté de mon tabouret, j'ai détaché mon tablier et j'ai couru vers la cuisine pour ranger mes affaires, tout en criant à Andrea :

– Dis, tu pourrais me rendre service et aller donner l'addition à ma dernière table ? S'il te plaît !

Andrea m'a regardée d'un air étonné.

– J'ai un truc à faire. Tout de suite. Sinon je vais craquer.

Andrea s'est tournée en direction du mur mitoyen, puis elle m'a regardée, hochant la tête avec enthousiasme.

– Seulement si tu promets de revenir après pour tout me raconter.

– J'espère qu'il y aura quelque chose à raconter, ai-je répondu en lui souriant nerveusement. Merci, Andie.

Puis j'ai filé jusqu'aux toilettes pour tamponner mon visage luisant avec une serviette humide. Je me suis passé un coup sur le contour des yeux – jusqu'à ce que je comprenne que c'étaient des cernes que j'avais là, et pas des traces de mascara. Détachant mes cheveux, dont la couleur était encore plus vive après deux mois passés au soleil, je les ai modelés avec mes doigts. J'ai rejeté mes boucles en arrière pour les laisser retomber sur mes épaules.

Sur quoi je me suis lancé un dernier regard dans la glace, avant de sortir d'un pas décidé du café... pour entrer dans la boutique d'à côté.

En franchissant la porte de cette librairie, j'avais toujours ressenti un élan de joie au fond de moi. Josh y était bien sûr pour quelque chose, mais pas entièrement. J'aimais tout simplement cet endroit avec ses jolis murs jaunes, ses fiches de lecture arc-en-ciel, sa petite clôture blanche et ses posters mystérieux. J'aimais savoir qu'il y aurait toujours un enfant pour courir dans tous les sens, un livre dans une main, un yoyo dans l'autre. Et, bien sûr, j'aimais son coin canapé et ses petits gâteaux.

C'est sans doute pour toutes ces raisons que mes yeux se sont remplis de larmes au moment où je suis entrée. En plus d'avoir perdu Josh, j'avais eu peur de perdre aussi ma librairie.

E.B. est venu m'accueillir alors que la porte se refermait derrière moi en tintant. Comme pour me demander de le gratter derrière les oreilles, il a posé sa grosse tête contre ma main. Je l'ai salué tout bas, tout en regardant rapidement les alentours, à la recherche de Josh.

Je ne le voyais pas, mais j'étais certaine qu'il était là. Je sentais sa présence, de la même manière que je sentais que c'était lui chaque fois qu'il me téléphonait.

Isobel était derrière la caisse. Je lui ai adressé un petit signe de la main en me dirigeant vers les étagères, suivie par le chien qui pensait sans doute que j'allais au coin canapé (où se trouvaient des biscuits salés et du fromage). Voyant qu'il s'était trompé, E.B. a lâché un petit grognement avant de partir de l'autre côté.

Je n'en ai pas cru mes yeux quand j'ai finalement trouvé Josh, à « notre endroit ». Comme si nous étions revenus dans le passé, au temps de ce baiser parfait, de...

Mais je me suis raisonnée. Même s'il avait été possible de revenir dans le passé, dans quelle mesure cela aurait-il pu arranger les choses ?

Josh a levé la tête vers moi. Ses yeux se sont écarquillés. Son regard ne semblait pas aussi froid que sa voix, la veille, au téléphone. Il avait sous les yeux les mêmes cernes que moi.

Mais une fois la surprise passée, sa mâchoire s'est serrée.

– Chelsea, je... m'a-t-il dit, les sourcils froncés.

J'ai secoué la tête, comme pour lui dire : *Laisse-moi parler*. Puis je me suis agenouillée devant lui (soulagée d'avoir mis un pantalon plutôt qu'une jupe bouffante qui m'aurait empêchée de me relever).

– Est-ce que tu leur en as déjà parlé? lui ai-je demandé.

Josh a légèrement pâli, son visage s'est crispé. À une époque, voilà une chose que j'aurais mal prise. Mais maintenant que je le connaissais, je savais que cette expression ne correspondait pas à ce que Josh ressentait. Il n'avait pas envie que je parte. Il avait envie... de discuter.

– Comment ça? m'a-t-il dit.

– Tes parents, ai-je répondu d'un ton impatient. Est-ce qu'ils sont seulement au courant de ce que tu vis? Est-ce qu'ils sont au courant que ça te fait grincer des dents chaque fois que tu es obligé de changer le rouleau de la caisse ou d'actualiser le site web de la librairie? Qu'ils peuvent vivre leur rêve en travaillant ici, uniquement parce que c'est *toi* qui as les pieds sur terre?

– Bien sûr qu'ils le savent.

Son ton était aussi impatient que le mien.

– Comment veux-tu qu'il en soit autrement?

– Tu es un bon fils, lui ai-je dit en haussant les épaules. Peut-être qu'ils considèrent que leur rêve est aussi le tien.

– C'est bien le problème, justement.

Josh a attrapé un livre sur l'une des étagères et l'a brandi devant lui.

– Ça, ce n'est pas un rêve. C'est du concret. Une boutique. Un commerce. Comme une... bête qu'il faut nourrir. Si tu ne le fais pas, elle coule, mes parents perdent tous leurs investissements et... ils deviendraient quoi?

– Et toi ? lui ai-je dit. Josh, tu as le droit de t'inclure dans cette équation.

Je lui ai doucement pris son livre illustré des mains pour le poser par terre. Mieux valait me garder de le remettre au mauvais endroit et de donner à Josh du travail supplémentaire.

– Si ta mère est comme la mienne, je crois qu'elle préférerait que tu penses à toi, au moins un petit peu.

– Qu'est-ce que tu veux dire par là ?

– Que tu devrais parler à tes parents, ai-je dit en me levant. Parle-leur de ce que tu es en train de vivre, Josh, dis-leur que...

J'ai baissé les yeux rapidement, sentant les larmes monter.

– ... Dis-leur tout. Et dis-leur ce que tu veux *toi*, pour une fois. Je crois que leur réponse pourrait te surprendre.

Alors je suis partie. J'aurais aimé sonder une dernière fois le visage de Josh, mais je n'aurais pas pu me retenir de pleurer. C'était la dernière chose que je voulais, et pas simplement parce que pleurer aurait été affreusement gênant. Josh aurait pu croire qu'il s'agissait d'un moyen de le récupérer. Alors que je voulais qu'il saute le pas, parce qu'il avait envie d'être avec moi. Je voulais qu'il saute le pas, autant pour lui que pour moi.

Je suis directement allée me coucher en rentrant. Malgré les efforts que semblait déployer mon cerveau pour me maintenir éveillée avec ses cogitations, mon corps était trop épuisé pour ne pas s'endormir.

Et quand je me suis réveillée, je n'ai pas eu autant de mal que la veille à sortir de mon lit. Même mince, il y avait un espoir que Josh m'ait entendue. Qu'il vienne me parler.

Et s'il ne le faisait pas, j'avais quand même essayé. Je n'étais pas restée les bras croisés. J'avais donné mon point de vue. Non pas que cette pensée me réconfortait, mais, quelque part, elle me faisait voir d'un autre œil cette rupture.

L'heure était venue d'arroser à nouveau mes plantes. Le soleil était plus brûlant que jamais, même à neuf heures et demie du matin. J'ai d'abord pris le petit déjeuner avec mes sœurs, toujours aux petits soins, mais pas envahissantes non plus. Puis je me suis douchée, et j'ai enfilé ma robe bain de soleil bleue. C'était une robe avec des poches, ce qui signifiait que je pouvais garder mon téléphone sur moi. Juste au cas où, vous savez. Et je suis allée dans le jardin.

J'ai su que quelque chose ne tournait pas rond dès que je suis sortie de la buanderie.

Ma mère se tenait devant le potager avec une main sur la bouche. En me voyant, elle a fait un pas vers moi.

– J'étais sortie me promener, je viens juste de rentrer, m'a-t-elle dit. J'ai voulu aller voir si je pouvais cueillir des tomates pour ce midi et… Oh, ma chérie, je suis désolée.

J'ai secoué la tête, me demandant de quoi ma mère

parlait, et je me suis avancée vers elle. Il m'a suffi d'un seul regard vers le potager pour comprendre de ce qui s'était passé.

Mon potager avait été décimé.

Sous les feuilles, le sol était jonché de tomates, même parfois encore vertes, à moitié mangées. Les feuilles des laitues étaient criblées de trous, comme des morsures de rongeurs, et les plants de concombre avaient été saccagés. Quant aux radis, on aurait cru qu'ils n'avaient jamais été plantés.

Je me suis pris la tête à deux mains.

– Hier, quand je les ai arrosées... j'ai oublié le piment de Cayenne !

J'étais stupéfaite par la vitesse à laquelle tout cela était arrivé. On aurait dit que les animaux avaient profité de mon étourderie pour se venger.

– Je suis sûre que c'était un daim, m'a dit ma mère. Il n'y a qu'eux pour mettre un jardin dans cet état.

Je me suis imaginé Granly, assise à la table de la cuisine, regardant amoureusement ces beaux animaux qui grignotaient ses légumes avec délicatesse.

Je me suis mise à genoux sur la terre. Peu m'importait de salir ma robe bleue. Puis j'ai commencé à déterrer ce qui restait de mes laitues, jetant le tout à côté de moi.

C'est seulement quand ma mère a mis ses bras autour de moi que je me suis rendu compte que je sanglotais.

– Je ne voulais pas que ça se passe comme ça ! lui ai-je dit en pleurant de colère.

– Que ça se passe comme ça ? Explique-moi, Chelsea, m'a dit ma mère.

– Le potager de Granly ! me suis-je écriée. Elle se faisait toujours manger ses légumes. Avec le mien, ça ne devait pas se passer comme ça. J'y étais presque !

– Attends, regarde !

Ma mère a pointé du doigt un plant de concombre qui avait été épargné. Puis, en s'enfonçant d'un pas dans le jardin, elle a ajouté :

– Et là, il y a plein de courges, et trois laitues par ici !

– D'accord, ai-je répondu sans aucune conviction.

Ma mère est revenue vers moi, avec à la main une grosse courge jaune, à la peau cireuse, intacte, parfaite.

– Merci, lui ai-je dit lorsqu'elle me l'a tendue.

J'ai essuyé mes larmes, et c'est à ce moment-là que je me suis aperçue qu'elle aussi pleurait.

– Je suis désolée, Chelsea, m'a-t-elle dit. Désolée... pour tout.

J'ai hoché la tête tristement. Puis nous sommes restées assises sans mot dire, dans un silence seulement brisé par nos reniflements et, bien entendu, par les cigales qui chantaient en ce jour brûlant.

– Pourquoi est-ce si important pour toi que ton jardin n'ait pas été comme celui de Granly ? m'a alors demandé ma mère.

J'ai haussé les épaules.

– Je crois... Je crois que c'était une manière pour moi d'aller de l'avant ? ai-je hasardé, me sentant déjà coupable. Une manière de faire bouger les choses dans cette maison où l'on a toujours l'impression de devoir tout faire comme Granly le faisait, mais sans elle. Je voulais juste recréer un endroit où la vie continue même si elle n'est pas là, un endroit où la vie aurait été... supportable.

Je trouvais terrible de dire ces choses tout haut, surtout à ma mère. Mais j'ai en même temps éprouvé un sentiment merveilleux, comme si quelque chose s'était tout à coup libéré en moi.

– Nous avons réussi à faire en sorte que la vie soit plus supportable, tu ne trouves pas ? a soupiré ma mère. Simplement en étant ici.

J'ai cligné des yeux. Ma mère avait raison. Vivre au milieu des meubles de Granly, de ses albums photos et de ses coquetiers semblait plus facile, depuis peu.

– Oui, mais pas au point d'arriver à trier ses affaires, ai-je remarqué.

– C'est drôle, c'était exactement la question que je me posais pendant ma promenade. J'étais en train de me dire que j'étais peut-être enfin prête, et je crois que, si j'ai pensé ça, c'est parce que je suis en train d'arriver au bout de mon patchwork.

– Il va être drôlement joli ce couvre-lit.

Ma mère a hoché la tête d'un air pensif.

– Tu sais, m'a-t-elle dit, en faisant des recherches sur les différents motifs à coudre, je suis tombée sur un article qui parlait de patchworks que les gens réalisent lorsqu'ils sont en deuil.

– C'est-à-dire ?

– Eh bien, tout a commencé avec une femme, originaire des Appalaches, qui a eu l'idée de fabriquer un patchwork chaque fois que quelqu'un mourait. Choisir les morceaux de tissu, les découper, les coudre à la main, tout ce travail est extrêmement prenant. Tout ça te permet à la fois de détourner ton attention et de penser à la personne que tu as perdue. Et les jours passent à mesure que tu avances. Tu sais, ce dicton qui dit que le temps guérit toutes les blessures... eh bien, il est vrai.

– Et ce qu'il y a de drôle, a continué ma mère, c'est qu'après avoir terminé, les gens qui fabriquaient ces patchworks se retrouvaient simplement avec un nouveau couvre-lit, et non avec un objet qu'ils gardaient comme quelque chose de sacré, accroché au mur ou sur un pendentif. Ils ne s'autorisaient pas ce luxe. Et de toute manière, ce qui comptait, c'était le processus, pas le résultat à l'arrivée.

– Et pour toi, ça s'est passé comme ça ?

– Oui, je crois, a dit ma mère. Et je crois que je n'ai pas seulement fait le deuil de Granly en faisant ça. J'ai fabriqué mon patchwork avec vos habits de bébé, mais j'ai parfois du mal à me dire que vous les avez portés un jour. Vous avez tellement grandi. Et Hannah va bientôt quitter la maison, et...

Sa voix s'est étranglée. Ma mère a secoué la tête, comme pour s'excuser, alors j'ai pris ses mains dans les miennes et je les ai serrées.

– Moi, je ne partirai pas avant longtemps, lui ai-je rappelé. Je n'ai même pas encore mon permis ! Je suis complètement piégée !

Ma mère a ri, puis elle m'a serré les mains à son tour.

– Tu sais très bien que ça n'est pas ce que je veux, m'a-t-elle dit.

Je le savais, oui. Et même si je traversais une période où j'avais du mal à voir les choses du bon côté, à cause de ce fichu téléphone qui, dans ma poche, n'avait toujours pas sonné, je me suis malgré tout sentie chanceuse.

– Maman ?

Ma mère et moi nous sommes tournées. Abbie se trouvait sur le pas de la porte, l'air hésitant. Elle avait dans ses bras un gros conteneur en plastique, fermé par un couvercle.

– J'ai trouvé ça au fond du placard de Granly, nous a-t-elle dit pendant que nous nous levions. Je pensais que c'était des vêtements, mais regardez...

Ma mère et moi nous sommes penchées par-dessus le récipient. À l'intérieur se trouvait une pile bien ordonnée de petites boîtes en carton, mal fermées, sur chacune desquelles Granly avait écrit un nom.

Nos noms.

– Elle m'avait parlé de ces boîtes, a soufflé ma mère en secouant la tête. C'était il y a si longtemps... J'avais oublié.

– Qu'est-ce que c'est ? ai-je demandé alors que ma mère emportait le conteneur dans la cuisine.

– Adam ? a-t-elle appelé en regardant le couloir. Hannah ? Vous pouvez venir ici ?

Puis elle s'est tournée vers moi pour répondre à ma question.

– Ce sont toutes les choses que Granly voulait que nous ayons quand elle ne serait plus là, m'a-t-elle annoncé. Un jour, quand nous étions venus lui rendre visite, juste avant son voyage en Scandinavie, elle m'a demandé de m'asseoir et m'a dit où se trouvait la clé de son coffre-fort, où étaient recopiés ses mots de passe, et ces choses-là. Et puis elle m'a parlé de ces boîtes, en me disant qu'elles contenaient des objets qu'elle avait mis de côté pour nous. J'étais si jeune à l'époque ; je n'y ai pas vraiment prêté attention. Je lui ai répondu qu'il était un peu tôt pour parler de ça.

La voix de ma mère s'est mise à trembler.

– Et quand elle est morte, je me suis souvenue de son coffre à la banque, et de ses mots de passe aussi, mais de ça, non.

Mon père est entré dans la cuisine, Hannah sur ses talons.

– Qu'est-ce que c'est ? a-t-elle demandé en regardant dans le conteneur.

Ma mère a sorti la boîte où était inscrit le prénom d'Hannah.

– Des cadeaux ! a-t-elle répondu.

Des larmes roulaient sur ses joues, mais elle souriait.

Sur ma boîte à moi, Granly n'avait pas marqué mon nom avec une belle écriture, ni rien de ce genre. Il était griffonné au feutre, tout simplement. Mais la simple vue de cette écriture m'a fait monter les larmes aux yeux.

Et tandis que chacun des membres de ma famille ouvrait sa boîte, lisant en silence les mots que ma grand-mère avait laissés, des bruits de pleurs se sont élevés dans la cuisine. Même les yeux de mon père étaient noyés de larmes lorsqu'il a brandi une montre avec un cadran en ivoire et des chiffres romains dorés.

– C'est la montre de Papi, a-t-il dit en refermant le vieux bracelet en cuir autour de son poignet.

Abbie a quant à elle sorti de sa boîte deux tableaux encadrés, deux esquisses de nus au crayon comme celles que Granly aimait tant collectionner. Ils représentaient des femmes en mouvement – deux corps musclés bondissants, les cheveux dans le vent.

– Je me souviens de ces dessins ! s'est exclamée Abbie en s'essuyant la joue du revers de la main. Je les ai toujours adorés.

– Et moi, j'ai eu le protège-passeport de papi, s'est écriée Hannah en nous montrant une pochette en cuir marron sur laquelle étaient imprimées les initiales de mon grand-père en lettres dorées.

Ma mère a semblé être la seule à ne pas tomber des nues en découvrant son cadeau.

– Je lui avais toujours dit que je le voulais, a-t-elle expliqué en sortant un sautoir en perles dont le fermoir ressemblait à une fleur – à un amas de pétales d'or. Elle le portait tous les dimanches, quand elle avait rendez-vous avec votre grand-père.

J'ai été la dernière à ouvrir ma boîte. À l'intérieur se trouvait une petite pile de carnets à la reliure de cuir, des carnets qui m'étaient familiers. Les journaux de Granly. J'en ai feuilleté un, découvrant d'autres mots écrits de sa main – certains à l'encre, d'autres au crayon – sur des pages et des pages.

Sur les quatre carnets, deux autres étaient remplis. Mais le troisième était vierge.

C'est alors que j'ai ouvert la carte que Granly m'avait écrite.

Pour ma Chelsea, écrivain (elle aussi). Les feuilles volantes, ça suffit ! Ta Granly qui t'aime.

J'ai ouvert la bouche pour parler, mais je l'ai aussitôt refermée. Impossible de dire quoi que ce soit.

Ma Chelsea, écrivain ?

Où était-elle allée chercher ça ? Je n'écrivais pas, moi, je *lisais*. Bon, d'accord, il m'arrivait de griffonner des pensées sur des morceaux de papier. Mais cela ne comptait pas !

Si ?

J'ai ouvert timidement le premier carnet.

Papa et maman ont décidé d'aller passer tout le mois de juin à la mer, dans le Sud. J'ai bien peur de mourir d'ennui si j'y vais avec eux.

Tiens donc ! Pas mal, comme début.

Il me rappelait quelque chose.

Je mourais d'envie de connaître la suite.

Pendant tout le reste de la matinée, la maison est restée particulièrement silencieuse. Chacun est parti de son côté, perdu dans ses pensées, disant tout bas merci au fantôme de Granly.

J'ai quant à moi décidé de ne pas lire ses journaux

jusqu'au bout – ses journaux qui étaient également un mélange de récits, des petites nouvelles toutes plus drôles les unes que les autres. Je voulais faire durer le plaisir le plus longtemps possible.

Et à côté de ça, j'étais morte de faim.

J'ai trouvé Abbie devant le frigo en entrant dans la cuisine.

– C'est officiel, je fais une overdose de myrtilles, a-t-elle déclaré en faisant la moue.

– C'est pas vraiment le moment, le festival de la myrtille commence la semaine prochaine, lui ai-je fait remarquer.

– Oh, c'est vrai, j'avais presque oublié son existence, tiens.

– Tu n'aurais pas pu si tu avais travaillé dans la rue principale. Il y a des affiches sur tous les poteaux. Mel a même prévu de préparer trois sortes de tartes aux myrtilles. Et à la librairie...

Je m'apprêtais à lui parler de la jolie vitrine que Stella avait imaginée pour l'occasion, mais je me suis ravisée.

– Josh et toi, vous aviez l'intention d'y aller tous les deux, à ce festival ? m'a demandé Abbie.

J'ai haussé les épaules.

– On n'en avait pas encore parlé.

Mais j'étais certaine que nous y serions allés. Depuis le feu d'artifice, Josh et moi savions – sans même avoir eu à nous le dire – que nous nous donnerions rendez-vous à tous les grands événements de l'été. Et à tous les petits, aussi.

Mais avant même que j'aie pu l'expliquer à Abbie, des coups à la porte ont résonné. Des coups urgents, puissants.

– Qui est là ? ai-je demandé, alarmée.

Abbie et moi sommes allées voir. Personne ne frappait jamais à l'improviste chez Granly. Sparrow Road était bien trop isolée pour les vendeurs à domicile, et quiconque nous connaissait serait tout simplement entré en criant : « Il y a quelqu'un ? »

Abbie a ouvert la porte de quelques millimètres pour voir qui était là. Puis elle s'est tournée vers moi avec un immense sourire avant d'ouvrir en grand.

Sur la véranda, les joues en feu, le souffle court, et l'air passablement terrifié (chose qui le rendait aussi très, très craquant) se trouvait Josh. Son vélo était posé par terre sur le gravier. La roue avant tournait encore. Je me suis demandé si mes yeux n'étaient pas en train de faire la même chose.

– Chelsea, m'a-t-il dit, hors d'haleine. Je peux te parler ?

Je me suis contentée d'acquiescer et de faire un pas sur la véranda. Impossible de dire un mot. Et au moment précis où Abbie a fermé la porte, Josh a lâché :

– Je l'ai fait.

Puis il s'est installé dans la balancelle d'un air triomphant. Bien qu'un peu plus réservée, je me suis assise à côté de lui.

– Tu as... fait quoi ?

– Ce que tu m'avais demandé, m'a-t-il répondu en souriant jusqu'aux oreilles. J'ai parlé à mes parents. À mes deux parents.

– Ah, et ?

– Et je leur ai dit que je voulais lever le pied à la librairie. Parce que Dog Ear, c'était leur choix et pas le mien. Et que si je faisais tous ces efforts, c'était pour les aider à rester à flot, *eux*, mais que ça ne me rendait pas forcément heureux. En fait, je leur ai dit que j'avais sacrifié beaucoup de choses pour la librairie. Et qu'avant, ça ne me dérangeait pas... jusqu'à ce que je te perde, toi.

Josh avait un air si convaincu et si sérieux que je n'ai pas pu m'empêcher de le toucher, simplement pour vérifier que je ne rêvais pas. J'ai doucement posé ma main sur la sienne.

Puis il a fermé les yeux, poussant un gros soupir.

– Et qu'est-ce qu'ils t'ont répondu ?

– Que tu avais raison, a-t-il dit timidement, en lâchant un petit rire. Qu'ils n'avaient pas la moindre idée de ce que je traversais. Et qu'ils étaient furieux après moi de le leur avoir caché pendant tout ce temps. Ensuite, ma mère m'a promis qu'elle allait s'occuper des tâches plus administratives, même s'il faudra peut-être que je lui donne quelques leçons.

– Et... ai-je répondu avec un sourire tremblant, est-ce que ces leçons auront forcément lieu au cours, disons, des vingt prochains jours ?

Josh s'est penché vers moi, si près que ma tête s'est mise à tourner.

– Sûrement pas, a-t-il soufflé.

J'ai fermé les yeux et senti ses bras me serrer si fort qu'un petit cri m'a échappé. Puis il m'a embrassée – un baiser parfait, plein de regrets, de soulagement, et de passion.

J'ai oublié en un éclair les deux jours qui venaient de s'écouler pour revenir au moment où mon téléphone avait sonné, au moment où j'avais su ce que je ressentais pour Josh. Ce sentiment était revenu.

Et apparemment, je n'étais pas la seule à l'éprouver.

– Chelsea, m'a-t-il murmuré quand, enfin, nous nous sommes séparés. Est-ce que tu me pardonnes d'avoir été aussi idiot ?

– Sur ce coup, tu as vraiment été à la hauteur, lui ai-je dit pour le taquiner.

– Ça veut dire oui ? m'a-t-il demandé en enroulant l'une de mes boucles autour de son doigt.

Je lui ai souri, me rapprochant de lui jusqu'à ce que mon front touche le sien puis, les mains posées sur sa nuque, je lui ai murmuré :

– Oui.

– Tant mieux, parce que devine quoi...

– Quoi ?

– Je suis amoureux de toi, Chelsea. Et je crois que je le suis depuis la première fois que je t'ai vue, le jour où tu as essayé de sauver un livre de mon coupe-papier.

Les larmes qui me sont montées aux yeux étaient à mille lieues de ressembler à celles que j'avais versées ces deux derniers jours.

– Quelle coïncidence... Moi aussi, c'est à ce moment-là que je suis tombée amoureuse de toi.

Josh a étouffé mes mots avec un baiser. Et nous ne

nous sommes plus rien dit – qu'aurions-nous pu ajouter ? – pendant très, très longtemps.

Quand vous voyez le garçon que vous aimez au milieu d'une foule, vous pouvez tout à la fois le reconnaître et le trouver complètement différent.

Je croyais connaître le visage de Josh par cœur. Je savais que son œil gauche se fermait un peu plus que son œil droit lorsqu'il souriait. Que son menton était plutôt carré que pointu, en y regardant bien. J'avais observé ses cheveux prendre des teintes de caramel au cours de l'été. Je les avais vus pousser, si bien qu'ils semblaient à présent un peu ébouriffés. Je savais que sa nuque devenait rouge lorsqu'il avait chaud, comme après avoir ramé ou, pour ne prendre qu'un exemple, comme le jour où il avait pédalé jusque chez moi pour me dire qu'il m'aimait.

Mais en le voyant au milieu de tous ces gens au festival Blueberry Dreams, il m'a fallu quelques secondes pour le reconnaître. Était-ce bien lui ? Ce garçon, si bronzé, si grand, si beau, était-ce Josh ? *Mon* Josh ?

Puis il m'a aperçue, et j'aurais juré le voir douter lui aussi – avant qu'il me sourie d'un air à la fois incrédule et heureux.

Nous nous sommes frayé un chemin à travers la foule amassée sur la place de Bluepointe. Tous les adultes sirotaient de grands cocktails violets, tandis que les enfants transpiraient dans leurs costumes de myrtille. Tous les autres, les adolescents comme moi, avaient dessiné sur leur visage des points pour rappeler les baies ou portaient des casquettes rigolotes, inspirées des casquettes à hélice, mais en forme de fruit et avec des fausses feuilles au sommet.

Josh et moi avions passé la matinée ensemble à la plage, mais nous nous sommes serrés dans les bras comme si cela faisait des jours que nous ne nous étions pas vus.

– Tu es très jolie, m'a-t-il dit en passant une main dans mes cheveux encore humides de la douche.

– Toi aussi, lui ai-je répondu, puis j'ai ri avant de lui donner un léger baiser sur les lèvres. Et si on faisait un petit tour ?

Tout autour de la place étaient dressées des tentes dans lesquelles les visiteurs goûtaient des produits à base de myrtille – miel de myrtille, sirop, gâteaux –, et admiraient aussi de nombreuses œuvres d'art qui avaient comme thème ce fruit.

Nous avons déambulé dans les allées, main dans la main, parcourant des yeux des bols en céramique ou des peintures violettes. Ce n'est qu'une fois sur le stand de Chloe et Ken que nous nous sommes arrêtés.

Tous deux étaient assis au fond de leur tente, l'air dépité, derrière deux tables pliantes. L'une était pleine de petits animaux en terre cuite, de plats irréguliers et de sculptures grossières en bois. L'autre était quasiment vide – un peu plus tôt, Ken et Chloe y avaient installé leurs mûres, leurs œufs et leur miel. Les clients s'étaient rués dessus.

Josh a fait la grimace lorsque nos regards se sont croisés, compatissant pour Ken et Chloe.

Puis il a sorti son porte-monnaie et a choisi l'un des objets, au centre de la table.

C'était un petit morceau de bois, sculpté en forme de barque, mal taillé et inégal, mais ressemblant étonnamment au vieux petit bateau dans lequel Josh et moi étions montés à Wex Pond.

– Je vous en donne dix dollars, Ken, si vous le voulez bien, a proposé Josh. Il est magnifique, vraiment.

Je n'avais jamais vu le visage d'un homme s'illuminer ainsi.

– Bien sûr, a répondu Ken en se levant comme un ressort pour prendre son argent. Est-ce que vous voulez un peu de confiture de myrtilles avec ça ? Je vous l'offre !

– Oh, non merci, ai-je dit. Ça va aller, on a ce qu'il faut en confiture.

Sur quoi Ken s'est tourné vers sa femme pour lui donner un baiser. Alors que nous nous éloignions, Josh m'a tendu sa petite barque.

– Tiens, tu pourras mettre les poulets dedans, m'a-t-il dit. Et puis les faire flotter dans ton bain.

J'ai éclaté de rire.

– C'est le cadeau le plus romantique qu'on m'ait jamais fait, ai-je répondu en lui donnant un baiser sur la joue. Et le plus moche aussi, mais je m'y ferai !

– Tu ne sais pas apprécier l'art, m'a rétorqué Josh.

– Oh, au contraire, je crois que si !

J'ai repensé au poster que Josh m'avait montré la veille, le poster d'Allison Katzinger qu'il avait enfin terminé à l'approche de la fête de lancement du livre. Son illustration semblait sortir d'un rêve, pleine d'ombres et d'images superposées. Elle était parfaite. Et, par chance, Josh n'avait pas travaillé pour rien : après sa discussion avec ses parents, Stella avait passé une journée entière pendue au téléphone. Elle avait réussi à se faire envoyer plus d'une centaine d'exemplaires des *Feuilles d'arbre* pour l'occasion.

Nous sommes alors arrivés devant la tente de Dog Ear où, pour la journée, des tas de livres, de T-shirts et de casquettes de base-ball bleues au logo de la librairie avaient été apportés. E.B. était couché devant le stand, tirant la langue d'un air bienheureux.

– On ne devrait peut-être pas rester ici, ai-je dit à Josh en posant une main sur son bras. Si tu rentres là-dedans, tu vas forcément te mettre à travailler. Tu vas te sentir obligé.

Josh n'a rien répondu. Il s'est contenté d'observer tranquillement la scène. Son père était debout derrière l'une des tables, à la caisse. Ses cheveux gris cachés sous une casquette Dog Ear, il discutait gentiment avec ses clients. Il n'avait pas l'air de parler de philosophie ou de sujet sérieux, et semblait s'amuser comme un fou.

Pendant ce temps-là, Stella conseillait des lectures aux gens, à l'arrière de la tente. Elle a pointé du doigt le poster d'Allison Katzinger à une jeune fille. Sans aucun doute, elle venait de lui dire de passer au lancement du livre.

– Ils assurent à mort, ici ! ai-je dit.

– Oui ! m'a répondu Josh, qui n'en croyait pas ses yeux. Mais comment...

– Je t'avais dit qu'ils te surprendraient. Les parents c'est comme ça, parfois.

J'ai penché la tête pour voir si mes parents à moi se trouvaient toujours à l'endroit où je les avais laissés, bavardant avec des amis. La réponse était oui. En fait, mon père venait apparemment de sortir l'une de ses épouvantables blagues. Je le voyais à la manière dont ma mère roulait des yeux et secouait la tête tandis que leurs amis riaient.

– Et parfois pas... ai-je ajouté.

– Josh ?

C'est alors qu'une voix pleine d'étonnement nous a fait nous retourner. Une fille au visage doux, affublée d'une casquette en forme de myrtille, se dirigeait vers nous.

– Salut ! a-t-elle lancé en donnant l'accolade à Josh. Tu as passé un bon été ?

Josh a passé un bras autour de ma taille en rayonnant.

– Excellent, a-t-il répondu. Chelsea, je te présente Aubrey. On est ensemble au lycée.

– Oh là là, vous êtes trop mimis tous les deux ! s'est-elle exclamée.

– Hum, merci, ai-je fait en souriant timidement. Dis, c'était bien toi que j'avais vue à la fête des lanternes ? Tu avais celle en forme de chien.

– Mais oui ! C'était moi. Et tout ce que je peux dire, c'est que ce garçon-là n'a plus donné signe de vie depuis ! a répondu Aubrey en donnant à Josh un petit coup dans les côtes. Je pense qu'on est en droit de te tenir pour responsable, Chelsea ?

– Eh bien, je...

– En fait, a dit Josh en me regardant d'un air malicieux, j'ai reçu récemment un e-mail qui annonçait une fête sur les quais après le festival. J'allais vous proposer d'y aller.

– Vraiment ? avons-nous répondu en chœur.

Josh a levé les mains, comme pour se défendre.

– Attends, je ne suis pas non plus asocial à ce point !

Aubrey et moi avons échangé un regard sceptique, puis nous nous sommes écroulées de rire.

– Enfin, disons que je le suis peut-être un peu *moins* ces derniers temps, a ajouté Josh en me caressant les cheveux. Allez savoir pourquoi...

– Nous, on y sera en tout cas, ai-je dit tout bas à Aubrey.

Puis j'ai levé les yeux vers Josh. Il ne semblait plus être tout à fait le même, soudain, mais un garçon plus confiant, mieux dans sa peau.

Était-ce grâce à... moi ?

– Super, a répondu Aubrey, avec enthousiasme, coupant court à mes pensées.

Puis elle a dressé l'oreille comme un chien qui entend son maître le siffler.

– La musique commence ! Allons-y !

Aubrey s'est faufilée à travers la foule, jusqu'au kiosque où des musiciens étaient bel et bien en train de s'installer, quatre types au look de hipsters, avec pas mal de poils sur le visage et des instruments vintage – un accordéon, un banjo et un violon.

– Ooh, me suis-je écriée en faisant voler ma jupe mauve. Pile le genre que j'adore !

Les spectateurs se sont attroupés au pied du kiosque. Josh et moi avions réussi à nous approcher de la scène. Et à la seconde où le groupe a commencé à jouer un rockabilly endiablé, tout le monde s'est mis à danser.

Josh m'a regardée, l'air paniqué.

– Je suis un très mauvais danseur, m'a-t-il dit.

– Moi aussi !

Alors je me suis lancée, en me déhanchant et en levant les mains en l'air. Josh a rejeté la tête en arrière, écroulé de rire, avant de hausser les épaules et de m'imiter.

Vous vous demandez sûrement si nous avons fini par nous synchroniser et tourbillonner gracieusement, illuminés par l'amour qui nous unissait ?

Eh bien non, pas du tout. Nous étions encore plus mauvais à deux. Des anti-Emma-et-Ethan.

Et je m'en fichais comme de ma première paire de chaussettes.

À la fin, nous sommes tombés dans les bras l'un de l'autre en riant. Puis, alors que nous sortions de la foule, Josh m'a glissé :

– Allons nous chercher un Mr.Freeze. Je meurs de soif.

Nous nous dirigions vers le parasol arc-en-ciel quand

nous nous sommes fait arrêter par Abbie et... Hannah ! Hannah qui avait les yeux rouges et tenait d'une main l'une des bretelles de son débardeur, cassée.

– Que se passe-t-il ? ai-je demandé. Je croyais que tu étais avec Liam.

– Elle l'était, m'a rétorqué Abbie, mais elle ne l'est plus !

Il ne m'a pas fallu bien longtemps pour comprendre ce que signifiait cette bretelle cassée.

– Hannah ? Est-ce que ça va ?

Ma sœur s'est empressée de hocher la tête.

– Oui, ça va, je te le promets. Mais je ne crois pas que je reverrai Liam de sitôt.

– Quant à lui, il n'est pas près de marcher normalement, m'a dit Abbie en aparté, vu le coup de genou qu'Hannah lui a mis !

– Non ! ai-je lâché, bouchée bée.

– Si, m'a dit Hannah en regardant sa bretelle cassée. Et c'était mérité.

– Je crois que nous avons besoin d'une petite minute entre sœurs, ai-je alors dit à Josh, non sans regrets.

– Pas de problème. Je te retrouve plus tard, a-t-il acquiescé en me donnant un rapide baiser.

– Je vais vous chercher de la limonade à la myrtille, a alors dit Abbie. Je reviens tout de suite.

– Je suis vraiment trop bête, a fait Hannah en secouant la tête, assise, plaçant ses bras autour de ses genoux.

J'étais malheureusement d'accord avec elle, mais en même temps...

– Pourquoi est-ce que tu es sortie avec un type pareil ? lui ai-je demandé.

– Je ne sais pas. Ça me faisait du bien de recevoir toute cette attention. Je me suis sentie un peu seule cette année, tu sais.

– Oui, mais pourquoi Liam ? D'accord, il est mignon, bon chic bon genre et tout, mais il n'a pas vraiment l'air d'avoir grand-chose à raconter...

Hannah a haussé les épaules.

– C'est vrai. C'était juste un mec... normal, tu sais. Quelconque.

– Mais Hannah... Toi qui as toujours visé la mention très bien, tu ne crois pas que tu mérites mieux qu'un mec passable ?

Hannah a posé sa tête contre le mur et s'est mise à grommeler :

– C'est ce qu'on m'a toujours dit, mais j'en ai assez, moi ! Ou disons plutôt que j'aimerais qu'on arrête de me coller cette étiquette. « Hannah la sérieuse », « Hannah la première de la classe », « Hannah la grosse tête »... Tu vois ce que je veux dire ?

En fait, pas vraiment.

– Moi, j'ai toujours pensé que ça devait être cool d'être à sa *place*, lui ai-je dit. Tu sais, d'avoir une forme d'identité. Abbie, c'est la sportive ; toi, tu es le petit génie de la famille. Tu as quelque chose qui te définit.

– Mais dans le cas contraire, tu peux faire tout ce que tu veux ! a-t-elle remarqué. Tu es libre !

C'est alors qu'Abbie est revenue avec un gobelet

rempli de limonade violette. Elle s'est assise sur le banc, entre Hannah et moi.

– C'est ça que tu veux ? a-t-elle demandé à Hannah. Être libre ? Est-ce que tu regrettes d'avoir choisi une fac aussi exigeante que la tienne ? Parce que, si c'est le cas, tu peux toujours aller à celle de Los Angeles...

Puis elle a posé sa tête sur l'épaule d'Hannah, avant d'ajouter :

– S'il te plaît !

– Toi aussi, tu vas me manquer, a répondu Hannah, appuyant à son tour sa tête contre celle d'Abbie, mais non, l'université de Chicago, c'est ça que je veux. C'est au moins une chose que Liam m'aura fait comprendre. Je veux dire, non seulement ce type ne pensait qu'à me tripoter, mais en plus de ça, c'était un vrai crétin. Franchement, vous avez déjà rencontré quelqu'un qui n'a jamais entendu parler du projet Génome humain, vous ? Je ne pensais même pas que c'était possible.

Abbie et moi nous sommes regardées en levant les yeux au ciel.

– Bon, d'accord, elle est prête pour Chicago, ai-je dit.

Mais Hannah a secoué la tête d'un air incrédule.

– Ça va arriver super vite, quand même, a-t-elle dit. Je suis terrifiée, pour tout vous dire.

Moi aussi, je l'étais. Contrairement à Hannah, je n'avais jamais connu le monde sans mes deux sœurs à mes côtés.

Tant de choses touchaient à présent à leur fin. Cet été à Bluepointe. La vie avec Hannah.

La vie avec Josh.

C'est à ce moment-là que mon regard s'est tourné vers la tente dédiée à Dog Ear, de l'autre côté de la place. Elle fourmillait toujours de monde. Une partie des gens était occupée à feuilleter des livres. J'ai pensé au carnet vierge que Granly m'avait laissé.

J'avais déjà noirci quelques pages. Quelques pages qui m'avaient poussée à me dire... que cet été n'était peut-être pas uniquement celui des au revoir et des choses qui prenaient fin ; peut-être que cet été était aussi un commencement.

Choisir ma tenue pour le lancement du nouveau livre d'Allison Katzinger a été un vrai défi. D'après les photos qu'elle postait parfois sur son blog, je savais que cette auteure était une modeuse avérée, qui portait tout le temps de gros bijoux colorés et des jolies petites robes. Elle avait aussi toute une collection de paires de lunettes de soleil fantaisie, sans parler de ses cheveux qui changeaient constamment de couleur.

Je n'avais pas simplement envie d'être jolie pour la rencontrer. Je voulais être extraordinaire.

(D'accord, parler de « rencontre » était un peu exagéré. En réalité, je m'attendais à faire la queue pendant une demi-heure pour rester dix secondes devant elle ; à ce qu'elle lise mon nom sur un Post-it avant de le recopier sur le livre en me faisant un rapide sourire. Et je m'attendais aussi à ce qu'Isobel ou Stella me pousse alors sur le côté pour que la personne derrière moi puisse avoir droit à ses dix secondes, et ainsi de suite. Mais il n'empêche : même dix secondes avec Allison Katzinger méritaient une tenue fantastique.)

Le second problème auquel j'avais été confrontée était que j'irais au lancement après six heures de service chez Mel & Mel. Et qu'en conséquence, il me fallait prévoir un vêtement résistant à la mayonnaise.

C'était la raison pour laquelle j'avais peut-être un peu trop abusé des motifs. C'est vrai, qui aurait pu voir une tache sur une jupe à fleurs grises, jaunes et mauves, hein ? Pour aller avec, j'avais choisi un débardeur gris uni, mais j'avais alors trouvé que ma tenue manquait de peps. J'avais donc rajouté plusieurs gros colliers colorés de Granly ainsi que des baguettes chinoises pour tenir mon chignon.

Résultat : cette tenue m'avait semblé tellement surchargée que j'avais eu envie de tout changer, mais trop tard.

Par chance, je n'ai pas eu le temps de vraiment m'en faire à propos de la soirée, car j'ai été occupée non-stop chez Mel & Mel. Durant deux heures d'affilée, je n'ai pas arrêté à cause d'un groupe d'employés de bureau qui étaient venus casser la croûte après un tournoi de foot débile.

J'étais tout juste en train d'apporter à leur table un bol géant de crème d'artichaut quand Ginny a couru à ma rencontre et m'a enlevé mon plateau des mains.

– Je me charge de ça, ma belle ! m'a-t-elle dit. C'est l'heure de ta pause.

– De ma pause ? me suis-je écriée. Mais qu'est-ce que tu racontes ?

C'est alors que Melissa s'est approchée de moi, m'a défait mon tablier et se l'est noué autour de la taille.

– Ne t'inquiète pas Chels, on s'occupe de tout, m'a-t-elle dit. Pas question de discuter. Josh a déjà tout arrangé.

Puis elle a fait un signe de tête en direction de la porte d'entrée. J'ai suivi son regard. Josh était en train de m'attendre derrière la vitrine. Comme toujours, son visage s'est éclairé quand il m'a vue.

– Josh ! lui ai-je dit alors qu'il ouvrait la porte. Que se passe-t-il ? J'étais censée te rejoindre dans quelques...

Mais je n'ai pas pu terminer ma phrase. Car une autre personne était en train d'entrer juste derrière lui : Allison Katzinger !

Elle était beaucoup plus petite que ce que j'avais imaginé. Vêtue d'une fabuleuse robe en soie drapée, elle avait autour du cou un gros collier un peu comme le mien. Ses cheveux étaient d'un blond chaud et ses lunettes, rouges.

Au moment où Allison a passé la porte du café, marchant d'un pas assuré, un grand sourire aux lèvres, je me suis rendu compte qu'elle était également plus ronde que sur ses photos. Elle dégageait un charisme incroyable.

Elle se dirigeait droit sur moi. Pour m'embrasser.

Pour m'embrasser, *moi* !

– Bonjour ! ai-je piaillé. Hum, bonjour ! Waouh, ravie de vous rencontrer.

J'ai lancé un regard interrogateur à Josh, qui m'a alors expliqué :

– Allison voulait savoir si c'était encore possible de déjeuner.

– Oh, bien sûr ! ai-je répondu en secouant vigoureusement la tête. Je vous apporte tout de suite la carte.

– Non, a dit Josh. De déjeuner... avec toi. Et moi. Et ma mère, qui ne devrait pas tarder à arriver. Elle termine juste une chose à la librairie.

Je l'ai regardé, bouche bée.

– Tu viens de m'annoncer tellement de choses dans une seule phrase que je ne sais pas à quoi répondre en premier.

Mais Allison a lancé :

– Alors, voyons ce qu'il y a de bon à manger, a-t-elle dit en se frottant les mains avec appétit. J'ai entendu dire que vous étiez adeptes de la mayonnaise ici. Ça tombe bien, moi aussi – origines du Sud oblige. N'hésitez pas, mettez le paquet.

J'ai éclaté de rire – en plus d'être drôle, Allison était une vraie pile électrique. J'ai lissé mes cheveux et rajusté ma jupe tandis qu'elle nous guidait vers la meilleure table du café.

– Tu es ravissante, m'a glissé Josh lorsque nous nous sommes assis.

Je lui ai lancé un long regard pour lui dire merci.

– Alors, m'a dit Allison après avoir commandé à Melissa un sandwich au piment doux avec un thé glacé, il paraît que tu écris ?

– Pas du tout ! me suis-je écriée. Je griffonne juste quelques idées de temps en temps.

– Écrire, ce n'est pas ça peut-être ? m'a-t-elle demandé. Une trame, des rebondissements, beaucoup de dialogues, quelques drames et... Oh, ça me fatigue rien que d'y penser. Pourquoi est-ce que j'ai choisi ce métier, moi ?

– Pour faire plaisir à des gens comme moi qui adorent vos bouquins ? ai-je hasardé.

Allison a hoché la tête avec un grand sourire.

– Bonne réponse, m'a-t-elle dit. Pourtant, croyez-le ou non, je ne pense jamais aux lecteurs quand j'écris. Si je prends la plume, c'est parce que... je ne peux pas faire autrement. Ces histoires sont en moi, je suis obligée de les faire sortir. Tout comme je suis obligée de lire tous les soirs pour pouvoir m'endormir.

– Comme moi ! me suis-je exclamée. Je m'endors toujours avec ma lampe de chevet allumée !

– Je connais ça ! m'a-t-elle répondu avec son accent du Sud. Les LED ; c'est ça, la solution.

Puis elle m'a demandé quel livre je lisais en ce moment.

– Eh bien... ai-je hésité, gênée de faire autant de zèle, un des vôtres ! Je suis en train de relire *Pommes et oranges*. J'adore.

– Mmm, je vois, alors tu es du genre à aimer les histoires d'amants maudits ? Ça te rappelle votre histoire à tous les deux, c'est ça ?

Elle nous a regardés tour à tour, Josh et moi.

– Tout le monde a l'air de trouver que vous faites un beau couple, a-t-elle ajouté en jetant un coup d'œil du côté de Melissa, qui nous regardait avec un grand sourire, d'un air bienveillant.

– Oui, d'une certaine manière, ai-je répondu. Tout va pour le mieux entre nous, pas de disputes, rien. Simplement, j'habite en Californie, et Josh vit ici. Et je rentre dans moins d'une semaine...

– Ah, a dit Allison. C'est dans ces situations-là que l'écriture s'avère souvent très utile. L'imagination, aussi. Et l'ouverture d'esprit.

Josh et moi nous sommes regardés. Je n'étais pas sûre de comprendre ce qu'Allison voulait dire par là, mais j'ai gardé cette phrase dans un coin de ma tête. Histoire d'y réfléchir plus tard.

Allison a ajusté ses lunettes (vintage !), tout en examinant la carte.

– Vous voulez goûter nos tartes ? ai-je proposé en me retournant pour voir le menu affiché au comptoir.

– Non, j'étais en train de regarder ce qu'il y a marqué en bas, là.

C'est alors qu'Allison l'a lu tout haut... et je dois reconnaître que ça sonnait plutôt bien !

– « Elle se demanda si la fin était arrivée. Thayer l'avait percée à jour, découvrant qu'elle était en réalité une araignée. Cela n'avait rien d'un exploit. Il n'y avait pas de quoi se rengorger ! Et ce qu'il ignorait alors, c'était qu'il lui restait encore bien d'autres vies à vivre, et qu'elle était lasse de celle-ci, de toute manière. »

– C'était une petite série, lui ai-je expliqué en haussant les épaules. Si vous n'avez pas lu le reste...

– Ça raconte l'histoire d'une jeune fille envoyée dans une petite ville par le diable, qui se dégote un boulot de serveuse et fait des ravages en s'en prenant aux habitués du restaurant, a résumé Josh.

Allison avait l'air impressionnée.

– Tu as un style très personnel, clairement, m'a-t-elle dit. Laisse-moi te poser une question : si jamais tu tombais en panne d'inspiration...

Allison s'est tue ; elle attendait que je termine sa phrase.

– ... Oh, je ne vois pas comment ça pourrait m'arriver ! J'ignore totalement comment je réagirais !

– OK, a dit Allison en hochant la tête.

Elle a regardé Josh en mordant dans son sandwich.

– C'est bon, c'en est une. Une vraie de vraie écrivaine.

Entendre ces mots de la bouche d'Allison, comme une sorte de diagnostic, m'a à la fois terrifiée et emplie de fierté. Était-il seulement possible que je lui ressemble un jour ?

Tout en me tortillant sur mon siège, j'ai à nouveau jeté un coup d'œil en direction de ce que j'avais écrit sur la serveuse envoyée par le diable.

Ce n'était qu'un paragraphe.

Mais peut-être que cela voulait dire bien plus, comme Allison l'avait remarqué. C'était mon style, ma patte à moi. Mon imagination. Et le début, peut-être, d'une chose à laquelle je n'avais jamais osé rêver.

Mais il y avait une page à refermer avant cela.

J'ai essayé de garder le moral tandis que mes derniers jours s'écoulaient. Et au final, le fait que mon départ approche à très, très grands pas n'a fait que rendre les derniers moments que j'ai passés avec Josh plus savoureux. Je me suis forcée à apprécier pleinement chacun de nos baisers, chacune de nos conversations téléphoniques et de nos matinées passées à ne rien faire, tranquillement lovés dans le petit bateau de Josh ou à la plage, un livre et une glacière remplie de sodas à nos côtés.

Je ne suis pas sûre qu'il m'aurait été possible de garder le sourire et de profiter ainsi de chaque moment, l'été de mes quatorze ans. Mais cet été, j'avais compris qu'il ne fallait rien gâcher de ce temps précieux. Qu'il fallait le savourer plutôt que de m'y accrocher. Cette prise de conscience était, je crois, un autre cadeau que m'avait fait Granly, un cadeau qu'elle n'avait pas mis dans ma boîte.

À quoi s'ajoutait que mes au revoir à Josh ne seraient pas forcément des adieux. Mes parents, après avoir fait expédier chez nous plusieurs cartons de lettres, de photos et autres reliques de ma grand-mère, ont finalement décidé de garder la maison.

– Au moins pendant qu'Hannah fait ses études à Chicago, nous avait dit mon père. Ça nous donnera une bonne excuse pour lui rendre visite plus souvent !

– Oh, génial... avait dit Hannah pour le taquiner.

Je n'ai pas demandé si nous retournerions à Bluepointe l'été suivant. Je ne voulais pas encore y penser, je ne voulais pas me projeter si loin. Car si jamais un imprévu se glissait entre-temps...

Mais quoi qu'il se passe avec Josh, cela ne changerait rien au petit miracle qui s'était produit cet été – l'été où j'étais tombée amoureuse pour la première fois. L'été où j'avais appris à vivre sans Granly. L'été où, pour la première fois aussi, en me regardant dans la glace, j'avais cru y voir le reflet d'un futur écrivain.

Une certaine tendresse pour mes boucles rousses était même née en moi, cet été-là. Après tout, m'étais-je dit lors de ma dernière soirée avec Josh, c'était bel et bien cette chevelure qu'il avait remarquée en premier, le jour de notre rencontre.

Nous avions décidé de ne pas organiser de véritable rendez-vous pour cette occasion – puisque nous n'étions apparemment pas doués pour ça. Nous avons emporté un pique-nique et sommes partis pour une longue promenade sur la plage, discutant en chemin, main dans la main – et discutant vite, comme pour rattraper tout ce que nous ne pourrions pas nous dire. Évidemment, c'était impossible. De toute manière, Josh et moi n'aurions jamais pu épuiser tous nos sujets de conversation.

Nous n'avons pas arrêté de nous regarder, comme pour mémoriser chaque trait de nos visages.

Et, bien sûr, nous nous sommes embrassés. Allongés sur le sable de la dune, entre les herbes folles, sous le soleil qui, petit à petit, descendait, rabattant sur nous une couverture d'ombre.

C'est à ce moment-là que Josh a passé une main dans mes cheveux en me disant :

– Je me souviens de la première fois que je l'ai vue, cette crinière. C'est une des raisons pour lesquelles je m'étais comporté si bizarrement. Je n'avais jamais rien vu d'aussi beau.

Comme toujours, j'ai été tentée de lui répondre que je détestais mes cheveux, mais je me suis ravisée. Parce que ce n'était pas vrai. Ce n'était *plus* vrai. Ces cheveux, c'était Granly qui me les avait légués ; comment aurais-je pu les détester ? Et comment aurais-je pu détester une chose que Josh adorait ?

– C'est pour ça que j'aimerais que tu lises ce roman, m'a-t-il dit.

Il avait sorti un livre de notre panier de pique-nique – auquel nous n'avions pas eu le cœur de toucher. Il était emballé dans du papier cadeau de chez Dog Ear, un papier tout simple en kraft marron, avec des rubans de couleur et l'image d'E.B. le chien, tirant la langue, imprimée dessus.

À l'intérieur se trouvait un exemplaire d'*Au plus profond*, le livre dont la couverture montrait une mystérieuse sirène aux cheveux de feu.

– Oh, je le voulais depuis longtemps, ai-je soufflé en lui donnant un long baiser.

– La première fois que je t'ai parlé, je n'ai pas arrêté de penser à ce livre, m'a dit Josh. Je ne pouvais pas m'empêcher de me dire que tu devais *absolument* le lire.

– Et moi, je t'avais répondu que ça ne m'intéressait pas, me suis-je souvenue avec un rire horrifié.

– Tu étais tellement bornée !

– D'accord, mais n'oublie pas que j'étais fauchée ! lui ai-je rappelé en l'embrassant de nouveau. Mais grâce à toi, je ne le suis plus maintenant.

– Bornée ou fauchée ?

– Les deux.

Puis j'ai promené mes doigts dans ses cheveux avec plaisir. Ils avaient bien poussé.

– D'ailleurs, tu sais que j'ai suffisamment mis de côté pour pouvoir me racheter une nouvelle liseuse ?

– Tu vas le faire ? m'a demandé Josh.

Sa main qui a frôlé mon ventre m'a fait frissonner.

– Je ne pense pas, non, ai-je répondu en secouant la tête. Je crois que je suis trop attachée aux librairies. À *une* librairie, en particulier.

Josh a souri en prenant son petit air dépité.

– Ça ne sera plus pareil sans toi, Chelsea, m'a-t-il dit.

– C'est plutôt bon signe, non ? lui ai-je demandé.

Puis il a hoché la tête et m'a embrassée. Encore et encore. Mais j'ai fini par m'écarter. Il me restait une chose à lui avouer. Deux larmes ont roulé sur mes joues tandis que je lui disais :

– Pour moi non plus, ce ne sera plus jamais pareil, Josh.

Et c'était vrai. Josh avait été mon premier amour. Et même si je ne le revoyais plus jamais, cela resterait gravé pour toujours en moi.

Remerciements

Mille mercis à...

Jennifer Klonsky, pour m'avoir fait passer un nouvel été de folie.

Tous mes amis avec lesquels j'ai passé du temps sur la rive sud du lac Michigan, la famille Berkelhamer et « les BC », en particulier.

À la librairie qui m'a inspiré Dog Ear, appelée Little Shop of Stories, dans la ville de Decatur, en Géorgie.

À mes parents, pour leur bonne humeur et pour leur dévotion.

À mes filles adorées, qui savent faire preuve de compréhension quand leur maman est absorbée par les histoires qu'elle invente.

Et à Paul, surtout. Merci d'être à mes côtés à chaque pas que je fais dans la vie ; merci de me permettre d'écrire en dégageant mon chemin.

D'autres livres
Albin Michel Jeunesse

Audren, *Wild Girl*
Jennifer BROWN, *Hate List*
Jennifer BROWN, *Tornade*
Celia BRYCE, *À la vie, à la mort !*
Meg CABOT, *Ready to rock !*
Meg CABOT, *Happy End !*
Meg CABOT, *Irrésistible !, L'Intégrale*
Fabrice COLIN, *Le pays qui te ressemble*
Melissa DE LA CRUZ, *Un été pour tout changer, L'Intégrale*
Stephen EMOND, *Entre toi et moi*
Jenny HAN, *L'Été où je suis devenue jolie*
Jenny HAN, *L'Été où je t'ai retrouvé*
Jenny HAN, *L'Été devant nous*
Jenny HAN, *L'Été où je suis devenue jolie, L'Intégrale*
Alice KUIPERS, *Deux filles sur le toit*
Alice KUIPERS, *Ne t'inquiète pas pour moi*
Sarah MLYNOWSKI, *2 filles + 3 garçons – les parents = 10 choses que nous n'aurions pas dû faire*
Joyce Carol OATES, *Un endroit où se cacher*
Joyce Carol OATES, *Ce que j'ai oublié de te dire*
Joanna PHILBIN, *Une saison goût citron*
Joanna PHILBIN, *Une saison orange amère*
Meg ROSOFF, *Maintenant, c'est ma vie*
Meg ROSOFF, *La Balade de Pell Ridley*
Meg ROSOFF, *Au bout du voyage*
Pamela WELLS, *À nous l'amour !*
Pamela WELLS, *Fini les garçons !*
Gabrielle ZEVIN, *Une vie ailleurs*
Gabrielle ZEVIN, *Je ne sais plus pourquoi je t'aime*
Gabrielle ZEVIN, *La Mafia du chocolat*
Gabrielle ZEVIN, *La Fille du parrain*

Création du logo litt' : Isabelle Southgate

Composition IGS-CP
Impression CPI Bussière en mai 2016
Éditions Albin Michel
22, rue Huyghens, 75014 Paris
ISBN : 978-2-226-31544-1
ISSN : 2430-6290
N° d'édition : 20947/01. N° d'impression : 2021563
Dépôt légal : juin 2016
Loi n° 49-956 du 16 juillet 1949 sur les publications destinées à la jeunesse.
Imprimé en France.